PRIX : 60 centimes.

ALBERT CIM

LES AMOURS

D'UN

PROVINCIAL

PARIS

ERNEST FLAMMARION, ÉDITEUR

26, rue Racine, 26.

LES AMOURS

D'UN PROVINCIAL

OUVRAGES D'ALBERT GIM

ROMANS ET NOUVELLES

OUVRAGES POUR LA JEUNESSE

ÉTUDES DOCUMENTAIRES

ÉMILE COLIN — IMPRIMERIE DE LAGNY

ALBERT CIM

LES AMOURS

D'UN

PROVINCIAL

PARIS
ERNEST FLAMMARION, ÉDITEUR
26, RUE RACINE, PRÈS L'ODÉON

A ANDRÉ THEURIET

A vous, mon cher ami, qui avez si bien compris et célébré les « enchantements » de nos forêts meusiennes, et si fidèlement dépeint les exquises intimités de la vie de province, ces Amours d'un Provincial *sont affectueusement dédiées.*

Albert Cim.

LES AMOURS

D'UN PROVINCIAL

PREMIÈRE PARTIE

Aussi loin que remontent mes souvenirs, je me vois, par un beau soleil de printemps, accroupi devant une des plates-bandes de notre jardin, au bas de l'escalier, essayant d'enfoncer ma petite bêche dans le terreau, entre les arbustes et les touffes de fleurs. Ou bien je suis debout, grave et silencieux, devant ma grand'-tante, et sur mes mains écartées repose l'écheveau de laine ou de fil qu'elle dévide et enroule sur quelque fiche de bois, quelque bribe de carton, ou sur une carte de visite pliée en quatre. Elle s'interrompt de temps à autre pour me relever les bras et remettre l'écheveau en ordre :

« Voyons, ne bouge pas ! Encore un peu de patience !
Nous allons avoir fini ! »

Ou bien encore je me traîne à quatre pattes dans le
salon : ma grand'tante est assise auprès de la fenêtre,
elle·tricote ou fait de la tapisserie, et moi je suis atten-
tivement, fiévreusement occupé à chercher des épingles
dans les raies du plancher. Quelle joie lorsque j'en avais
découvert une, lorsque j'étais parvenu, à l'aide d'un
poinçon, à la tirer de l'oubli et de la poussière ! C'était
là mon passe-temps de prédilection, une véritable partie
de chasse, où je goûtais, je vous le jure, d'aussi puissantes émotions que les Nemrods en quête de lièvres ou
de perdrix.

Et mon premier livre, un alphabet à couverture bleu
de ciel, quadrillée de lignes blanches, je le revois encore
comme si je l'avais devant les yeux ; il est étalé sur les
genoux de cette bonne Félicie, — ma petite femme,
comme je l'appelais ; — je bégaye mes lettres, et, tout
en brodant, elle surveille la leçon.

Tous ces futiles incidents me sont aussi présents à
l'esprit que s'ils dataient d'hier. Que n'en est-il ainsi !
Que ne suis-je encore au lendemain de cette aube radieuse !

Nous habitions, à l'extrémité de la ville, une vaste
maison, vieille et presque délabrée, et si irrégulière-
ment construite qu'il serait aussi fastidieux que difficile
d'en donner clairement la description complète.

Elle se composait de trois corps de logis disposés sur
un même alignement, mais tous de hauteur différente,
de sorte que la façade, en comptant le petit mur du
jardin, présentait l'aspect de quatre immenses gradins.

Le plus élevé de ces bâtiments était le seul qui fût
habitable ; c'était la maison proprement dite. Un spa-
cieux corridor, blanchi à la chaux, conduisait directe-

ment de la rue au jardin. Quatre portes, outre celles des extrémités, s'ouvraient sur ce corridor, deux à main droite, deux à main gauche. Celles-ci donnaient accès dans la remise ou *foulerie*, les autres dans l'apparte- ment. C'était d'abord le salon, la *chambre du devant*, comme nous la désignions ; — une immense pièce éclairée par deux fenêtres aussi hautes que le plafond et larges comme des portes charretières. Ma grand'tante, qui se tenait de préférence dans cette pièce, y avait fait construire une alcôve flanquée de deux cabinets. Par l'un de ces cabinets on communiquait avec la salle à manger, non moins grande et non moins élevée que le salon, et revêtue de belles boiseries sculptées d'ara- besques. Elle prenait jour sur une petite cour intérieure où s'ébattaient nos quelques poules. Un second corridor reliait la salle à manger à la cuisine, au fond de laquelle était ménagé un innommable réduit, une soupente qui était presque une chambre, et où l'on grimpait par un escalier de bois en forme d'échelle. C'était la chambre de ma vieille Marianne, ce fut la mienne pendant mes sept premières années.

La distribution du premier étage correspondait à celle du rez-de-chaussée : une grande pièce sur le de- vant, une autre sur le derrière ; mais la cuisine man- quait : elle était remplacée par deux jolies chambrettes, qui donnaient sur le jardin et d'où l'on jouissait d'une vue très étendue et très pittoresque.

C'est là que ma grand'tante m'installa quand j'eus atteint l'âge de raison. Dans l'une de ces petites cham- bres on plaça mon lit et mon armoire ; dans l'autre, ma table de travail et mon casier de livres. C'est là que s'est écoulée mon adolescence, mon meilleur temps ; là que je suis revenu, où je suis assis en ce moment et écris ces lignes.

Les deux autres pièces du premier étage étaient
inhabitées et toujours closes.

Une ou deux fois par saison, Marianne profitait d'une
belle après-midi pour aller les aérer. Je ne manquais
pas de l'accompagner, ayant bien soin de tenir sa robe,
curieux, avide et tremblant de peur. Je ne saurais
rendre l'émotion qui m'agitait, lorsque je pénétrais
dans ce local ténébreux et glacé, imprégné d'une odeur
sui generis, de remugle et de parfums fades et rancis.

Ces deux chambres, qui communiquaient avec d'autres, situées dans le second corps de bâtiment, au-
dessus de la remise, avaient été occupées par mon père
et ma mère. Les meubles, les tableaux, rien n'avait
bougé de place; tout était religieusement délaissé.

Le jardin n'offrait pas moins de disparates et d'irré-
gularités que la maison.

Tout d'abord on avait devant soi une sorte de verger,
un grand ovale de gazon planté d'arbres fruitiers, entouré de parterres et de massifs d'arbustes, à côté des-
quels se trouvaient la citerne et sa *pierre à eau*. Un
mur à hauteur d'appui, aux assises verdâtres et mous-
sues, percé en son milieu d'une porte à claire-voie,
séparait ce verger du « grand jardin ». Le grand jardin
était lui-même divisé par un ados en deux sections. La
première ne se composait que de deux carreaux; puis,
en suivant l'allée médiane, on descendait un escalier de
quelques marches qui coupait l'ados, et on abordait
l'autre partie. L'allée, qui se continuait en droite ligne
et traversait le jardin dans toute sa longueur, formait,
avec une autre allée qui lui était perpendiculaire, quatre
carreaux d'égale superficie, tous bordés de buis, et
dont les plates-bandes étaient garnies de groseilliers et
de quenouilles. Au point d'intersection se dressait, comme
un dieu terme, le pilastre d'un cadran solaire, où les

rayons et les chiffres disparaissaient sous les taches de
vétusté. Deux petits murs de blocaille, à demi déchape-
ronnés, longeaient les contre-allées et permettaient de
plonger les regards, sans se hausser, dans les propriétés
voisines. A l'extrémité régnait une tonnelle, un *chambret*
de vigne et de houblon, qui abritait un large banc de
pierre ménagé dans l'épaisseur d'une haute terrasse.

Ce chambret faisait le désespoir de Marianne. C'était
à elle qu'incombait l'entretien du jardin, et, au moindre
vent, les lattes du treillage se désarticulaient, les lianes
tombaient deçà et delà : il fallait tout reclouer et rat-
tacher.

Ce n'est pas tout. Il y avait encore le « jardin du
bas », situé de l'autre côté du chambret, en bas de la
terrasse, et qui comprenait d'abord un plant d'asperges
disposé sur une seconde terrasse, de moitié moins
élevée que la précédente ; puis, au-dessous, dans un
repli du terrain, un verger terminé et dominé par une
belle allée de mirabelliers. Enfin, au delà de cette allée,
se trouvait une vigne, qui se déroulait en déclive jusqu'au talus d'une route creusée au fond et sur les
pentes d'un étroit et très pittoresque vallon, — la route
de Polval.

Que le lecteur, eu égard à mes nombreuses omis-
sions, me pardonne la sécheresse et la prolixité de ces
détails. J'aurais pu lui faire gravir — au risque d'en-
torses ! — les deux ou trois piètres escaliers percés dans
les terrasses du jardin ; lui montrer la buanderie, servant en même temps de chambre à four, qui se trouvait
derrière la cuisine ; la niche aux lapins, qui occupait
tout le fond de la remise ; et les trois caves avec leurs
caveaux, les greniers, les faux greniers, les mille
recoins de cette baroque construction. Je n'en aurais
jamais fini !

Ma mère était morte très peu de temps après ma naissance. Mon père, ancien chef de bataillon, postula sur-le-champ sa réintégration dans les cadres de l'armée, et fut envoyé en Afrique. Deux ans plus tard, il tombait mortellement frappé dans une rencontre avec les indigènes révoltés.

Je restai ainsi dès le bas âge sous la tutelle d'une sœur de ma grand'mère, ma grand'tante Huguenin, ma seule parente.

Elle me confia d'abord à une pauvre voisine, la femme d'un tisserand, qui me nourrit de son lait pendant dix mois. Marianne venait chaque jour inspecter ma petite personne, s'assurer de la propreté de mes langes et constater les progrès de ma force et de ma taille. Il va sans dire, n'est-ce pas, que je n'ai su cela que plus tard; mais quand bien même on ne me l'eût pas appris, la constante sollicitude de ma vieille bonne et sa tendresse pour moi me l'auraient fait deviner. Lorsqu'elle jugea ces progrès suffisants, elle m'emporta, moi et ma *banne*, dans sa chambre, et comme ma tante, qui n'était pas pressée d'ouïr mes crieries, objectait que « c'était trop tôt, qu'on pouvait bien attendre encore :

— Non, il sera mieux chez nous, répliqua Marianne. Ne vous épouvantez pas : c'est à moi seule que le p'tiot aura affaire. »

Ma tante Huguenin n'aimait pas les enfants, les garçons surtout. Elle ne savait ni caresser, ni embrasser. Son abord même avait quelque chose de sec et de glacial. Jamais je ne la vis se départir de sa raideur; jamais, pendant près de vingt ans que je vécus à ses côtés, que j'allai régulièrement soir et matin, en prenant congé d'elle ou en le revoyant, déposer un baiser sur son front, jamais je ne sentis à mon tour la pression de ses lèvres, je ne reçus d'elle une tendre parole, un sourire affectueux.

Elle n'en avait pas moins ses qualités. Nul dans notre paroisse ne passait pour faire autant de bien qu'elle. Sa charité était proverbiale. Présidente ou dame patronnesse, elle était de toutes les associations, de tous les comités ou confréries de bonnes œuvres, de toutes les quêtes en faveur des indigents.

Maître Huguenin, mon grand-oncle, dont l'étude de notaire était une des mieux achalandées de la ville, avait laissé à sa veuve une quinzaine de mille livres de rentes, fortune énorme, en ce temps-là, pour le pays. Avec ses goûts simples et presque rigides, ma tante ne dépensait pas plus de trois mille francs par année ; le reste était la part des pauvres. Aussi était-elle universellement respectée, vénérée, — je n'ose dire aimée. Ah ! qu'un peu de laisser-aller et d'attendrissement lui aurait bien convenu !

Sa vie était, comme son caractère et son allure, régulière et compassée. C'était à croire qu'elle obéissait à une règle conventuelle. Elle se levait de grand matin, rangeait elle-même sa chambre, déjeunait, puis allait assister à une messe basse. Venaient ensuite les visites aux malades et aux nécessiteux, les démarches de toutes sortes que lui imposaient ses fonctions de dame de charité.

Elle rentrait à onze heures, pour le dîner, après lequel elle faisait une seconde toilette, écrivait quelques lettres ou lisait un chapitre de quelque livre édifiant. A deux heures elle s'installait dans son fauteuil, à gauche de la fenêtre, ouvrait son coffret à ouvrage, et, tantôt tricotant ou raccommodant, tantôt occupée à une nappe d'autel ou à un carré de tapisserie destiné à l'église, elle attendait le souper, qui avait lieu à six heures.

Le soir, le fauteuil était amené au milieu de la chambre, devant le guéridon ; Marianne, à cette fin de ne pas brûler deux lumières, venait tenir compagnie à sa maîtresse ; quelques vieilles connaissances arrivaient, les dames avec leur ouvrage, et, tout en travaillant, on devisait sur les incidents locaux et les mille riens de la journée. Le dimanche et dans les grandes occasions, on laissait chômer l'aiguille ; le guéridon était remplacé par une antique table à jeu, on taillait un boston ou un whist. A dix heures, irrévocablement, la séance était levée, et pendant que ma tante s'agenouillait sur son prie-Dieu, Marianne ouvrait les portes de l'alcôve et se retirait discrètement.

De ce qui précède, il ne faudrait pas conclure que Mme Huguenin fût une dévote outrée, une de ces pauvres vieilles, crédules, timorées, entièrement soumises à l'autorité d'un confesseur, vivant à sa merci et testant à son commandement. Oh ! que non ! Elle avait trop d'esprit, de bon sens et d'indépendance de caractère ; elle était bien trop volontaire et entêtée ! Ce n'est pas elle qui se serait jamais laissé mener par le bout du nez, non certes !

Elle était pieuse, très pieuse ; sa foi était sincère, je n'en doute pas, et cependant !... Il y aurait beaucoup à dire là-dessus. Cette piété, cette méticuleuse observance des pratiques religieuses, était-ce autre chose qu'une habitude d'enfance, un usage du monde qu'elle fréquentait, une mode de bon ton et de bonne compagnie ?

Ajoutons que ma tante avait en horreur et mépris tout ce qui tranchait avec les us et coutumes régnants, mais une horreur profonde, un mépris insurmontable, dont il est difficile même de se faire une idée ; — qu'avec toute sa franchise et cette netteté de jugement qu'elle apportait dans les menues affaires de la vie et du mé-

nage, elle était esclave de tous les principes admis, du
convenu et de toutes les banalités courantes ; que le
succès, enfin, était son criterium suprême ; à telle en-
seigne qu'avant de se prononcer sur quelqu'un elle eût
volontiers demandé, selon le précepte d'un célèbre
politique : « Est-il heureux ? »

« La haine des remuements et des nouvelletez »,
comme on disait jadis, nouvelletez religieuses ou remuements politiques, était innée chez elle. Malheur à
qui aurait osé prononcer les mots de Libre Pensée, de
Révolution ou de République, sans y joindre une épithète ironique ou dénigrante! Celui-là était jugé. La
Révolution, pour elle, c'était Robespierre, la guillotine,
les noyades, les torrents de sang, l'assassinat de
Louis XVI, — un si bon roi! C'était le partage des
biens, le vol, le pillage, l'incendie, toutes les cala-
mités!

Et les droits de la pensée, la souveraineté de la raison,
qu'est-ce que cela signifiait? Les autels renversés, les
prêtres poursuivis et traqués, — toujours comme en
quatre-vingt-treize! « On la connaissait, on l'avait
vue, cette déesse Raison! C'était du propre! Une femme
nue, promenée sur un char! Les infâmes! Les mons-
tres! »

Mais, avant tout, Mme Huguenin avait soin d'éviter
ces questions brûlantes. A peu d'exceptions près, son
entourage était imbu des mêmes croyances, des mêmes
idées; les discussions politico-religieuses y étaient donc
fort rares. On se bornait d'ordinaire à lancer quelque
sarcasme ou quelque imprécation à l'adresse des nova-
teurs et des perturbateurs, rien de plus, et ma tante, si
vive que fût son animadversion, aimait mieux se contraindre, se gourmer dans son flegme habituel — et
parler d'autre chose.

Dans la gestion de ses affaires et la gouverne de son ménage, c'était la femme la plus entendue, la plus soigneuse, la plus minutieuse. Il ne sortait pas un sou de son secrétaire qu'elle ne sût où il allait et qu'elle n'en eût relaté l'emploi sur un registre *ad hoc*. Non, pas qu'elle fût avare ou intéressée : tant d'aumônes et de bonnes œuvres attestaient le contraire. Elle voulait se rendre compte, voilà tout ; chez elle, autour d'elle, partout, elle voulait de l'ordre.

Physiquement, c'était une personne de taille moyenne, d'une maigreur excessive, au teint bilieux, aux lèvres fines et décolorées, au regard terne et vitreux, — une figure, en somme, qui n'avait rien de sympathique, et dont l'expression concordait assez bien avec le caractère, le tempérament, l'idiosyncrasie du sujet.

Grâce à Dieu ! Marianne était là, et je n'ai point été frustré de ma part de caresses et de baisers. Elle m'a été, au contraire, si libéralement dévolue que je ne crains pas d'affirmer que peu d'enfants ont été plus aimés, plus choyés de leur mère que moi de ma vieille bonne.

A la voir cependant, de prime abord, on aurait été tenté de la croire aussi rébarbative que sa maîtresse. Comme elle, elle était maigre, osseuse, anguleuse et d'une pâleur morbide ; elle avait le même nez pincé et légèrement busqué, la même allure discrète, les mêmes airs, — comme si ces deux femmes, à force de vivre l'une près de l'autre, avaient fini par se modeler, se mouler l'une sur l'autre. Elle parlait peu, riait encore moins, n'élevait jamais la voix, même lorsqu'elle grondait « le p'tiot ». Mais, en la considérant de plus près, on ne tardait pas à découvrir sous cette gravité et cette froideur apparente des trésors d'indulgence et de bonté. Ses yeux d'abord, ses beaux yeux, tantôt chatoyants comme des émeraudes, tantôt pétillants de malice, et néanmoins si sereins, si doux, si aimants, et où j'ai vu tant de fois briller, derrière ses lunettes d'acier, une larme de tendresse. Puis cette bouche aux contours bien marqués, aux angles gracieusement relevés, où jamais n'ont glissé l'ironie, le dédain où la colère, qui ne savait et qui sans doute ne pouvait exprimer que la bienveillance et s'ouvrir que pour consoler et réconforter.

La première impression était loin d'être aussi favorable, je le répète. Marianne, pas plus que sa maîtresse, n'avait l'abord engageant. Il fallait la connaître. Ainsi, lorsqu'elle travaillait auprès de nous dans le salon, il lui arrivait souvent de ne pas desserrer les dents de toute la soirée, bien que personne ne la traitât en subalterne et n'eût trouvé malséant qu'elle prît part à la conversation. Elle avait même son franc parler chez nous, et savait en user à l'occasion. En revanche, lorsque nous n'étions que nous deux, le matin, par exemple, pendant qu'elle allait et venait dans sa cuisine, elle ne tarissait pas : « Surveille bien le lait, qu'il ne sauve pas, mon fi! Ah! le voilà qui monte, retirons-le, attention!... Maintenant, p'tiot, nous allons éplucher les pommes de terre... Nous allons secouer la salade, à présent; ensuite nous irons préparer notre lessive, mon loulou : c'est après-demain matin que les laveuses viennent, faut y penser! »

« Nous allons, nous irons! » Elle me mettait ainsi de moitié dans tout ce qu'elle faisait; sans cesse elle s'occupait de moi, m'appelant toujours « p'tiot », « mon loulou », « mon fi », « mon mignon », ou « mon trésor ». Elle avait réponse à toutes mes questions. Elle me contait des histoires d'enfants perdus qui finissaient par retrouver leurs mamans, de brigands à longues barbes

dont la spécialité était d'enlever les petits garçons dé-
sobéissants. Puis, elle m'emmenait dans le jardin, faire
la cueillette des légumes et des fruits; chez le bou-
langer, chez l'épicier, — le père Lorain, — à la bou-
cherie, au marché; on me rencontrait sans cesse pendu
à ses jupes.

C'est que Marianne, au rebours de ma grand'tante,
aimait les enfants, et les garçons plus encore que les
filles. A ce penchant natif se joignait le souvenir de
ma mère qu'elle avait élevée, et j'héritais de toute l'affection qu'elle lui avait vouée. Elle me parlait d'elle
souvent et me la citait comme exemple : « Je n'avais
pas besoin de lui répéter deux fois la même chose, elle
savait obéir, elle! Ce n'est pas comme toi! »

Originaire de la campagne, Marianne était entrée
toute jeune chez nous, peu de temps après le mariage
de ma grand'tante. Il y avait près d'un demi-siècle
qu'elle vivait sous notre toit; elle faisait partie de la
famille, et, chez nos fournisseurs comme dans notre
voisinage, elle n'était connue que sous le nom de sa
maîtresse, on ne l'appelait que « la Marianne Huguenin ».

Atteinte d'une maladie de foie, ce n'était que grâce à
des ménagements continuels et surtout à son énergie
morale et à son activité, que ma tante Huguenin se soutenait. Sans cesse appliquée à lutter contre son mal,
à le mater, ne s'alitant ni ne s'écoutant jamais, elle
souffrait sans geindre, sans mot dire, toujours stoïque
et impitoyable.

Marianne avait, au contraire, une santé de fer, qui
faisait l'étonnement et l'admiration de tout le quartier.

Avec elle, jamais de rhume, jamais de migraine, et
pourtant jamais personne ne prit moins de précautions.

Levée avant l'aube, elle allait de sa cuisine à la remise, de la remise au jardin, bêchant, émondant, sarclant en plein soleil, et rentrait tout en sueur pour descendre à la cave ou grimper au grenier. Elle était infatigable.

En revanche, personne ne témoignait pour la santé d'autrui plus de crainte et de sollicitude. Ma tante avait beau taire ses malaises, Marianne les devinait et s'obstinait à vouloir y remédier. « Vous avez mal dormi c'te nuit; ne dites pas non, je vois ça! Vous auriez dû rester au lit et faire la grasse matinée. » Ou bien : « Vous n'êtes pas à votre aise, ce soir, j'en suis sûre; c'est ce maudit dîner qui ne passe pas. » — Et vite, elle allait lui préparer une tasse de thé « bien léger ». Moi, à la moindre toux, elle me confectionnait des potées de tisane et me bourrait de pâte de guimauve.

J'en aurais long à dire sur cette digne et vaillante femme, si j'avais dessein de raconter ici l'histoire de sa vie. Que de bienfaits épandus par elle secrètement! Quel cœur d'or! Sa sœur, ses neveux, ses nièces, des petits-cousins, des arrière-cousines, toute la séquelle de ses parents avait continuellement puisé dans sa bourse. Elle avait marié les unes, racheté celui-ci de la conscription, payé l'apprentissage de celui-là, que sais-je! Il y avait plus de quarante ans que cela durait; ses gages s'en étaient allés au fur et à mesure chez l'un ou chez l'autre, et, presque arrivée au terme de l'existence, elle ne possédait pas un sou vaillant.

Elle aurait pu, dans bien des cas, recourir à sa maîtresse, la prier de s'associer à ses actes de bienfaisance. Mais non, c'était toujours par hasard qu'ils nous étaient révélés, et il fallait voir alors comme elle s'en défendait, et quelle confusion, quel dépit! Ma tante — la prévoyance en personne — commençait par la gronder de ne pas songer à ses vieux jours et de tomber dans ces excès d'abnégation. — « Trop, c'est trop ; — il faut en tout une juste mesure. » Puis, après lui avoir débité maints lieux communs du même genre, elle lui ouvrait sa bourse et lui demandait, en guise de péroraison : « Allons, combien te faut-il encore ? »

Aimer, se sacrifier, tel était le lot de Marianne. Hors de là, elle paraissait dévoyée.

Ses connaissances étaient des plus élémentaires ; elle savait lire couramment, former ses lettres tant bien que mal, et rien de plus.

Elle avait du bon sens, une certaine finesse d'esprit même ; mais ces diverses qualités étaient comme éclipsées par cette abondance de tendresse et cet admirable instinct de dévouement.

Particularité bien singulière chez une pauvre campagnarde ignorante, Marianne n'était pas dévote. Elle avait tout juste autant de religion qu'il en fallait pour ne pas scandaliser notre petit monde. Chaque dimanche elle se rendait à la messe, — une messe basse le plus souvent, — encore y mettait-elle si peu d'empressement qu'elle n'arrivait jamais qu'après l'Évangile. Je n'ai jamais su positivement si elle se confessait et faisait ses Pâques. Ma tante ne lui ménageait pas les exhortations à cet égard. Elle les écoutait avec déférence et componction, approuvait en dodelinant de la tête : « Mais oui, madame, sans doute, c'est un devoir... Pas plus tard que demain j'irai trouver notre vicaire. J'en avais l'intention, du reste. Demain matin, sans faute, dès que la laitière sera venue, j'irai. » Le lendemain, en effet, aussitôt après le départ de la laitière, elle mettait son tartan et son bonnet, et s'en allait au marché, avec son panier sous son bras.

C'est elle pourtant qui m'a enseigné à prier Dieu.

Matin et soir, elle me faisait mettre à genoux devant
elle, joignait mes petites mains dans les siennes, et
nous récitions de concert le « Notre Père », le « Je
vous salue, Marie », le « Je crois en Dieu », et l'atten-
drissante oraison de saint Bernard : « Souvenez-vous, ô
très pieuse vierge Marie... »

Une simple remarque résumera et sanctionnera en
même temps l'éloge, le panégyrique, si l'on veut, de
cette chère Marianne. Ma tante Huguenin, si difficile à
contenter, si froide, si fermée à tout enthousiasme, telle
qu'on la connaît enfin, non seulement aimait sa vieille
servante, mais, — j'en ai eu la preuve plus d'une fois,
— dans son for intérieur, elle l'admirait, elle la vénérait
comme une sainte.

II

J'atteignais ma cinquième année, lorsqu'un dimanche
d'octobre, entre messe et vêpres, ma tante me prit
par la main et me conduisit au pensionnat Saint-Joseph.
C'était le plus estimé, le mieux fréquenté de la ville.
L'aristocratie et la haute bourgeoisie n'en connaissaient
pas d'autre ; les gros paysans d'alentour se piquaient
d'y envoyer leurs fils. Bien qu'il se trouvât assez éloigné
de notre demeure et que d'autres établissements sco-
laires en fussent plus rapprochés, Mᵐᵉ Huguenin n'avait
pas hésité : là où soufflait la vogue, là il fallait aller.

Nous allâmes donc. Chemin faisant, ma tante m'en-
tretint du nouveau genre de vie qui m'attendait, des
devoirs que j'aurais à remplir envers « le bon monsieur
Bonardot », et de mes rapports avec mes jeunes condisciples.

A notre coup de sonnette, la porte s'ouvrit et Mˡˡᵉ Bo-

nardot, un petit laideron de cinq ou six ans, aux cheveux filasse, au visage criblé de taches de rousseur, nous
introduisit dans le salon, en nous annonçant qu'elle
allait « prévenir son papa ».

Bientôt un pas pesant et rapide à la fois retentit dans
le corridor, et nous vîmes apparaître le chef du pensionnat, le bon M. Bonardot.

Il s'inclina très respectueusement devant ma tante,
en enlevant la calotte de velours noir qu'il avait sur la
tête, et nous invita à nous asseoir.

Je le considérais de tous mes yeux, pendant que ma
tante lui exposait le but de notre visite. Il avait vraiment une bonne figure. Quoique jeune encore, il était
chauve et un peu voûté; ses joues blanches et dodues
étaient soigneusement rasées; son nez, à peine saillant
au début et comme écrasé, se relevait ensuite et se dila-
tait, s'évasait en formant deux énormes narines, qui
s'harmonisaient bien avec sa bouche lippue et largement fendue. Son front était élevé et bosselé; de longs
cils blonds ombrageaient sa prunelle bleu de porcelaine; son regard, bienveillant et paterne le plus
souvent, par moments s'affinait, s'aiguisait, rutilait
de malice et de matoiserie. Mais ce qu'il avait de
plus caractéristique, c'étaient les oreilles. Qu'elles fussent longues, charnues, mal ourlées, informes, passe
encore, mais elles s'écartaient tellement du profil de son
visage qu'elles y formaient chacune comme un appen-
dice perpendiculaire : on eût dit qu'un coup de vent, les
frappant par derrière, les avait pour jamais rebroussées.

Irrévérence à part, cette face glabre, massive et tail-
lée en biseau n'était pas sans analogie avec celle d'un
individu de l'espèce ovine ou bovine; on en faisait tout
bas la remarque dans la ville; on reconnaissait, en

outre, que le directeur du pensionnat Saint-Joseph, officier d'académie et marguillier de sa paroisse, était un malin, un finaud dans la gestion de ses intérêts. Mais il avait l'air si naïf, si niais, il avait une si bonne tête, qu'on ne le désignait jamais que par la périphrase « le bon monsieur Bonardot », absolument comme on dit le bon Dieu.

Tout en causant, il m'avait attiré près de lui et je sentais ses grosses phalanges se jouer dans mes cheveux.

« Comment t'appelles-tu ? me dit-il.

— Marcel, répondis-je.

— Marcel comment ?

— Marcel Gallois.

— Eh bien, mon petit Marcel, es-tu content d'entrer à l'école ? Dis ?... »

Je secouai la tête en signe d'acquiescement.

Ma tante aussitôt me releva de sentinelle.

« Est-ce que tu es muet ? On ne hoche pas la tête, on répond : oui, monsieur, ou : non, monsieur.

— Oui, monsieur, murmurai-je.

— Tu seras bien sage ? Tu me le promets, n'est-ce pas ?

— Oui, monsieur.

— A la bonne heure ! Et nous serons une paire d'amis nous deux ! »

Cela me fit rire. Je m'enhardissais, je me sentais gagné par cette rondeur, cette bonhomie et ces cajoleries.

« Tu veux bien que nous soyons une paire d'amis ? répéta-t-il.

— Oui, monsieur.

— Allons, bien, mon petit Marcel, bien ! Nous nous entendrons tous les deux, je vois ça. »

Il s'arrêta sur cette agréable prévision, et, se tournant vers ma tante, il lui proposa de visiter l'établissement.

Elle accepta volontiers. La classe, la salle de récréation, le réfectoire, la cuisine, le dortoir furent successivement parcourus. Le maître de céans avait soin de nous en signaler et de nous en faire admirer au fur et à mesure la bonne disposition, le parfait aérage et tous les avantages et agréments.

« Voyez, *ils* ont de la place, si nombreux qu'*ils* soient !... Ce n'est pas l'air qui *leur* manque ! »

Je marchais tout près de lui ; il tenait sa main droite appuyée sur mon épaule et ne me quittait pas. De temps à autre il m'adressait la parole.

« Voilà le banc des *grands* ; les *petits* sont au pied de la chaire, sous mes yeux ; tiens, c'est ici que je te placerai. »

Enfin nous arrivâmes dans la cour, où les élèves étaient rassemblés. A notre aspect, cris et jeux s'arrêtèrent soudain ; tous les regards se braquèrent sur nous, sur moi, — et je me sentis dévisagé comme une bête curieuse. Instinctivement je me rapprochai de ma tante.

« Comment ! tu as peur ? Un grand garçon comme toi ! s'exclama M. Bonardot. Ils ne te mangeront pas. Voyons, va faire connaissance avec eux, va ! Pendant ce temps, si vous le voulez bien, madame, reprit-il, nous irons visiter le jardin. »

Je restai seul, planté au milieu de la cour.

Les élèves ne cessaient de m'observer et semblaient tenir conseil. Bientôt un mouvement se produisit, et ils commencèrent à s'avancer vers moi à petits pas, tous en masse, et m'entourèrent. Le plus grand se chargea de m'interroger.

« Tu entres à la pension ?

— Oui.

— Comme interne ? »

Je ne compris pas le sens de ce mot et demeurai coi.

« Je te demande si tu seras pensionnaire ou externe ?

— Demi-pensionnaire, balbutiai-je.

— Tes parents habitent donc ici ?

— Oui.

— Comment te nomme-t-on ?

— Marcel Gallois.

— Qu'est-ce que fait ton père ?

— Il est mort.

— Ah ! »

Puis, après un silence :

« C'est ta mère, cette dame ? reprit un autre.

— C'est ma tante.

— Est-ce qu'elle connaît le père Bonardot ?

— Oui… je crois.

— Tu l'as vu chez vous ?

— Qui ?

— Le père Bonardot ? »

Comme j'allais répondre, je sentis soudain quelque chose me glisser dans le cou et le long du dos : l'un des élèves venait de m'introduire une poignée de sable entre cuir et chemise.

J'eus à peine le temps de me retourner : un autre, mon interlocuteur peut-être, me tira brusquement les cheveux par derrière et de toutes ses forces.

Je ne poussai pas un cri ; je ne tentai pas de m'enfuir, encore moins de me revancher ; j'étais tout ahuri, tout hébété, je ne savais ce que cela voulait dire ; les larmes me montèrent aux yeux et je me pris à sangloter. Presque aussitôt j'entendis comme une bousculade autour de moi et j'aperçus le plus grand des élèves, celui qui le premier m'avait adressé la parole, en train de distribuer des taloches à deux ou trois de ses condisciples.

« Ce n'est pas moi ! criait l'un.

— Avec ça que je ne t'ai pas vu !

— Vas-tu me laisser ! vociférait un autre.

— Oui, oui, attends ! »

Et il continuait à taper dru. Quand il jugea la correction suffisante, il vint à moi, m'essuya les yeux avec son mouchoir, épousseta ma blouse, que le sable et la poussière avaient salie, et remit ma casquette dans sa position normale.

« Allons, console-toi, ne *chigne* plus, me dit-il ; ils ne recommenceront pas, va, sinon c'est à moi qu'ils auront affaire. Allons, vite !... qu'on ne s'aperçoive pas que tu as pleuré... voilà le père Bonardot ! »

Tels furent les incidents qui marquèrent mon entrée au pensionnat Saint-Joseph, — mon début dans l'apprentissage de la vie.

Des six années que je passai dans cet établissement, je ne dirai que peu de chose. Non pas que mes souvenirs de cette époque aient disparu de ma mémoire ou se soient affaiblis : je revois encore la chaire du père Bonardot, nos quatre longues tables de chêne bruni, les cartes et tableaux synoptiques appendus aux murs, et nos livres, les *Premières Lectures courantes*, le *Fablier des Écoles* de Porchat, la *Morale pratique*, la *Petite Histoire sainte* à cartonnage bleu de Félix Ansart, je les revois tous dans leurs formats, avec leurs différences de caractères typographiques. Et mes jeunes condisciples, je sais encore leurs noms et prénoms, à tous, je me rappelle encore leurs figures, leurs airs et jusqu'à leurs vêtements.

Mais que servirait de relater tant d'insignifiants détails ? Les jours, les heures même se ressemblaient : l'« Emploi du temps », placardé entre les deux fenêtres de la classe, ne laissait aucune part à l'imprévu. Les jeudis et les dimanches apportaient seuls quelque diversion. Les jeudis, l'après-midi, il y avait promenade : on nous conduisait dans les bois de Combles ou de Véel, ou sur les friches de Savonnières ; ou bien, si la saison était mauvaise, on nous lisait des histoires, l'*Ami des Enfants* de Berquin, entre autres. Le dimanche, c'était mieux, je ne mettais pas les pieds à l'école, j'accompagnais ma tante à la messe et aux vêpres, et je jouais ensuite comme bon me semblait, dans le jardin, dans le corridor ou la remise.

Sauf ce jour-là donc, chaque matin, à sept heures et demie, je m'en allais, escorté de Marianne. La route se faisait gaiement. Plusieurs élèves de Saint-Joseph habitaient dans notre voisinage, et, comme il était convenu, nous les prenions en passant. A cause de la distance, il avait été stipulé que je ne reviendrais pas à midi et que je partagerais le repas des pensionnaires ; néanmoins Marianne ne manquait jamais de me confectionner mon petit panier, c'est-à-dire de le bourrer de tartines de beurre et de confitures, de pommes ou de poires, de restants de gâteaux, etc. A la sortie de classe, à six heures, je la trouvais qui m'attendait dans le parloir. Tout en m'embrassant sur les deux joues, elle me mettait mon caban, mes moufles et ma casquette ; nos compagnons de route du matin s'apprêtaient de leur côté, et nous repartions tous ensemble.

Mes soirées, — ou du moins les deux heures que ma tante m'accordait comme un intervalle suffisant entre le souper et le coucher, — se passaient à feuilleter quelque livre, à regarder des images, ou, si le guéridon n'était pas trop encombré, à construire des maisons et des tours avec des dominos. Quelquefois, quand nous n'étions que nous trois, ma tante, Marianne et moi, — mais il fallait que j'eusse été bien sage ! — on me régalait d'une partie de loto.

Outre les visites de cérémonie ou d'affaires qu'elle recevait dans l'après-midi et qui étaient assez rares, ma tante Huguenin avait, comme je l'ai dit, un petit nombre d'intimes, qui, eux, ne venaient que le soir et presque à tour de rôle. Entre sept et huit heures, tantôt l'un, tantôt l'autre nous arrivait. Familiarisés que nous étions avec leurs habitudes respectives, leurs pas, leurs façons de nettoyer leurs semelles et de tirer le pied de biche de la sonnette, nous les devinions avant même que Marianne eût ouvert la porte.

L'un, nous l'entendions secouer les cendres de sa pipe contre le mur : c'était le père Warnier ; une petite toux sèche nous annonçait Mlle Anna ; que le temps fût pluvieux ou beau, le colonel Rambert consacrait cinq bonnes minutes à racler ses brodequins sur le décrottoir ; M. Victor Villeroy faisait de même, mais son coup de sonnette — un maître carillon capable de réveiller les morts — mettait fin à la confusion.

En me rappelant ces innocentes manies, en écrivant le nom de ces personnages, presque tous, hélas ! disparus depuis longtemps, de qui j'ai reçu tant de caresses ou d'amicales réprimandes, et dont la voix vibre encore à mon oreille, je ne puis me décider à passer outre sans les écouter et les considérer une dernière fois, sans essayer de les faire revivre un instant.

Mlle Anna Bonnet, que nous n'appelions jamais que Mlle Anna, était, je crois, la meilleure amie de ma

grand'tante, en tout cas la plus assidue. Alors âgée de
quarante-cinq à cinquante ans, petite, blonde, maigre-
lette; sans être précisément bossue, elle était affectée
d'une certaine difformité dorsale assez apparente : elle
avait l'épaule gauche déjetée et un peu plus élevée que
la droite. Elle habitait une fort belle maison peu dis-
tante de la nôtre, et vivait seule avec sa servante Victoire. Elle était aussi propriétaire d'un jardin, à l'extrémité duquel régnait une longue terrasse d'où l'on dé-
couvrait toute la ville. Joignez à cela une vingtaine
d'hectares de bois, trente ou quarante *journaux* de
vignes, et il ne vous sera pas difficile de conclure que
Mlle Anna passait pour être « très à son aise ».

Je n'ai guère eu le temps de la connaître, la pauvre
demoiselle. Sa mort, suite d'une rupture d'anévrisme,
fut le premier vide qui se fit dans notre entourage.
J'avais alors neuf ans. Mais il ne me faut pas grand effort de mémoire pour me représenter cette douce et
frêle personne, assise dans notre plus large fauteuil, en
train de faire des rideaux à la navette ou au crochet.
J'ignore pourquoi elle avait choisi ce genre d'ouvrage,
qui exigeait tout un attirail et accaparait toute la place ;
tant il y a que je ne lui en ai jamais vu apporter d'autre
à la maison.

Ce qu'elle ne manquait pas non plus d'apporter chaque
fois, c'étaient des friandises pour « son ami Marcel » ;
entre autres, une sorte de petits massepains, des *neiges*,
qui étaient, comme elle le disait, de sa fabrication, et
qu'elle se piquait de réussir à merveille.

En outre, de temps en temps — c'était mon grand
bonheur ! — elle m'invitait à goûter ou à dîner ; puis
nous allions dans son jardin « voir la ville ». Elle m'installait devant la fenêtre du kiosque, disposait de son
mieux la longue-vue braquée sur une rue ou une place,

l'essayait et me disait de regarder à mon tour. A tel endroit, je devais apercevoir soit un homme, soit une femme, un cheval ou un chien.

« Le vois-tu ? me demandait-elle.

— Non, c'est tout trouble, je ne vois rien. »

Après maints essais, pour ne pas la fatiguer, et par amour-propre aussi, j'en conviens, je finissais, comme le dindon du fabuliste, par m'écrier : « Oui !... c'est mieux comme ça. Je ne distingue pas encore très bien... mais je commence... presque ! »

Aujourd'hui je puis avouer sans honte que je ne me souviens pas d'avoir aperçu quoi que ce soit, chien, cheval, voiture ou maison, avec la fameuse lunette. C'était toujours tout trouble !

J'en ai moins long à dire sur le compte du colonel et de la colonelle Rambert, et, par une bonne raison, c'est que ni l'un ni l'autre ne faisaient grande attention à moi.

M. Rambert, colonel de gendarmerie en retraite, était cependant un charmant homme, un très amusant causeur. Il possédait une inépuisable collection d'historiettes, mais qui n'étaient pas toutes « pour les enfants », — *ad usum Delphini;* — et, lorsqu'il était présent, personne autre que lui ne parlait. On se vengeait en l'accusant tout bas d'être très menteur. Ses soixante-dix ans ne lui pesaient pas, il en paraissait tout au plus cinquante ; il était, d'ailleurs, très soigneux de sa personne, très élégant, très galant même. C'était un vieux dandy, qui, dans son jeune temps, avait dû tourner les plus jolies têtes, et, j'ai lieu de le présumer, commettait encore *in petto* ses petites fredaines.

Quant à son épouse, respectable sexagénaire à l'air grave, toujours silencieuse, elle tricotait, tricotait, tricotait.

Une autre femme d'officier retraité faisait partie de nos réunions ; c'était Mme Remy, ex-institutrice très intelligente, très spirituelle, qui possédait une réelle instruction et des connaissances très variées, qu'elle avait le bon goût de ne pas étaler à tout bout de champ. Trop sensée pour être pédante, elle affectait cependant une très grande pureté de langage et ne reculait pas, par exemple, — si telle était la règle grammaticale, — devant l'emploi de l'imparfait du subjonctif. A part ce petit travers, reste de son ancienne profession, on lui attribuait et à juste titre un vilain défaut, l'avarice, la lésinerie ; et si, durant la mauvaise saison, elle venait presque chaque soir s'installer à notre foyer, — on ne se gênait pas pour le dire et en plaisanter derrière elle, quelques-uns même pour le lui faire entendre malicieusement, — « c'était autant de bois et d'huile d'économisés chez elle ».

Elle avait été fort belle, assurait-on ; mais une maladie, une brûlure, je ne sais quel accident avait flétri son teint et ridé et couturé une partie de son visage. On racontait qu'elle s'était mariée par amour : dans ce cas, il faut admettre que les ravages physiques qu'elle avait éprouvés avaient eu pour pendants des altérations non moins profondes dans le caractère de son mari, car c'était bien l'être le moins aimable, le plus grincheux, le plus hargneux qu'on pût imaginer.

Il n'allait chez personne, ne recevait personne ; couché à la même heure que les poules, il se levait avec le jour, se hâtait de quitter le logis, quel que fût le temps, hiver comme été, et s'acheminait de son pas militaire le long des tranchées de la forêt, vers les combes et les bas-fonds les plus lointains, la pipe aux dents et le bâton à la main, toujours seul et la mine renfrognée. Bref, un misanthrope, un ours, un original des mieux conditionnés. Il finit comme on devait s'y attendre : un beau matin on le trouva pendu dans son grenier.

J'ai déjà fait mention de Félicie Clesse, « ma petite femme ». C'était la seule figure jeune de notre groupe, bien qu'elle affectât, par dépit et coquetterie, ayant coiffé sainte Catherine depuis peu, de se classer au rang des vieilles filles. Sa mère passait pour avoir été et pour être encore très malheureuse en ménage, et la silencieuse et douce tristesse qui lui était habituelle rendait cette croyance assez plausible. Félicie, au contraire, était la gaieté personnifiée, et comme notre salon ne brillait pas positivement par son fol entrain, comme nous n'apercevions autour de nous que des visages sérieux et solennels, il s'était établi entre elle et moi une grande intimité.

Nous nous réfugiions toujours l'un près de l'autre, dans un coin de la cheminée, et là, Dieu sait comme nous jabotions, quelles bonnes parties ! Elle était aussi enfant que moi. Nous jouions au pied de bœuf ou à pigeon vole ; nous chantonnions à mi-voix quelque ronde populaire, d'antiques et naïves mélopées :

> C'est demain dimanche,
> La fête à ma tante,
> La petite Hortense,
> Viendra danser sur les planches.
> . . . .
> Un, deux, trois,
> La culotte en bas ;
> Quatre, cinq, six,
> Levez la chemise ;
> Sept, huit, neuf,
> Tapez comme un bœuf.
> . . . .
> J'aime papa, j'aime maman,

J'aime mon petit chien, mon petit chat, mon petit frère,
J'aime papa, j'aime maman,
J'aime ma toupie et mon grand cerf-volant !

Je n'aime pas Azor, il mange mon déjeuner,
Je n'aime pas Titi, il rapporte à l'école ;
Mais j'aime papa, j'aime maman,
....

Puis c'étaient de vieux refrains guerriers ouïs par nous dans les rues de la ville :

En Angleterre nous irons,
Chargés de verr' et de canons,
Pour braver la gendarmerie
Et aussi l'*aretillerie !*
Brave soldat, tire,
Tire, tire, tire...
Ah ! le brave soldat,
Il a bien tiré son canon !
....

J'aime le son
Du clairon,
Du tambour, de la trompette,
Et mon ivresse est complète
Quand j'entends : Boum ! Boum !
Résonner : Boum ! Boum !
Quand j'entends résonner le canon !

....

Les bras entre-croisés et prêts à manœuvrer brusquement, comme il convient, à la fin du couplet, nous psalmodiions ce pot pourri local :

Pain d'épice,
Jordanis,
Mon enfant est en nourrice,
Pour manger du pain d'épice,

> Bon jus noir,
> Tire le tiroir !
> . . . .
> Permission,
> Tire le canon !

Ou bien, d'une voix d'abord lente et majestueuse :

> Prêchi prêcha,
> Ma chemise entre mes bras,
> Mon chapeau sur la tête !
> J'entre dans un petit cabinet,
> Je vis la mort qui rôtissait ;
> J'en ai demandé un petit lardon,
> On m'a donné cent coups de bâtons !
> Est-ce bien fait, mon maître ?
> Oui, grosse bête !
> Saute par la fenêtre !

Ou bien encore, nous prenant le menton l'un l'autre :

> Je te tiens par la barbette,
> Le premier de nous deux qui rira
> Recevra
> Une mouflette.

Et vlan ! vlan ! Et de nous esclaffer de rire.

A tout moment, comme on le présume bien, ma tante nous rappelait à l'ordre :

« Moins haut, moins haut, les enfants ! On n'entend que vous ! Allez jouer dans le corridor, si c'est pour faire ce vacarme ! Vous nous rompez la tête ! »

En dehors de nos bruyants conciliabules, Félicie ne parlait que de chiffons. Elle avait du tact et de l'esprit cependant, mais un esprit superficiel et mondain, et elle était, il faut bien le dire, très coquette. Physiquement, de très petite taille, les yeux vifs, le teint coloré, le

ront bosselé, surmonté d'une ample chevelure noire,
elle plaisait plus par l'expression de sa physionomie que
par la régularité de ses traits, elle était plutôt jolie que
belle, plutôt gracieuse et gentille que jolie.

Elle avait une charmante voix, et, les jours de fête, au
lieu d'assister aux offices dans son banc, elle montait
aux orgues et chantait des solos. Je l'entends encore
entonner le *Magnificat* ou le *Sub tuum*. Souvent aussi,
quelqu'un de nous lui demandait une chansonnette ou
une romance, et elle accédait à la demande sans trop
se faire prier. Tantôt c'était *le Petit Mousse* :

> Sur le grand mât d'une corvette,
> Un petit mousse noir chantait ;

tantôt *les Quatre Ages du cœur* :

> Petit enfant, j'aimais d'un amour tendre
> Ma mère et Dieu, saintes affections ;

ou :

> D'où viens-tu, beau nuage
> Emporté par le vent ;

ou encore :

> En attendant, sur mes genoux,
> Mon général, endormez-vous !

Nombre de vers me sont ainsi restés dans la mémoire, et de temps à autre je me surprends encore à
fredonner quelques bribes de ces antiques complaintes.

Ma petite femme a fini par trouver un mari « pour
de vrai ». Elle a quitté la ville et, depuis de longues
années, j'ai perdu sa trace. Se souvient-elle encore, l'infidèle, du petit mari d'autrefois ? En tous cas, je crains
bien, hélas ! qu'elle n'ait eu lieu de regretter son an-

cienne insouciance et nos passe-temps de la veillée : si
j'en crois les vagues renseignements que le hasard m'a
fournis à de rares intervalles, elle n'a, pas plus que sa
mère, rencontré le bonheur dans le mariage.

Autant j'éprouvais de plaisir à voir arriver Félicie,
autant la visite des frères Villeroy me déplaisait. Malgré
leur parenté, il n'y avait pas sur terre deux êtres plus
dissemblables que ces vieux messieurs. L'aîné, avec sa
longue figure blême en lame de couteau, ses lèvres pin-
cées, sa tenue roide et magistrale, ne disait pas trois
paroles par séance. Et, comme par antiphrase, par une
ironie du sort, il portait, ainsi que Denon, l'auteur épicurien du conte *Point de lendemain*, l'étrange prénom de
Vivant, — Monsieur Vivant ! — et il n'était connu que
sous cette menteuse appellation, qui aurait si bien convenu à son frère, M. Victor.

Le teint fleuri, rouge comme une pivoine, l'œil émé-
rillonné, le verbe haut, les mouvements brusques et sac-
cadés, toujours criant et gesticulant, M. Victor — un
excellent homme au fond — a été la terreur de mon
enfance. C'était un besoin pour lui de m'admonester à
tout bout de champ, et de quel ton, de quelle façon !
« Ne fais pas ceci ! Va t'asseoir là ! Veux-tu bien ne pas
tournailler ainsi autour de nous !... Est-ce bien sûr ce
que tu nous racontes là ?... Tu mens ! C'est mon petit
doigt qui me le dit. Ton nez tourne, d'ailleurs : demande
à ta tante ! » etc... Bref, quand il était présent, je ne
savais où me fourrer, je n'en menais pas large, comme
on dit vulgairement.

Ce fut bien pis lorsque je commençai à étudier et que
j'eus des devoirs à faire à la maison. Il voulait m'aider,
il ne s'occupait plus ni de ma tante, ni de personne, il
était tout à moi et à ma besogne, il venait même — il

osait s'en vanter, le bourreau ! — tout exprès pour moi.
Avais-je une version à traduire ? Vingt fois de suite il
me fallait chercher le même mot dans mon dictionnaire,
me référer à je ne sais combien de règles de grammaire.
Nous mettions deux heures à expliquer un chapitre de
l'*Epitome* ou un paragraphe du *De Viris*. Il m'assourdis-
sait, m'ahurissait, j'en étais malade, je me retenais à
quatre pour ne pas le planter là. Et, pour comble de
supplice, quand il se levait : « Remercie bien M. Victor,
me disait ma tante. Vois comme il est bon ! Profite bien
de ses leçons, mon enfant ! »

Je n'oublierai jamais l'algarade qu'il me fit, un soir
qu'il trouva sur la table une vieille traduction de Salluste. J'achevais ma quatrième au lycée ; nous n'en
étions encore qu'aux *Commentaires* de César, aux *Méta-
morphoses* d'Ovide et aux *Géorgiques* de Virgile ; cette
traduction m'était donc tout à fait inutile. Je l'avais dé-
terrée dans la bibliothèque de mon grand-oncle et, sans
penser à mal, par mesure préventive peut-être, je n'affirme rien, je m'en étais emparé. Arrive M. Victor, qui, à
peine assis, met la main sur le malencontreux bouquin.

J'eus beau me défendre, prouver, ce qui était clair
comme le jour, qu'une traduction de Salluste, tant
bonne fût-elle, ne pouvait me fournir la glose de Virgile
ou d'Ovide, jurer mes grands dieux que je ne m'en servirais jamais ; M. Victor, sans m'écouter, sans m'entendre, poursuivait le cours de ses anathèmes et de ses
sinistres prédictions.

« Tu ne feras jamais rien, vois-tu, mon ami, c'est
moi, Victor Villeroy, qui te le dis. Jeune, tu ne veux
pas te donner la peine de travailler, tu copies tes devoirs, tu présentes comme tienne la besogne d'un autre ;
plus tard tu tricheras au jeu, tu voleras, tu... Dieu sait
où l'on va avec de pareilles dispositions ! Ah ! c'est du

joli ! Serviteur ! Tous mes compliments ! Oui, oui, je te félicite ! Ce n'est pas de mon temps qu'on aurait osé recourir à de semblables subterfuges ! Ah ! mais non ! De mon temps, on ne connaissait pas cela, on étudiait, on s'appliquait, on trimait ferme, saprelotte ! et l'on n'arrivait qu'à force de courage et de persévérance. Tandis que vos bacheliers d'à présent ! ah oui ! De jolis cocos ! des ânes bâtés ! Pardieu ! ce n'est pas étonnant, s'ils emploient une méthode aussi commode que la tienne ! »

Bachelier, il ne l'était pas cependant ; il n'avait pu, à son grand désespoir, terminer ses études. Comme il allait entrer en troisième, ses parents, qui le destinaient au commerce, l'avaient retiré du collège, et cela, paraît-il, malgré les vives dissuasions et suppliques du principal.

« C'est un meurtre que de nous enlever cet enfant ! Oui, madame, un meurtre !... »

Il fallait ouïr M. Victor et le voir se rengorger, lorsqu'il nous recordait, de sa voix tonitruante, cette glorieuse attestation.

Mme de Sauvoy, notre voisine de droite, bien qu'elle n'assistât jamais à nos réunions du soir et préférât venir dans l'après-midi, ne doit pas être oubliée non plus.

Ma grand'tante l'avait vue naître et elle avait été l'amie de ma mère. Mariée à un chef de bureau du ministère des travaux publics, elle était restée veuve de bonne heure, et avait regagné le pays natal avec sa fille Geneviève, plus jeune que moi de quelques années.

Jusqu'à son entrée au couvent, Geneviève a été ma camarade de jeux, mon souffre-douleur plutôt, car je me plaisais à lui faire toutes les niches imaginables.

Jouions-nous à cache-cache, je l'enfermais dans le grenier ou la chambre à four et la laissais crier, jusqu'à ce que Marianne accourût pour la délivrer. Je lui cassais ses raquettes, je lui *perchais* ses volants, et, si elle avait le malheur d'oublier sa poupée dans son jardin, j'avais bientôt fait d'escalader le mur et de la glisser, la pauvre *poupe*, dans un massif de buis ou de l'accrocher à un arbre. Et puis, cherche !

Tandis que je me prétendais l'égal et le compagnon de Félicie Clesse et que j'étais tout fier de me pendre à son bras, comme si le prestige de ses vingt-cinq ans eût rejailli sur moi, et cette familiarité amoindri la différence de nos âges, je n'avais pour Geneviève, cette gamine, que de la commisération et du mépris. Je croyais m'abaisser en me mêlant à ses amusements. C'était une grâce que je lui octroyais et que je lui faisais payer cher. Sa douceur même m'encourageait à la taquiner. Docile, complaisante, soumise à tous mes caprices, elle n'allait jamais se plaindre ni m'accuser et ne me gardait jamais rancune. Comme sa mère, elle était blonde, pâle, élancée, avec une figure toute mignonne, des yeux de pervenche, et je ne sais quoi de distingué et de résigné dans la physionomie.

Mme de Sauvoy vivait très retirée. Ses devoirs religieux et l'éducation de sa fille absorbaient tout son temps, et je crois que ma tante et Mlle Anna Bonnet étaient les seules personnes qu'elle fréquentât. Toujours vêtue de noir, douce, pensive, d'apparence délicate, elle imposait autant par sa piété que par ses manières aristocratiques, et l'on ne parlait d'elle qu'avec la plus grande déférence.

J'ai réservé pour la fin le personnage le plus remarquable et le plus sympathique, un homme dont l'esprit, l'intelligence, les lumières, la réelle supériorité était reconnu de tous, le seul dont les opinions politiques et les croyances religieuses tranchassent avec celles de la maîtresse de la maison, — le père Warnier.

Que cette qualification familière ne vous déroute pas : le père Warnier, célibataire comme les frères Villeroy, était un des jeunes de la bande ; il n'avait pas cinquante ans.

Ses débuts avaient été fort modestes. Pauvre petit saute-ruisseau d'avoué, il s'était mis en tête de faire ses études classiques, puis son droit, avait réussi à obtenir le diplôme de docteur, et était devenu le premier avocat de l'arrondissement.

Il avait été maire de la ville en 48, et n'avait jamais cessé de faire partie du conseil municipal. Il n'aurait tenu qu'à lui d'être député : à diverses reprises des comités ouvriers étaient venus le solliciter à ce sujet ; il avait toujours refusé. Non pas qu'il fût dépourvu d'ambition ; je présume plutôt qu'il lui aurait trop coûté de rompre avec certaines habitudes peu dignes d'une assemblée parlementaire.

Qu'il eût en horreur le cérémonial, l'étiquette, habit noir, gants blancs et tout ce qui s'ensuit, passe encore ; mais il en prenait vraiment trop à son aise avec la mode et l'usage, il poussait vraiment trop loin le sans-façon, la bonne franquette et l'insouciance vestimentale. Maintes fois je l'ai rencontré qui se rendait à l'audience, chaussé de vieilles pantoufles en lisière, coiffé au cœur de l'hiver d'un chapeau de paille tout cabossé, enveloppé dans je ne sais quel paletot graisseux sans forme et sans nom, et fumant sa longue pipe de terre. S'il se grimait ainsi en plein jour, c'était bien autre chose le soir ! Dans quel burlesque négligé il nous arrivait parfois !

La même désinvolture et les mêmes hardiesses se retrouvaient dans son langage. Le colonel Rambert, avec ses historiettes si dextrement troussées, ne savait que divertir et égayer son monde : bien plus instruit, bien plus fin, bien autrement doué, le père Warnier n'avait pas son pareil pour intéresser, pour émouvoir, *empoigner*. Il était véritablement éloquent : ses succès d'avocat l'attestaient. J'aime à croire, cependant, qu'à la barre du tribunal il prenait soin de modérer sa fougue et d'épurer ses locutions ; car la sobriété et l'élégance cicéronienne n'étaient pas son fait, d'ordinaire : énergique, avant tout, imagée et triviale, cette éloquence ne reculait pas devant le mot propre — ou sale — et s'agrémentait de jurons fréquents.

Mais nous lui passions tout cela ; ma tante elle-même était pleine d'indulgence pour lui, au point de lui permettre à plusieurs reprises, — elle qui ne pouvait souffrir l'odeur du tabac, — de fumer sa pipe auprès de nous, s'il en avait envie ; permission dont il n'usait jamais, du reste.

C'était un charmeur, pour tout dire, et nos meilleures soirées étaient celles qu'il nous consacrait.

Il avait beaucoup lu, beaucoup vu, il avait sur toutes choses une expérience consommée ; il était, en outre, d'une obligeance à toute épreuve ; aussi ne se faisait-on pas faute de recourir à lui. Une foule de gens, pauvres comme riches, venaient journellement le consulter, qui pour un acte de vente, qui pour un bail, un contrat quelconque, une pétition, etc. Ma tante n'entreprenait rien sans son avis, et, à la moindre affaire : « J'en parlerai ce soir au père Warnier », ruminait-elle.

Et cependant, je l'ai dit, le père Warnier était libre penseur et républicain. Seul de son bord parmi nous, il n'en faisait pas moins bonne contenance et ne laissait pas impunément, dans nos rares controverses, attaquer ses convictions. Il ne sacrait pas comme d'habitude alors, ne s'emportait ni ne s'impatientait, mais il avait toujours quelque caustique repartie, qu'il vous décochait avec un malicieux sourire, — à cette fin de prouver qu'il n'abdiquait pas.

« Taisez-vous, mécréant, jacobin ! lui criait ma tante. Tenez, vous seriez un homme parfait, sans vos vilaines opinions. »

Parfait ou non, le père Warnier ne méritait qu'affection et reconnaissance. Pas un habitant qui ne fût peu ou prou son obligé. Et nous-mêmes, que de généreux offices il nous a rendus, que de prévenances et de sages conseils ! Aussi est-il bien juste qu'il occupe dans ma mémoire et dans mon cœur une des meilleures et des plus larges places.

III

Il avait été décidé que je resterais au pensionnat Saint-Joseph jusqu'à ma première communion ; on verrait alors à me placer soit au lycée, soit chez les pères maristes. Entre ces deux établissements, ma tante hésitait : les uns vantaient bien haut l'éducation toute familiale qu'on recevait chez les bons pères ; les autres patronnaient le lycée, assurant que « les enfants y étaient très bien, et que, d'ailleurs, il fallait soutenir le gouvernement ». Comme on le verra, c'est ce dernier avis que ma grand'tante finit par adopter.

En attendant, poussée par MM. Warnier et Victor Villeroy, qui trouvaient que je serais trop en retard dans mes études classiques si je ne les commençais qu'à

douze ans, elle se mit en quête d'un professeur qui viendrait le soir à la maison m'initier aux éléments du latin
et du grec.

C'est à l'un des vicaires de notre paroisse, encore
tout frais émoulu du séminaire, à l'abbé Cyprien, que
cette charge fut confiée.

Trois fois par semaine, sur les huit heures du soir,
après le salut, l'abbé Cyprien se rendait chez nous.
Pendant que Marianne apprêtait une lampe, il présentait ses hommages à la maîtresse du logis et à ses
hôtes, s'informait de l'état de leur santé, puis nous passions dans la salle à manger et nous nous mettions à la
besogne.

Il avait une petite voix fluette, douce et argentine,
tout à fait en désaccord avec sa puissante et robuste
carrure, sa taille de six pieds six pouces, sa large face
enluminée. Cela produisait un étrange effet ; il fallait s'y
accoutumer ; c'était comme le susurrement d'un mince
filet d'eau à travers les fissures d'un majestueux bloc de
granit. Ses yeux bleus reflétaient une sérénité angé-
lique ; il avait une timidité et des rougeurs de jeune
pensionnaire : on eût dit qu'il avait honte de sa belle
stature, tant il s'appliquait à s'effacer, à se rapetisser.

Le choix que ma tante avait fait de lui l'avait excessi-
vement flatté. C'était lui ouvrir, à lui, fils de paysans,
les portes d'un salon et le mettre en relation avec les
gros bonnets de la ville. Dans ce monde qu'il abordait
pour la première fois, il se sentait mal à l'aise ; il voulait cacher son embarras, et il commettait gaucherie
sur gaucherie ; plaire et se faire aimer, et il tombait
dans l'obséquiosité et la platitude. Il était si novice !

Avec moi, il était charmant, d'une douceur inaltérable, d'une patience à toute épreuve, et, qui plus est, il
enseignait très bien. Mais il suffisait de l'apparition de

M. Victor, qui avait toujours la manie de venir rôder
autour de notre table, pour nous démâter l'un et l'autre, le maître plus encore, que l'écolier. Cependant
M. Victor, si bourru qu'il fût, avait trop d'usage et de
bon sens pour le contredire ou l'interrompre ; c'était
toujours à moi qu'il s'en prenait.

« Tu n'as pas besoin de me regarder comme ça ! Inutile de lever le bec en l'air ! C'est sur ton livre et non
dans mes yeux qu'il faut suivre ta leçon. Fais comme si
je n'étais pas là. As-tu bien compris, au moins, ce que
monsieur l'abbé t'explique si clairement ? Les latins
rejettent le verbe à la fin de la phrase ; c'est donc à la
fin de la phrase.... »

Moi, cela m'impatientait ; je n'avais pas la pusillanime
déférence de monsieur l'abbé, et il y avait des jours où
je ne me gênais pas pour répondre à ce trouble-leçon
« que c'était lui qui m'empêchait de comprendre ; que
tant qu'il serait là, je ne pourrais rien faire.

« Allons, eh bien, je vous laisse, » disait-il, sans se
formaliser de ce manque d'égards et comme s'il eût reconnu qu'en effet il nous dérangeait. Mais, à sa visite
suivante, il revenait de plus belle faire sa tournée dans
la salle à manger et « voir où j'en étais ». C'était plus
fort que lui.

Ces leçons particulières se prolongèrent pendant trois
années, jusqu'au jour où, ma première communion ac-
complie, j'entrai au lycée. Il est probable qu'elles auraient continué si, précisément à cette époque, l'abbé
Cyprien n'eût été nommé desservant d'une cure de village, au fin fond du département. Je ne l'ai jamais
revu. Il m'avait cependant bien fait promettre d'aller
passer mes vacances chez lui ; plusieurs fois ce voyage
fut résolu, annoncé ; je ne sais quels obstacles vinrent
toujours l'empêcher. Nous nous sommes écrit long-

temps; les changements de résidence, le va-et-vient de
la vie ont relâché peu à peu, puis rompu cette correspondance. Aujourd'hui j'ignore où il est. Il a, je ne sais
pour quels motifs, quitté le diocèse. Sans doute, il vé-
gète dans quelque pauvre presbytère de campagne ; il
était trop modeste, trop craintif, trop dépourvu d'entre-
gent pour faire sa trouée.

A bien des heures de ma vie, ma pensée s'est envolée
vers lui. Il avait pour moi une réelle affection ; il fut
non seulement mon précepteur, mais mon conseiller,
mon premier confident. Et certes, si le proviseur du
lycée me fit franchir les classes élémentaires et me
jugea apte à suivre d'emblée les cours de quatrième,
ce n'est qu'à ses leçons et à ses bons soins que j'en fus
redevable.

Mais nous n'en sommes pas là encore. Un événement
capital eut lieu auparavant, une apparition qui devait
influer sur toute mon existence.

Un matin, un premier jour de l'an, je venais d'offrir
à ma tante le mirifique *compliment* que M. Bonardot
m'avait aidé à calligraphier sur une large feuille de papier glacé, encadré de fioritures et de festons dorés ;
j'avais reçu en échange et comme étrennes une boîte
d'architecture, sorte de jeu de patience que je con-
voitais depuis longtemps ; ma bonne Marianne aussi
avait tenu à me faire son cadeau : un énorme ballon,
avec lequel, ma petite voisine Geneviève et moi, nous
étions précisément en train de jouer dans le corridor.

Un coup de sonnette, trop bien connu de moi pour
que je ne susse pas d'avance à qui l'attribuer, le coup
de sonnette du facteur de la poste, retentit. J'abandonnai Geneviève et le ballon et j'ouvris la porte. Une
ettre et un paquet nous étaient adressés, la lettre au

nom de Mme veuve Huguenin, le paquet au mien. Je courus porter le tout à ma tante.

Elle se trouvait dans sa chambre, debout près du guéridon, quand j'arrivai. Elle avait sa robe des jours de fête, sa robe de soie noire à petites fleurs jaunes, et s'apprêtait à se rendre à la messe. Elle devait communier ce matin-là, ayant à cœur de bien commencer l'année. Elle tenait son chapeau à la main, et son châle à grands ramages était étalé sur un fauteuil. Je me rappelle tous ces menus détails comme s'ils dataient d'hier.

Elle déchira l'enveloppe et ouvrit la lettre. Elle était courte, autant que j'en pus juger : la première page seule était remplie; néanmoins ma tante ne prit même pas le temps de la lire, elle la replia presque aussitôt et la mit dans sa poche.

Vint le tour du paquet. Elle coupa la ficelle rose qui le maintenait, enleva la gaîne de papier bulle, et je vis apparaître une couverture de maroquin rouge, un superbe livre.

Elle regarda le titre, rien de plus.

« C'est pour toi, tu peux le prendre, me dit-elle d'un ton sec, comme si elle eût été contrariée de cet envoi inattendu.

— De qui me vient-il ? » demandai-je.

Pas de réponse. Elle m'avait tourné le dos et s'occupait d'ajuster devant la glace les brides de son chapeau.

« Qui est-ce qui me l'envoie, dis, ma tante ?

— Tu le sauras plus tard, » répliqua-t-elle du même air que précédemment.

Et, drapée dans son châle, plus droite et plus raide encore que de coutume, elle passa devant moi et s'en alla.

Je ne fis qu'un bond du salon à la cuisine.

« Marianne ! Marianne ! Regarde ce que je viens de recevoir !

— Et de qui donc, mon fi ? s'écria-t-elle.

— De qui ? Ah ! voilà ! Croirais-tu que ma tante n'a pas voulu me le dire ? C'est le facteur qui l'a apporté, ce livre, avec une lettre pour elle...

— Ah !...

— Tu sais qui ?... Oh ! je t'en prie, dis-le-moi, Marianne !

— Moi ! Je ne sais rien !

— Si, si, tu le sais ! Je vois bien ça !

— Tu te trompes, mon loulou ; je ne suis pas plus avancée que toi.

— Bien vrai ?

— Bien vrai.

— C'est tout de même drôle ! repris-je.

— Enfin, es-tu content de ton livre ? Le trouves-tu beau ?

— Oh ! oui, très beau !

— Eh bien, n'en demande pas davantage. Plus tard...

— Plus tard ! C'est aussi ce qu'a répondu ma tante. Pourquoi pas tout de suite ? »

Marianne secoua la tête sans répliquer.

Je n'avais rien à espérer, décidément, pas plus de son côté que du côté de ma tante. Il y avait entre elles parti pris. Je fis contre fortune bon cœur ; il me tardait, d'ailleurs, d'ouvrir mon livre et de l'examiner à loisir.

Geneviève, non moins curieuse que moi, m'avait suivi. Nous nous installâmes devant la cheminée, moi sur ma petite chaise basse, elle sur un tabouret ; je posai précieusement le livre sur mes genoux et nous nous mîmes à « regarder les images ».

C'étaient les fables de La Fontaine, illustrées par Grandville.

Soudain, comme les premiers feuillets s'étaient relevés sous ma main, j'aperçus quelque chose d'écrit en tête du volume, sur le glacis jaune paille de la garde, deux courtes lignes très lisibles et très apparentes :

A mon frère.
Son premier livre.

« Viens donc voir, Marianne ! » m'écriai-je.

Et, sans lui en laisser le temps, je m'élançai auprès d'elle.

« Regarde ! »

Elle croyait sans doute que je voulais lui montrer une des gravures et la convier à partager mon admiration, et elle ne se pressait pas de se retourner.

« Regarde ce qu'il y a là, tiens ! »

Et je lui présentai le livre, ouvert à cette page jaune.

Elle chaussa ses lunettes, me prit le livre des mains et lut. Elle resta ainsi un long moment, plusieurs minutes, les yeux fixés sur cette étrange, cette mystérieuse dédicace.

« Mon frère ! J'ai donc un frère ?

— Oui.

— Où est-il ?

— A Paris.

— Qu'est-ce qu'il fait ?

— Je n'en sais rien.

— Pourquoi *qu'*il ne vient jamais nous voir ?

— Il est brouillé avec ta tante.

— Brouillé ? Pourquoi ?

— Je ne sais pas... De la politique... Un tas de choses !...

— Si je demandais sa grâce ?

« — Il faut attendre, mon fi, que ta tante te parle de tout cela, et ne pas en ouvrir la bouche, ne faire *quanse* de rien d'ici là. Tu me le promets ?

— Oui, Marianne. Quel âge a-t-il, mon frère ?

— Vingt-six ans ; seize de plus que toi. C'est un homme.

— Comment s'appelle-t-il, de son petit nom ?

— Gilbert, comme ton pauvre grand-père.

— Alors il ne vient jamais ici ?

— Jamais. Ta tante ne le recevrait pas. »

Et j'aperçus une larme dans le coin de son œil, une grosse larme qui roula lentement sur sa joue.

Geneviève, voyant que je ne me hâtais pas de la rejoindre et qu'on ne s'occupait plus d'elle, avait tranquillement repris son trousseau de poupée, — ses étrennes, à elle, — et s'appliquait à le plier et à le ranger de son mieux dans la boîte de carton.

« Oui, c'est comme ça, p'tiot ! Que cela te serve de leçon ! poursuivit Marianne, en s'essuyant les paupières avec l'angle de son tablier. Il faut que tu sois bien sage, bien obéissant, que tu ne fasses jamais de peine à ta tante ; c'est à toi qu'incombe le devoir d'être la consolation de ses vieux jours, son bâton de vieillesse. Si elle te paraît sévère et peu endurante, si elle ne te caresse pas, si elle ne joue pas comme moi avec son p'tiot Marcel, ce n'est pas manque d'affection, va ! Elle a l'humeur chagrine ; elle est si maladive, la pauvre dame, elle souffre tant ! Au fond, c'est la bonté même, elle ne vit que pour les autres. Seulement, vois-tu, mon trésor, il est certaines choses où il ne faut jamais la contrarier : elle ne pardonne pas aisément. »

Marianne disait vrai, et, si jeune que je fusse, je m'étais aperçu déjà de cette implacable obstination. Ma tante Huguenin était généreuse et dévouée, elle ne

faisait que du bien autour d'elle ; mais si une fois on
se l'était aliénée, c'était fini, elle s'éloignait sans retour.
On ne comptait plus, on n'existait plus pour elle alors ;
elle jetait un voile épais sur cette affection défunte, cachait tout ce passé sous le linceul de l'oubli, et se renfermait dans un silence pire que le mépris ou la haine,
un impassible et impénétrable silence. Agissait-elle ainsi
par dureté de cœur, ou faut-il penser avec Marianne que
les souffrances auxquelles elle était en proie, les crises
fréquentes qu'elle subissait avaient exacerbé sa sen-
sibilité et lui rendaient d'autant plus cuisantes, d'autant
plus intolérables les blessures et les offenses ?

Je ne saurais le décider ; mais je ne surprendrai personne en avouant que ma grand'tante m'a toujours
inspiré moins d'amour qu'un attachement respectueux,
une soumission pleine d'inquiétude, de trouble, d'effroi
même. Je ne me sentais jamais à l'aise vis-à-vis d'elle.

Aussi me gardai-je bien de lui parler de la confidence
de Marianne : j'aurais eu trop peur de m'attirer quelque
rebuffade. Je tins ma promesse, « je ne fis *quanse* de
rien », et j'attendis.

En revanche, nous causions sans cesse de mon frère,
Marianne et moi ; non pas qu'elle eût d'autres détails
à m'apprendre sur son compte : de prime abord elle
m'avait dit à peu près tout ce qu'elle savait de lui ; néanmoins je ne me lassais pas d'y revenir, de lui rebattre
les oreilles des mêmes questions, de m'entendre ressas-
ser les mêmes réponses.

Marianne avait considéré comme un devoir d'instruire sa maîtresse de la révélation qu'elle m'avait
faite, en lui expliquant les circonstances qui l'y avaient
en quelque sorte obligée. Ma tante ne lui avait adressé
aucun blâme ; au contraire : « C'est bien, tu as eu raison, » lui avait-elle répondu. Mais voilà tout ; avec moi,

rien de changé, pas une allusion, pas un mot relatif à ce sujet. Sans Marianne, j'aurais pu supposer qu'elle ignorait encore que j'étais informé de l'existence de ce frère.

Cependant, l'année suivante, à la même époque, lorsqu'elle me remit le livre qui venait de m'arriver de Paris, — encore un splendide volume, *Robinson Crusoé*, — ce fut tout naturellement qu'elle me dit :

« Tiens, voilà ce que ton frère t'envoie.

— Il t'a écrit ? me hasardai-je à lui demander.

— Oui.

— Si je lui répondais ? Est-ce que je ne ferais pas bien de le remercier ?

— Je ne connais pas son adresse. »

Et, comme la première fois, elle rompit l'entretien.

Il n'y avait aucune affectation de sa part dans cette manière d'agir ; elle ne jugeait pas le temps venu de m'instruire des griefs qu'elle avait contre mon aîné, et cette question lui était trop pénible, trop douloureuse, pour l'aborder sans nécessité.

Nous en restâmes là. Il en fut à peu près de même dans mes conciliabules avec Marianne ; insensiblement nous abandonnâmes ce thème épuisé ; nous avions autre chose à nous dire : l'époque de ma première communion approchait et j'étais tout entier à la préparation de ce grand acte.

« Ce grand acte ! » c'était le mot de M. le curé. Tout allait dépendre de l'accomplissement de ce devoir sacré, notre bonheur dans ce monde et notre salut dans l'autre. « Songez-y bien, nous répétait-il, une bonne première communion est un présage presque infaillible de ce que vous serez, de ce que vous deviendrez ici-bas et là-haut, heureux ou malheureux, dignes de la récom-

4

pense promise aux élus ou des flammes réservées pour
le châtiment des coupables. »

On aurait été terrifié à moins. Pour mon compte,
j'étais complètement bouleversé; je n'en dormais plus,
et, à l'idée que je pourrais ne pas être en état de grâce
et commettre un sacrilège, mes cheveux se dressaient
sur ma tête.

Nous étions une quarantaine de postulants, dont dix
élèves du pensionnat Saint-Joseph, et, du matin au
soir, nous n'étions occupés qu'à recorder les *demandes*
et les *réponses* du catéchisme du diocèse et notre Manuel
des épîtres et évangiles. Bientôt nous entrâmes en retraite, et, en attendant que nous eussions, par serment
solennel, renoncé à Satan, à ses pompes et à ses
œuvres, toute communication entre les profanes et nous
fut interrompue. Parqués dans la longue cour du presbytère, nous passions des heures entières à chanter des
cantiques, en marchant à petits pas, à la queue leu-leu.
L'abbé Cyprien nous surveillait et battait la mesure
avec la claquette. Ou bien, réunis dans une annexe de
la sacristie, nous recevions de M. le curé en personne le
complément de notre instruction religieuse. Il nous interrogeait à tour de rôle sur tel ou tel point de la doctrine catholique, corrigeait ou commentait nos réponses, et nous préparait ainsi, par ces examens
partiels, à l'examen général qui devait décider de
notre admission ou de notre renvoi à l'année suivante.

J'ignore ce qui se passait dans l'âme de mes camarades; je souhaite qu'ils aient échappé aux tortures
morales que j'éprouvais, à ces fiévreux désirs, à ces
aspirations pleines d'impatience et d'angoisse, ces
frayeurs de tous les instants, que mon confesseur, l'abbé
Cyprien, considérait comme un excellent signe et quali-

fiait de craintes salutaires; à cette exaltation, ce mystique délire auquel j'étais en proie.

Ce fut au point que je pris la résolution de me consacrer à Dieu pour le restant de mes jours, de me faire prêtre. Oui, c'était là ma vocation, j'en étais sûr! Une voix secrète et impérieuse me le soufflait à l'oreille, la voix de Dieu lui-même. Il n'y avait pas à résister.

L'abbé Cyprien, à qui je fis part de cette miraculeuse suggestion, accueillit assez froidement ma confidence.

« Il faut avoir vingt-cinq ans, mon petit Marcel, pour s'engager dans ces liens indissolubles, m'objecta-t-il d'un air grave; d'ici là tu as le temps de réfléchir. »

Quant à ma tante, elle haussa de pitié les épaules et m'imposa silence par cette brutale réplique:

« Est-ce qu'on sait ce que l'on veut, à ton âge! »

Marianne fut plus cruelle encore.

« Toi, curé! s'écria-t-elle en riant aux éclats. Not'petiot portant la soutane, c'est ça qui serait amusant!... Viens, que je t'embrasse pour la peine, mon loulou. Curé! Ah! il serait joli, le curé, je m'en fiche! Mais, chérubin de mon cœur, tu ne pourrais même pas entonner le *Credo*, tu chantes faux comme un jeton! »

Ainsi rabroué et moqué, je n'en persistais pas moins dans mes pieuses intentions. Je me sentais soutenu et incité par la volonté de Celui qui sait fléchir toutes les résistances et qui renverse quand il lui plaît les plus redoutables obstacles; et, fier de cette grâce insigne, le cœur rempli de reconnaissance, de soumission et d'amour, dévoré du zèle le plus pur, je m'écriais: « Oui, je serai prêtre! Dieu le veut! Dieu le veut! »

Et pourtant, avec toutes ces belles dispositions, malgré ce sublime vœu d'abnégation et d'apostolat, je couvais, au milieu même de mes plus ferventes extases, le plus frivole, le plus profane des désirs. A chaque instant de la journée j'y pensais ; j'en rêvais la nuit, et, à mon réveil, avant même de « donner mon cœur à Dieu », je le revoyais se dresser devant moi, ce démon, et me taquiner, me lanciner, me torturer.

Une montre ! — qu'elle fût en or ou en argent, — une montre avec sa chaîne — la chaîne surtout ! En aurai-je une ? N'en aurai-je pas ? Terrible dilemme !

Chez toutes les familles riches ou simplement aisées, c'était l'usage d'en acheter une aux enfants à l'occasion de leur première communion. Le grand jour approchait, — le plus beau jour de la vie, comme l'appelait encore M. le curé ; — ma tante n'avait pas l'air de se presser beaucoup.

Je priai Marianne de sonder le terrain.

« Je ne demande pas mieux, mon fi, me dit-elle, mais c'est peine perdue. Je puis t'assurer d'avance que ta tante n'aime pas assez le clinquant et les breloques pour en mettre à ton gilet. Enfin j'essaierai tout de même ! »

Quelques heures plus tard j'étais fixé, hélas !

« Une montre à un gamin comme lui ? Et pourquoi faire donc ? Pour qu'il la détraque aussitôt sans doute ! Tu n'y songes pas, Marianne ! Est-ce qu'il a besoin de montre ! »

Il fallait que j'eusse la chose bien à cœur pour ne pas m'en tenir là et me résoudre à tenter moi-même une nouvelle démarche.

Je pris mon temps, je préparai mon speech, et un matin, à déjeuner, je me risquai.

« Dis donc, ma tante, les Lefebvre sont donc bien riches ?

— Pourquoi me demandes-tu cela ?

— C'est parce que Charles Lefebvre, — tu sais, un grand maigre, qui a les cheveux rouges...

— Eh bien ?

— Hier, quand il est arrivé au catéchisme, il avait une montre. Il nous l'a fait voir, en sortant. Toute en or, à double boîte, avec des trous en rubis, et la chaîne aussi en or. C'est sa mère qui la lui a donnée. En a-t-il de la chance !

— Va, va toujours ! Tu crois donc que je ne t'entends pas venir avec tes gros sabots ? Si Charles Lefebvre a une si belle montre, tant mieux pour lui. Toi, il faudra que tu t'en passes, mon ami ; il sera temps de t'en acheter une quand tu auras terminé tes études. »

Je courbai la tête sur mon assiette pour cacher les larmes qui me montaient aux yeux. Comme si, en voyant s'envoler l'unique objet de mes désirs, tout m'eût manqué sur terre, je me sentais envahi par un immense désespoir. L'agioteur qui a spéculé sur la hausse et qu'une baisse subite vient frapper, le brelandier qui joue sa dernière carte et son dernier écu et s'en retourne les poches vides, connaissent ces angoisses. Et qui ne les connaît pas ? Tous et toutes, grands et petits, pour un hochet ou pour un autre, sont exposés à ces horribles secousses. Seulement, chez les petits, le choc est plus violent et se fait plus cruellement sentir. Ne souriez donc pas si je vous avoue que j'avais besoin de toutes mes forces pour ne pas éclater en sanglots et me rouler sur le plancher.

Véritablement, j'étais très malheureux.

Eu égard à la gravité du fait, ma tante, d'ordinaire si sobre de paroles, avait cru devoir donner à sa mercuriale une extension inusitée. Mais je ne comprenais plus, je n'écoutais plus, je n'entendais qu'un bruit confus qui me tintait désagréablement aux oreilles et, çà et là, une épithète, une exclamation, quelque véhémente apostrophe qui résonnait comme un point d'orgue à la fin du motif.

« Quoi ! la veille d'une première communion ! Penser à de pareilles futilités !... La vanité ! la gloriole !... Au moment où il va s'approcher de Dieu !... Ah ! c'est triste !... »

Elle s'arrêta enfin. Je me levai de table et je me sauvai au bout du jardin. Là, étendu sur le banc de la tonnelle, je m'abandonnai à mon désespoir et sanglotai tout à mon aise.

Bientôt, cependant, je sentis une main se glisser sous mon cou et me relever la tête, des baisers étancher les pleurs qui m'inondaient le visage, et une voix compatissante, la voix de ma vieille Marianne, vint mêler à mes soupirs de maternelles exhortations.

« Voyons, p'tiot, voyons !... Il faut se faire une raison, mon fi !... Allons, ne *hagne* pas tant ! Essuie tes yeux, mon trésor !... Là, c'est fait... Je sais bien, tu as un gros chagrin, je le comprends... Ah ! si je pouvais !... »

Mais c'était plus fort que moi. A peine calmé, mon cœur se gonflait de nouveau, les sanglots recommençaient à m'étreindre la gorge et j'étais repris de hoquets et de suffocations.

« Oh ! que c'est vilain ! N'avoir pas plus de courage que ça ! me disait Marianne. Pour une niaiserie, une bagatelle, se mettre dans des états pareils ! N'y a pas de bon sens ! Un grand garçon comme toi ! Ah ! mon pauv' chéri, tu en verras bien d'autres dans l'existence, va ! Ce n'est que le commencement ! Allons, obéis-moi, sois raisonnable, Marcel, tu m'entends ? Ne pleure plus. »

Elle réussit à m'entraîner, tant bien que mal consolé, hors de la tonnelle, et, le bras sur mon épaule, tout en me caressant et me cajolant, elle me ramena au logis.

Ainsi, cette montre tant désirée, il fallait y renoncer, en faire mon deuil ! Oh ! oui, certes, cela me coûtait ! Oui, j'avais un « gros chagrin ! »

Eh bien, le lendemain, je n'y pensais plus, — presque plus.

« C'est une nouvelle épreuve que le Seigneur m'envoie, un sacrifice qu'il m'impose : que son saint nom soit béni ! »

Et, tout rayonnant d'abnégation, évoquant l'exemple des bienheureux martyrs, je m'inclinai, un peu malgré moi, devant la toute-puissante volonté de notre Père à tous. D'ailleurs, ne devais-je pas plus tard faire vœu de pauvreté ?

Nous touchions au jour fixé pour la solennité. Le tailleur venait d'apporter mon costume, frac de fin drap noir, pantalon blanc, gilet de piqué de même couleur ; j'avais essayé le tout en sa présence et sous l'œil vigilant de ma grand'tante, qui s'était déclarée satisfaite. J'avais une jolie paire de bottines vernies, un brassard à franges d'argent, un paroissien neuf ; rien ne me manquait enfin, rien que... mais, c'est entendu, je n'y songeais plus.

La confession générale était terminée. M. le curé nous avait réunis une dernière fois et nous avait longuement et méthodiquement renseignés sur les rites de la cérémonie. Pour s'assurer qu'il avait été bien compris, il nous en avait fait exécuter les diverses évolutions : il y avait eu comme une répétition générale de la fête du lendemain.

Et, soulagé du fardeau de mes péchés, radieux, transporté de joie à l'idée que je m'agenouillerais demain à la sainte table et savourerais le pain des anges, je m'en revenais, répétant en moi-même le dernier cantique que nous avions chanté :

Mon bien-aimé ne paraît pas encore,

quand, au détour de la rue, j'aperçus Marianne assise

sur le seuil de notre porte. Elle me guettait sans doute, car, dès qu'elle me vit, elle se leva et me fit signe de me hâter; en même temps elle s'avança à ma rencontre.

« Tiens donc, mon loulou, regarde ! » s'écria-t-elle, en me présentant une petite boîte dont elle poussa le ressort.

Et je vis surgir une montre, — une montre en or, magnifique !

La chaîne, repliée dans l'intérieur de l'écrin, se trouvait cachée par le petit pupitre qui soutenait la montre; mais elle y était, j'en apercevais les premiers anneaux.

« Eh bien, tu ne dis rien ? »

Le fait est que je restais planté là, bouche béante, les yeux écarquillés, les bras ballants, frappé d'étonnement et d'admiration.

Pour mieux jouir encore de mon bonheur, Marianne saisit entre le pouce et l'index l'anneau de la montre et la retira délicatement de son alvéole de velours bleu. La chaîne apparut alors tout entière, se balançant et scintillant au soleil, projetant des étincelles rouge-pourpre, irisées, multicolores, mille reflets flamboyants et magiques.

« Est-elle assez belle, hein, p'tiot !

— Oh ! oui !

— Elle est à ton goût ?

— C'est juste comme cela que je la voulais ! Tout à fait !

— Allons, tant mieux ! De sorte que tu n'as pas perdu pour attendre ? Tu vo's bien, mon fi, qu'il ne faut jamais désespérer ? »

Soudain je songeai que je n'avais pas encore remercié cette bonne Marianne, et je lui sautai au cou, je l'étouffai de baisers, en murmurant : « Merci, merci !

— Mais non, p'tiot, mais non !... En voilà une idée !...

fit-elle, pendant que je l'étreignais de la sorte. Désabuse-toi. Est-ce que je pourrais ?... Je ne suis pas assez riche, moi !... C'est lui, c'est ton frère qui te l'envoie de Paris.

— Lui ?...

— Sans doute ! Il t'a de plus adressé une gentille lettre que ta tante te remettra. Viens, entrons. »

Elle se ravisa tout à coup :

« Écoute-moi, mon fi, un conseil ! Te voilà au comble de tes vœux, n'est-ce pas ? Eh bien, m'n ami, si tu m'en crois, ne fais pas le glorieux avec ta montre, n'étale pas une joie trop bruyante, modère-toi ; autrement, *on* te la serrerait, ta montre, c'est sûr et certain ! »

L'avis était trop juste pour que je ne promisse pas à Marianne de le suivre fidèlement. Très calme en apparence, j'allai trouver ma tante et lui montrai d'un air presque indifférent le présent que je venais de recevoir et qu'elle avait vu avant moi.

« Il est fou, ton frère, dit-elle en haussant les épaules. Il faut qu'il ait bien de l'argent de reste pour le jeter ainsi par les fenêtres ! »

Je lui demandai s'il ne m'avait pas écrit.

« Oui, sa lettre est là, sur la cheminée.

— Je puis la prendre ?

— Tu le peux. »

La lettre était ainsi conçue :

« Paris, 2 juin 185...

» Mon cher Marcel,

» Voici mon cadeau de première communion. C'est une montre que je t'envoie, et, dans l'espérance que tu en auras soin et que tu la garderas comme un souvenir de mon affection, je l'ai choisie belle et bonne. Si tu veux bien ne pas trop la tourmenter, je suis persuadé que tu reconnaîtras que j'ai eu la main heureuse.

» Mais à quoi sert cette recommandation? N'es-tu pas un homme à présent? Bien que personne n'en doute, j'aime à croire, mon ami, que tu as à cœur de le prouver chaque jour par ta sagesse et ton application.

» Je ne doute pas non plus que tu ne témoignes à notre tante toute la gratitude et toute la tendresse que tu lui dois. C'est le plus ardent de mes vœux. Aime bien aussi notre vieille Marianne, mon cher enfant, et pense quelquefois à

» Ton frère,

» GILBERT GALLOIS.

» 68, rue de l'Ouest. »

IV

Maintenant, me voici au lycée, dans la classe de quatrième. Si, malgré le bon vouloir de mon frère et son encourageante affirmation, je ne suis pas encore un homme, du moins je ne suis plus tout à fait un enfant. Je lis, j'étudie, je commence à réfléchir, je deviens plus raisonnable, j'envisage de loin déjà l'examen du baccalauréat, et, si je ne me préoccupe pas de la carrière que je suivrai, c'est que le feu sacré du sacerdoce n'a pas encore fini de brûler en moi. Il a beaucoup perdu pourtant de son ancienne vigueur, il s'affaiblit de jour en jour, il languit, il est bien malade.

La chambre de Marianne n'est plus la mienne; j'habite maintenant les deux petites pièces situées au-dessus de la cuisine; l'une me sert de cabinet de travail, l'autre de chambre à coucher.

Je ne m'en suis pas vanté, mais la première nuit j'ai eu grand'peur dans mon nouveau local. Le vent faisait craquer les branches des arbres, grincer mes fenêtres, gémir ou claquer volets et portes de tous côtés. Il me semblait, à travers ce bruit continuel, ouïr de lugubres plaintes, des cris désespérés. J'avais lu, quelques jours auparavant, une histoire de vampire, et je ne pouvais la chasser de mon esprit. Mon imagination travaillait; j'avais beau fourrer la tête sous mes couvertures, me boucher les oreilles, je ne cessais d'entendre les mugissements de la rafale, la clameur menaçante d'une légion de revenants. Me sauver, aller rejoindre Marianne, je l'aurais bien voulu, mais il y avait l'escalier à descendre, le corridor à traverser, — et si l'un de ces spectres me saisissait au passage?

La nuit suivante, autre affaire. Je crois que tous les chats du quartier s'étaient donné rendez-vous sur le toit pour exécuter leur concert et se livrer bataille. Quel vacarme! Les tuiles en tremblaient, et je faisais comme les tuiles. Peu s'en fallut encore que je ne désertasse mon poste. L'amour-propre me retint; mais je n'ai jamais attendu l'aube avec plus d'impatience, je n'en ai jamais salué l'apparition avec plus de joie que ce matin-là. Je m'aguerris peu à peu cependant, je me défis de ces sottes paniques, et bientôt je pus apprécier les agréments de mon nouveau gîte.

Le premier étage étant inhabité, je me trouvais isolé complètement, et, matous et bourrasques à part, je jouissais d'une tranquillité et d'un silence absolus. Sous mes fenêtres s'étendait notre verger, ses bannettes de fleurs, ses massifs de seringas, de symphorines, de boules de neige et de noisetiers, qui l'entouraient et l'échancraient un peu au hasard, sans grandes prétentions à la symétrie et au tracé au cordeau. Les arbres, trop rapprochés les uns des autres pour la plupart et par conséquent de médiocre taille, n'offusquaient pas la vue : à peine leurs plus hautes branches atteignaient-elles mes contrevents. Nombre de jardins, tous à peu près aménagés comme le nôtre, se déroulaient devant moi, très distinctement d'abord, avec leurs allées de gravier, leurs petits murs garnis de treilles et d'espaliers, puis finissaient par se confondre en une épaisse masse de verdure.

Au delà, comme une première circonvallation, s'élevait un coteau planté de vignes. Détaché des hauteurs lointaines de la forêt, ce coteau s'évasait, s'arrondissait, en avançant, et se terminait par un mamelon boisé, la butte de Farémont, — qui surplombait une partie de la ville. Sur le sommet de cette butte, à travers les branches d'arbres, j'entrevoyais le léger et gracieux campanile et les colonnettes à rinceaux d'un belvédère.

Derrière ce monticule, à main droite, un toit rouge m'apparaissait : c'était la ferme de Popey ; à main gauche, quelques maisons du village de Marbot (les autres m'étaient cachées par la butte), dont une surtout, flanquée d'une grosse tourelle en poivrière récemment recrépie, ancien moulin à vent servant de colombier, je crois, frappait les regards. Puis, de vastes prairies, des champs de toutes sortes, en partie masqués par le double rideau de peupliers qui bordait le canal ; plus loin, des vignes, des boqueteaux, des vignes encore, une immense légion de ceps grimpant sur le flanc d'un second coteau ; et, tout au loin, tout en haut, un long ruban vert à demi noyé dans les brumes de l'horizon, — la forêt de Maestricht.

Que de bonnes heures j'ai passées, le coude sur l'allège de ma fenêtre, les yeux errant sur toutes les splendeurs de cette chère vallée ! Que de rêveries ! que de projets ébauchés.

Je m'éveillais au ramage des oiseaux, aux rayons du soleil levant, qui venait frapper en plein mes vitres. Tout était gai, joyeux, exultant de force et de vie autour de moi. Le soir, l'air m'arrivait parfumé de senteurs agrestes ; un calme solennel s'épandait avec la clarté de la lune sur toute la contrée, et jardins, vignes, coteaux, tout semblait dormir sous une magique gaze d'argent.

Tels étaient les charmes et les plaisirs dont je jouissais dans mes petites chambrettes.

Les désagréments ne m'y manquaient pas non plus. Les portes et les fenêtres, comme toutes celles de la maison, du reste, — « ma vieille baraque », disait crûment ma grand'tante dans ses rares moments de laisser-aller, — les portes et les fenêtres en étaient vermoulues, rouillées, et faisaient entendre, lorsqu'on les manœuvrait, les crissements les plus variés, une musique à vous déchirer le tympan.

On aurait pu sans doute remédier très aisément à ce défaut : il eût suffi, n'est-ce pas ? de graisser les gonds ; mais, par une singulière manie, par crainte des voleurs et pour être avertie de leur présence, alléguait-elle, ma tante tenait à ce que toutes ses portes grinçassent. Chacune d'elles avait son bruit spécial, sa voix propre, que nous reconnaissions de loin, et qu'il m'est facile de me rappeler encore à présent et d'ouïr, sans grand effort de mémoire ni d'imagination. Ainsi la porte de la cuisine rendait un son plaintif, pleureur et traînard, semblable aux vagissements d'un nourrisson déjà dru ou à certains miaulements de matou ; celle qui se trouvait à l'extrémité du corridor et ouvrait sur le jardin ronflait comme une basse ; celle de la « chambre du devant » avait, au contraire, un soprano des plus effilés ; quant à celle qui séparait ma première chambre du palier de l'escalier, elle commençait par pousser une suite de petits cris de souris et finissait par un long beuglement qui ébranlait les vitres.

Fenêtres et portes, d'ailleurs, dans mes deux chambrettes, ne cadraient plus avec leurs chambranles, remuaient et geignaient au moindre souffle et laissaient filtrer l'air par toutes leurs jointures. Le temps était-il à la pluie, il fallait des efforts réitérés, une poigne d'Hercule, pour les faire fonctionner; survenait-il une sécheresse, elles s'ouvraient toutes seules.

Et le reste était à l'avenant, le plancher avec ses crevasses et ses renflements, le plafond qui s'écaillait, le papier tenture jauni et fané par le soleil ou verdi par l'humidité. Un dernier et plus sérieux inconvénient résultait de la température qui régnait sous ces combles : on y gelait l'hiver; l'été, on y étouffait, on y grillait.

Mais qu'importe! Là j'étais tranquille, au moins, je m'appartenais, je me sentais mon maître, j'étais chez moi! Aussi aimais-je mieux m'y tenir, même pendant les plus grands froids, grelotter en écrivant mes devoirs et en étudiant mes leçons, que de travailler près d'un bon feu, à côté de ma tante. Le soir, il fallait bien m'y résigner pourtant, transporter mes dictionnaires, mon buvard et mes *corrects*, tout mon attirail d'études, dans la « chambre du devant », et m'installer tant bien que mal et plutôt mal que bien sur un coin du guéridon. Outre que, chez nous, on ne brûlait pas la chandelle par les deux bouts (la chandelle, je dis bien, car la bougie était encore un article de luxe dans ce temps-là, du moins pour nous), ma tante n'avait pas moins peur des incendies que des voleurs; elle ne tolérait pas, par exemple, qu'on montât au grenier avec une lumière ou qu'on se retirât d'une pièce en laissant du feu

dans la cheminée, et ce ne fut que plus tard, à la fin de
ma rhétorique, lorsque je préparais mon baccalauréat,
qu'elle m'accorda, et bien à contre-cœur, une lampe, du
combustible, et l'autorisation de prolonger à mon gré
ma veillée.

Je ne crois pas avoir eu dans ma vie de meilleurs
jours que ceux de cette époque. Le souvenir qui m'en
reste n'est mélangé d'aucun trouble, il a gardé toute sa
fraîcheur printanière, il me sourit encore et me
charme comme une douce et sereine clarté qui repose la
vue.

Nous avions deux heures de classe le matin, de huit à
dix ; deux heures l'après-midi, de deux à quatre. Dans
l'intervalle, il fallait apprendre ses leçons et faire ses
devoirs, thèmes ou versions presque toujours, dictés par
le professeur. Les dimanches et jeudis, campos ! Nous
nous donnions rendez-vous, quelques-uns de mes condisciples et moi, tantôt pour une partie de pêche, tantôt
pour un goûter chez l'un ou chez l'autre.

Ma tante, — mais je ne devais pas oublier de lui en
demander chaque fois la permission, de lui spécifier
chez qui j'allais, avec qui je me trouverais, et, avant
tout, de lui attester que ma besogne était entièrement
terminée, — ma tante, ces garanties prises, me laissait
assez volontiers partir.

De temps en temps même, quand j'avais obtenu une
bonne place en composition, par exemple, elle me per-
mettait d'inviter mes camarades. Marianne confectionnait une tarte, *quiche* ou *casse-museau*, parfois des œufs
au lait, des beignets ou un *quatre-quarts*, assortissait
quelques assiettes de fruits et de friandises, et, lorsque,
fatigués de courir et de crier, nous rentrions tout en
nage, la collation nous attendait. On recommençait à

gambader ensuite sur nouveaux frais, à se pourchasser dans tous les coins de la remise et du jardin.

Ces réunions du jeudi coïncidaient assez fréquemment avec les *sorties* du couvent, et nous apercevions Geneviève de Sauvoy, ma petite voisine, qui se promenait sur sa terrasse ou dans le *chambret*, et suivait du regard nos ébats.

« Viens donc, Geneviève, tu joueras avec nous. »

Et elle accourait toute joyeuse.

« Monte sur le banc ; nous allons préparer l'échelle et tu passeras par-dessus le mur... Là...! ... Hop !... »

Mais un jour j'eus beau l'appeler, elle secoua tristement la tête.

« Dépêche-toi donc, grande sotte !

— Non, » dit-elle en se sauvant.

Et le soir, quand mes camarades furent partis, elle m'apprit qu'elle ne viendrait plus, que sa mère lui avait défendu « de jouer avec les garçons ».

Ma tante, ces jeudis-là, avait toujours des visites à faire et ne rentrait pas de l'après-midi.

Quant à mon frère, maintenant que son adresse m'était connue, rien ne m'empêchait de correspondre avec lui. Il m'avait recommandé de le tenir au courant de mes études, et, bien que je misse un peu de négligence et de paresse à lui obéir, je l'avoue, du moins nous n'étions plus étrangers l'un à l'autre.

Et les jours, les mois s'écoulaient dans cette radieuse accalmie. A peine, pour rider mon ciel bleu, quelques petits nuages blancs, des soucis de collégien, une réprimande, un pensum, une querelle avec un condisciple, — des riens ! Bonheur incompris, qu'on gaspille, qu'on dédaigne, dont on voudrait à tout prix hâter le cours, et que l'avenir se charge de révéler et de venger.

Semblable aux peuples heureux, cette période de ma vie n'a pas d'histoire; et si mon dessein ne comportait pas d'autres personnalités que la mienne, je n'aurais qu'à franchir d'un bond ce calme plat et aborder dès maintenant les parages agités. Mais, auparavant, il est une scène que je tiens à relater, où mon frère est en jeu et commence à se dégager des voiles qui me l'ont caché jusqu'ici.

C'était dans les derniers jours de juillet, par une brûlante et splendide après-midi. La grille du lycée venait de retomber derrière nous, en même temps que le *tapin* terminait son roulement. Le professeur, sa simarre retroussée, avait pris place dans sa chaire et attendait que la confusion et le tapage, inséparable accompagnement de notre arrivée, eussent cessé.

Toutes les salles de classe étaient construites à la suite les unes des autres, sous un portique qui entourait la cour, et se ressemblaient; toutes, depuis la neuvième préparatoire jusqu'à la logique, avaient le même agencement intérieur; si bien qu'avant d'entrer il était prudent de jeter les yeux sur l'écriteau qui surmontait la porte.

Trois tables avec bancs, peintes en noir, très longues et très étroites, soutenues par des piliers en fonte, étaient disposées en gradins et faisaient face à la chaire. La première, celle du bas, était réservée aux internes, celle du milieu aux demi-pensionnaires et aux externes surveillés; les externes libres, catégorie à laquelle j'appartenais, occupaient le sommet de l'estrade et jouissaient du triple avantage de pouvoir s'adosser à la muraille, regarder dans la rue, et surprendre tout ce qui se passait au-dessous d'eux, tout ce que machinaient leurs camarades.

5

J'avais pour voisin de gauche un garçon paisible,
inoffensif, qui ne disait jamais un mot, qui ne bougeait
jamais, au demeurant le meilleur sujet de la classe,
Ferdinand Bonne. Mon voisin de droite, Paul de Guerpont, était notre aîné à tous ; il pouvait avoir de quinze
à seize ans ; encore sa taille élancée, le soupçon de
moustaches qui estompaient sa lèvre, son air sérieux et
fin et sa mise même, — il portait une élégante ja-
quette de drap, tandis que nous n'en étions qu'aux
blouses d'orléans ou de coutil, — le faisaient-ils paraître
plus âgé.

Doué d'une intelligence et d'une facilité remar-
quables, il aurait certainement détrôné Bonne et remporté tous les prix, s'il eût voulu s'en donner la peine.
Mais les lauriers d'autrui ne troublaient jamais son sommeil.

Il n'obéissait qu'à sa fantaisie ; il avait une façon de
travailler qui lui était personnelle et qui, tout en pro-
duisant d'excellents résultats, ne pouvait que le desser-
vir dans « nos luttes pacifiques ». Avions-nous à repasser notre grammaire de Burnouf, en vue d'une composition en version ou en thème grecs, il s'amusait à
étudier sa géométrie ou son histoire. La devise de Thé-
lème : « Fais ce que tu veux », semblait être la sienne.
Peut-être même la connaissait-il pour l'avoir lue dans
Rabelais, car il lisait beaucoup et toutes sortes de
livres. Tout l'argent qu'il recevait, et il en recevait passablement pour un enfant de son âge, s'en allait chez
Maillard, le libraire, qui était plein d'égards et de com-
plaisance pour ce jeune client, et le traitait en habitué,
en familier de son magasin. Chaque jour, en sortant de
classe, à dix heures ou à quatre, Guerpont ne manquait
pas d'y entrer « faire sa petite ronde », et il passait derrière le comptoir, grimpait à l'échelle, inspectait les

rayons, fourrageait dans les casiers, absolument comme s'il eût appartenu au personnel de l'établissement.

Son père, le docteur de Guerpont, ou, pour nous conformer à sa signature et à l'écusson de marbre encastré à sa porte, sous le bouton de la sonnette, le docteur Guerpont, était le médecin le plus en vogue de la ville, — celui de ma tante, par conséquent, malgré sa fâcheuse réputation de démocrate et de libre penseur.

Resté veuf de bonne heure et sans autre enfant que Paul, il avait reporté sur ce fils toutes ses affections; il lui laissait la plus grande indépendance et le traitait déjà comme un homme. A les voir se promener tous les deux, bras dessus bras dessous, causant et discutant, on eût dit de deux bons camarades.

Avec nous, Paul Guerpont (nous lui supprimions volontiers, à lui aussi, sa particule nobiliaire) se montrait assez froid; il ne prenait jamais part à nos jeux et ne fréquentait aucun élève en dehors du lycée.

En somme, plus âgé que nous, plus instruit, plus posé, plus avancé en toutes choses, Guerpont était déplacé au milieu de nous. Maintes fois le proviseur avait essayé de le stimuler; on aurait voulu lui faire sauter une classe; mais il fallait travailler pour cela, — travailler conformément au programme, et c'était chose impossible à ce fantaisiste obstiné.

J'aurai occasion de reparler de lui tout à l'heure.

Pour le moment, c'était un externe surveillé, assis à l'extrémité du second banc, près de la fenêtre, un nommé Jules Rousselot, qui occupait mon attention. Peu de jours auparavant, nous nous étions chamaillés aux abords du lycée, je ne sais plus trop à quel propos. On s'était même un peu battu : il avait fait tomber mes livres dans le ruisseau, j'avais infligé le même sort à son képi, et il avait riposté par un coup de poing, que je lui avais rendu de mon mieux. Bref, nous étions « ennemis ».

Or, à peine assis, il avait ouvert un de ses cahiers, un *correct* cartonné, qu'il tenait incliné entre la table et ses genoux, et, de temps à autre, il se retournait de mon côté et me lançait un sourire ironique, puis il reprenait sa lecture. Il y avait un journal plié dans ce correct, je ne tardai pas à m'en apercevoir, et c'est ce journal qu'il lisait et qui motivait ses singuliers agissements.

Je le vis ensuite pousser le coude de son voisin, il lui marmotta quelque chose à l'oreille et lui glissa son cahier. Et le voisin de lire et de me regarder aussi en ricanant, à la dérobée. Puis ce fut le tour d'un troisième élève, puis d'un quatrième, d'un cinquième, d'un sixième, jusqu'au moment où, continuant sa marche furtive et provoquant toujours une malicieuse curiosité à mon égard, le susdit correct vint à passer au-dessous de moi.

Je me levai alors et le saisis au vol.

« Restez donc assis, monsieur Gallois, » cria le professeur.

Il ne devait certainement pas y avoir matière à rire pour moi dans ce cahier; j'étais cependant bien moins alarmé qu'intrigué, ne me sachant coupable, après tout, d'aucun méfait, ni même menacé en quoi que ce soit. Et tous ceux entre les mains de qui ce mystérieux cartonnage avait circulé, m'observaient, m'épiaient sournoisement, la tête à demi tournée, impatients de voir l'effet que cette lecture produirait sur moi.

« Qu'est-ce qu'il y a ? » me chuchota Guerpont, qui ne comprenait rien non plus à tout ce manège.

Je ne répondis mot et j'ouvris le cahier. Je ne m'étais

pas trompé, un journal s'y trouvait, assez étroitement plié pour ne pas dépasser la tranche, et de telle sorte que le passage suivant apparaissait du premier coup et vous sautait aux yeux :

TRIBUNAL CORRECTIONNEL DE LA SEINE, 6ᵉ CHAMBRE.
Présidence de M. de Tergny.

« Ainsi que nous l'avons annoncé hier en dernière heure, M. Gilbert Gallois, rédacteur du *Progrès*, a comparu devant la sixième chambre de police correctionnelle, présidée par M. de Tergny, à raison d'un article intitulé : *Le Cléricalisme et l'Empire*, inséré dans le numéro du 3 juillet dudit journal, et sur la prévention d'outrages envers l'Empereur et les cultes reconnus par l'État.

» Après la suspension d'audience qui a suivi le réquisitoire de M. Bertollini, substitut de M. le procureur impérial, M. Gilbert Gallois a présenté lui-même sa défense, et le tribunal s'est immédiatement retiré pour délibérer.

» Au bout d'une heure et demie, il a rapporté un verdict condamnant M. Mansuy, gérant du *Progrès*, à un mois de prison et mille francs d'amende, et M. Gilbert Gallois, signataire de l'article incriminé, à six mois de prison et trois mille francs d'amende.

» Voici le texte du jugement :

» Attendu que le journal *Le Progrès* a, dans son numéro portant la date du 3 juillet 186..., publié un article ayant pour titre : *Le Cléricalisme et l'Empire*, commençant par ces mots : « Nous venons de traverser », et finissant par ceux-ci : « de chapelles et de boudoirs » ;

» Attendu que ledit article, après avoir rappelé de prétendues arrestations illégales, insinue... »

Et les *Attendu*, les *Considérant*, les *Vu*, — un grimoire pour moi, — continuaient ainsi jusqu'au bas de la colonne, où je vis reparaître :

« Condamne Mansuy à un mois de prison et mille francs d'amende ;

» Gallois à six mois de prison et trois mille francs d'amende. »

J'étais atterré. Quoi ! mon frère en prison, condamné comme malfaiteur ! Je n'étais pas d'âge encore, pas plus que mon ennemi Rousselot sans doute, à établir une distinction entre les délits de presse et ceux de droit commun ; je ne voyais qu'une chose, la même que mes condisciples avaient remarquée et saisie, — le résultat, six mois de prison. Et je baissais la tête, tout confus, pendant que Rousselot — oh ! mais, il me le paiera cher ! — me guignait en dessous et se frottait les mains, comme pour se féliciter d'avoir touché juste et narguer mon humiliation, applaudir à son lâche triomphe.

Cependant mon voisin Guerpont, que la curiosité époinçonnait et qui avait aussi bien droit que les autres d'être initié à l'intrigue, avait profité de mon trouble pour m'enlever en un tour de main, me *chiper* le cahier, et s'était mis à lire l'article, le terrible et ignominieux jugement.

« Tu le connais, il est de ta famille, Gilbert Gallois ? » me demanda-t-il tout bas.

Je n'osais répondre, avouer que cette flétrissure m'atteignait.

« Dis, c'est un de tes parents ? » insista Guerpont, en accompagnant sa question d'un coup de genou.

Il fallait bien m'exécuter.

« C'est mon frère, murmurai-je.

— Ah ! bah ! Tu ne m'en avais jamais parlé ! Il y a longtemps que je connais ce nom-là, Gilbert Gallois !...

Il collabore aussi à la *Revue française...* Il vient de publier un livre, je ne sais plus le titre au juste... Tu l'as?

— Quoi?

— Son livre, des *Mélanges politiques*, je crois? »

Ici, malheureusement, le professeur intervint et coupa court à la conversation.

« Monsieur de Guerpont, quand vous aurez fini de bavarder, vous me préviendrez, n'est-ce pas, afin que je puisse terminer la dictée?

— Bien, monsieur, j'obtempère! répliqua Guerpont avec une emphase comique.

— Ah! vous obtempérez? Vous me copierez dix décades pour vous apprendre à vous taire — et à ob-tem-pé-rer! »

Enfin, le roulement du tambour retentit; debout dans sa chaire, le professeur dépêcha la prière de rigueur et nous descendîmes pêle-mêle les gradins. Quant à maître Rousselot, externe surveillé, il ne s'en allait qu'à six heures; nous n'avions occasion de nous rencontrer que le matin en nous rendant au lycée : ma vengeance était donc renvoyée au lendemain.

Nous nous alignâmes deux par deux sous le portique, ainsi que tous les externes libres des autres classes; puis, à un signal donné, la colonne se mit en marche et se dirigea vers la grille grande ouverte. A peine dehors, on rompait les rangs en poussant des clameurs insensées, les uns miaulant, les autres imitant le chant du coq ou le croassement du corbeau; on s'appelait, on se hélait, on se bousculait. Pas n'était besoin alors aux habitants d'alentour de regarder leurs pendules pour savoir l'heure : la *sortie du lycée*, avec son carillon, l'annonçait assez distinctement.

Guerpont était mon compagnon de rang, et déjà, sous

le portique, il avait essayé de renouer l'entretien commencé en classe.

« Ah ! Gilbert Gallois est ton frère ! chuchotait-il.
C'est curieux, tout de même ! Quel âge a-t-il donc ? Il
doit être tout jeune ? »

Aussi, dès que nous eûmes franchi le seuil de la grille,
il passa son bras sous le mien et m'entraîna loin du
tumulte et des symphonies animalesques de nos
condisciples. J'avais alors oublié presque entièrement
Rousselot, son journal et les six mois de prison ; je ne
pensais plus qu'à Guerpont, à ce qu'il savait, à ce qu'il
allait m'apprendre, et j'aspirais aussi vivement que lui,
pour le moins, à nous trouver seuls et à causer à notre
aise, librement.

« Comment connais tu mon frère ? Où as-tu vu son
nom ? Qu'as-tu lu de lui ? demandai-je coup sur coup.

— Des articles, pardi ! beaucoup d'articles. Gilbert
Gallois n'est pas un inconnu, j'ai rencontré cent fois ce
nom-là dans les journaux. J'ai lu aussi un de ses livres,
une étude sur la Révolution française. Ah ! c'est ton
frère ! Diantre si je m'en serais douté !

— Dans quels journaux écrit-il ?

— Mais dans le Progrès, dans l'Indépendance, la Revue
française ! Il ne vous envoie donc pas ce qu'il publie ?

— Non, fis-je, d'un signe de tête.

— Pourquoi ?

— Nous sommes, ou plutôt ma tante est en mauvais
termes avec lui. Jamais elle ne parle de mon frère, je
ne l'ai même jamais vu...

— Ah bah !

— Je sais qu'il habite Paris, qu'il est plus âgé que
moi d'une quinzaine d'années, et c'est tout. Sa profession, je l'ignorais ; lui-même, car nous nous écrivons de
temps en temps, ne m'en a jamais dit un mot.

— En sorte que tu ne le connais que par les lettres que tu as reçues de lui ?

— Pas autrement. Aussi te prierai-je, mon cher Guerpont, de rechercher les ouvrages qu'il a fait paraître, ainsi que les articles de journaux que tu as pu conserver, et de me les prêter.

— Très volontiers, et dorénavant je mettrai de côté à ton intention tous ceux qu'il publiera et que je rencontrerai ; nous les lirons ensemble, chez moi, si tu veux. Tu verras, mon vieux, comme il *bêche* l'empereur et les calotins : il leur en dit de raides, va !

— Ah !

— Ce sont sans doute ses opinions qui l'ont brouillé avec ta tante ?

— Je le présume, mais sans en être absolument sûr. Ma tante ne m'en a jamais ouvert la bouche ; comme je te l'ai dit, jamais le nom de mon frère n'est prononcé chez nous. C'est par hasard et presque en cachette que son existence m'a été révélée. Je te conterai cela. Mais il faut qu'il y ait entre ma tante et lui des dissidences irrémédiables, qu'elle ait été ou se soit crue bien gravement offensée, car la rupture est complète, et l'affaire d'aujourd'hui (je n'osais employer le mot de condamnation) n'est pas faite, hélas ! pour aider à un raccommodement.

— Il n'y a cependant rien là de déshonorant, au contraire ! remarqua Guerpont.

— Tu trouves ?

— Comment ! mais c'est un titre de gloire, c'est comme une blessure reçue sur le champ de bataille ! s'écria-t-il avec enthousiasme. Ne comprends-tu pas que si le gouvernement s'offusque de ces attaques et les défère aux tribunaux, c'est signe qu'il a peur et que le coup a porté ? Si ton frère était un homme sans valeur, crois-tu qu'on prendrait la peine de le poursuivre, qu'on s'ingénierait à lui imposer silence, à briser sa plume ? On le frappe, on le condamne, mais tant mieux, bravo ! Cela prouve qu'on reconnaît son talent et sa force ; c'est qu'il mérite d'être lu. Voilà ce que tout le monde va conclure. Ne t'attriste donc pas, réjouis-toi plutôt de ce qui vient d'arriver à ton frère et sois fier de lui ! »

Et, entraîné par son sujet, grisé par son éloquence, Guerpont se mit à me parler de tous les grands penseurs et philosophes, de « tous les apôtres de l'humanité, — à commencer par Socrate et Jésus », remarquait-il, — qui avaient été en butte aux outrages de la foule ou aux persécutions du pouvoir. Il me cita Jean Huss, Savonarole, Luther et Calvin, Voltaire et Rousseau, Courier, Béranger, Lamennais, Proudhon, que sais-je ! fulminant contre le fanatisme des prêtres, préconisant la souveraineté de la raison, magnifiant la liberté de penser et d'écrire ; — me ressassant tous les lieux communs qu'il avait puisés dans ses nombreuses lectures.

Je ne l'avais jamais vu ainsi. Très sobre d'engouement et d'expansion, quelque peu enclin à l'ironie, mais habituellement calme, insouciant et flegmatique, il s'exprimait alors avec une ardeur, une fougue que je ne lui soupçonnais pas. De temps à autre, il s'interrompait pour s'écrier : « Ah ! c'est ton frère ! » puis il recommençait de plus belle sa charge à fond de train contre les *cagots* et les *réacs*.

Imbu que j'étais des idées de ma grand'tante et de ses pieuses croyances, sans notion aucune, sans le moindre aperçu de la vie politique et du monde littéraire, soigneusement préservé surtout de toute doctrine contraire à l'enseignement de l'Église, de toute discus-

sion religieuse même, je ne laissai pas d'abord d'être
scandalisé de ce que j'entendais. Je me taisais pourtant,
j'écoutais, moins froissé bientôt qu'étonné, ébahi. Tout
cela était si nouveau pour moi ! Comment Guerpont
avait-il fait ? Où diable avait-il appris tant de choses ?
« Mais il raisonne comme un homme ! » me disais-je.

Je me sentais saisi d'admiration et de respect pour un
condisciple aussi avancé, aussi fort ; sa jeune érudition
m'imposait et me confondait, ses virulentes tirades
éveillaient en moi des échos inouïs jusqu'alors. Et puis
il m'entretenait de mon frère, dont les écrits, m'assurait-il, avaient exercé une grande influence sur son
esprit, avec qui il était en pleine communion d'idées, et
il le prônait, il le portait aux nues, il me répétait sans
cesse que je devais me féliciter et m'enorgueillir d'une
telle parenté.

Il n'avait pas de peine à me convaincre, en touchant
cette corde. J'étais non seulement consolé et réconforté,
mais — je ne sais ce qui se passait en moi, ce qui re-
tentissait et bouillonnait dans ma cervelle et ma poitrine, — l'émotion, une joie contenue et fiévreuse, me
suffoquait ; j'étais dans l'épanouissement, le ravissement,
l'extase. Il me semblait que mes yeux s'étaient des-
sillés, que des horizons nouveaux s'ouvraient devant
moi ; c'était comme une révélation, — un *Fiat Lux !* Et,
charmé, enivré par le généreux enthousiasme de mon
initiateur, je l'écoutais bouche béante, je buvais ses
paroles avec délices.

Personne autour de nous, d'ailleurs. Après avoir con-
tourné le lycée, nous avions gagné les bords du canal,
nous longions à petits pas le chemin de hâlage, et
Paul de Guerpont pouvait donner à son lyrisme pleine
carrière. A notre droite, par delà le canal et la voie
ferrée, dans l'éblouissant poudroiement du soleil, la

ville amoncelait ses toits de tuile ou d'ardoise, ses pi-
gnons et ses clochers dont les flèches rutilaient comme
des aigrettes d'or. Pas un souffle n'agitait les feuilles,
pas une ride sur la surface de cette eau stagnante et
d'un vert d'émeraude ; des libellules, des légions d'é-
phémères voltigeaient au-dessus des roseaux ; par instants, à notre approche, un brusque clapotement se
faisait entendre : une grenouille, endormie dans l'herbe
du talus, s'éveillait en sursaut et se replongeait dans
ses humides demeures.

Encore une journée qui ne s'effacera jamais de ma
mémoire ! Les exclamations périodiques par lesquelles
Guerpont exprimait sa surprise, il me semble les ouïr
encore :

« Gilbert Gallois, ton frère ? Si je m'y attendais, à
celle-là ! »

Il m'accompagna jusqu'à ma porte.

« A demain, me dit-il, en me serrant le poignet à me
le désarticuler ; et nous ne nous en tiendrons pas là,
n'est-ce pas ? nous nous verrons en dehors des classes,
désormais ; tu viendras chez moi, nous causerons de ton
frère, nous lirons, nous discuterons ; — nous serons
grands amis, hein ?

— Oh ! oui, de tout cœur ! » répliquais-je.

V

J'arrivai juste pour le souper ; — c'est le nom que
porte en Lorraine le repas du soir : on déjeune à huit
heures, on dîne à midi, on soupe à six ou à sept. Ma
tante était assise dans le salon, les bras croisés, les
yeux fixés à terre ; et, à sa mine plus revêche encore

que de coutume, soucieuse et sombre, il était facile
d'augurer que la sentence portée contre mon frère lui
était connue. En outre, — j'en fis la remarque, —
L'Écho de la Meuse, journal de l'endroit et le seul qu'elle
reçût, ne se trouvait pas ce jour-là sur le guéridon.

Ce serait exagérer de prétendre que la plus franche
gaieté présidait d'ordinaire à nos repas; mais enfin on
échangeait quelques paroles, on desserrait les dents,
— ne fût-ce que pour manger. Cette fois, pas un mot:
ma tante avala quelques cuillerées de potage, puis se
recroisa les bras et retomba dans ses mornes réflexions.
J'aurais préféré l'effet contraire, une scène violente,
une bordée de reproches sanglants, d'anathèmes et de
malédictions à l'adresse du condamné; j'espérais à
toute minute que la bombe allait éclater : dans ma ferveur de néophyte, encore tout chaud des arguments et
des lyriques effusions de mon ami Guerpont, je me
sentais plein d'audace, j'aurais riposté, proclamé sainte,
glorieuse et sublime la cause du vaincu.

J'en fus pour mes frais d'imagination : l'explosion
n'eut pas lieu. Seulement, comme j'avais replié ma
serviette et que je ne bougeais pas de ma chaise, ma
tante me dit, mais sans me gronder, d'une voix sourde
et presque dolente :

« Tu n'as donc pas de devoirs aujourd'hui? Tu es
rentré une heure en retard et tu ne sembles pas pressé
de te mettre au travail. »

Je pris mes livres et mes cahiers que j'avais déposés
sur la commode et je montai dans ma chambre. Il
faisait grand jour encore, et, quoique je n'eusse guère
la tête à ma besogne, je me hâtai de rattraper le temps
perdu.

Mes fenêtres étaient ouvertes et la fraîcheur du soir
dissipait peu à peu la lourde atmosphère concentrée

entre ces murs surchauffés et telle que, parfois, comme
dans un bain de vapeur, je suais à grosses gouttes. Au
dehors, sur les plus hautes branches des arbres du
verger, des bandes de mésanges et de pinsons sautil-
laient et s'ébattaient, saluant de leur gai ramage le
coucher du soleil, tandis que les martinets rasaient
comme des flèches le rebord de mon toit, passaient et
repassaient en poussant leurs cris aigus et prolongés.

Bientôt des pas grincèrent sur le gravier, un bruit de
voix monta jusqu'à moi : ma tante avait reçu la visite
d'un de ses habitués, du père Warnier, et, au lieu de se
confiner dans le salon, on était venu prendre le frais.

La conversation roulait sur mon frère. Je n'en pouvais entendre que des fragments, encore était-ce par
intervalles, lorsque les deux interlocuteurs, dans leur
promenade circulaire, étaient ramenés sous mes fenêtres. Le père Warnier s'appliquait à rassurer ma
tante ; avec plus de sang-froid, de ménagements et de
raison, cela va sans dire, il lui tenait à peu près le langage que m'avait tenu Guerpont. Malheureusement, le
résultat ne pouvait être le même : il n'y avait à espérer
d'elle aucune conversion. Fidèle à sa doctrine, elle
s'obstinait à ne considérer que l'effet, sans avoir égard
aux motifs. Six mois de prison, voilà tout, elle n'allait
pas plus loin et classait mon frère, à peu de chose près,
au rang des malfaiteurs, des criminels.

Et, à chaque tour, des soupirs et des lamentations
m'arrivaient. « Ah ! c'est déplorable !... Ce mauvais
sujet ! Il me fera mourir à petit feu !... Condamné !
Oh !... Une honte !... Traînant son nom dans la boue !
Le déshonneur de la famille !... Mais ne fallait-il pas
s'attendre à tout de la part de ce garnement ! Ah ! mon
pauvre monsieur Warnier ! »

Seulement, et c'est ce qui me frappa le plus, le

timbre de sa voix était tout à fait changé. Non pas qu'il retentît avec les vibrations de la colère ou les trémolo d'une douleur qu'on cherche à retenir; il était comme fêlé; c'était la même intonation plaintive, caverneuse, lugubre, que j'avais remarquée à table, à la fin du souper.

La nuit était venue. J'entendis refermer la porte du jardin, puis reconduire le père Warnier et tirer les gros verrous de la porte de la rue, qui crissaient si désagréablement. Je me couchai et m'endormis bientôt de mon bon sommeil d'enfant, comme si de rien n'était.

Néanmoins, à plusieurs reprises, il me sembla ouïr, comme dans un rêve, de faibles bruits au-dessous de moi, dans la soupente de Marianne et dans la cuisine, des remuements de sièges, un va-et-vient de pas étouffés.

Le jour commençait à poindre, lorsque je fus brusquement éveillé par l'arrivée de ma vieille servante.

« Lève-toi tout de suite, mon fi, et cours chercher le docteur Guerpont, me dit-elle. Ta tante a été malade toute la nuit; elle a une grosse fièvre... Je ne sais que faire ! »

Je m'habillai à la hâte, et un quart d'heure après je m'arrêtais tout essoufflé devant la demeure de M. de Guerpont.

A mon second coup de sonnette, le domestique, valet de chambre, palefrenier et cocher tour à tour, sorte de maître Jacques, que je connaissais de longue date, vint m'ouvrir, tout ensommeillé. Je le chargeai de mon message, en insistant sur l'urgence et la gravité du cas, et je repris le chemin de la maison. Le docteur ne tarda pas à me suivre.

« Qu'y a-t-il donc? demanda-t-il de son ton sec et bourru, au moment où Marianne l'introduisait dans le corridor.

— Madame a été un peu *secouée* hier soir, répondit-
elle, et, en se couchant, il lui a pris comme une défail-
lance, puis une crise de nerfs qui a duré une bonne
heure. Je comptais pourtant que ça ne serait rien et
que ça se passerait avec le sommeil. Mais des maux de
cœur et des vomissements sont survenus ; la fièvre s'est
déclarée, accompagnée de délire. J'ai été toute la nuit
près d'elle à lui appliquer sur le front des compresses
d'eau sédative, à lui faire du tilleul, de la fleur d'*orange*,
— tout ce que j'ai pu, quoi ! Elle a fini par se calmer,
elle repose maintenant, mais je la trouve bien faible,
bien faible... Venez voir. »

Guidé par Marianne, M. de Guerpont pénétra dans
la chambre et s'approcha de l'alcôve. Je me tenais en
arrière et la porte de l'alcôve me cachait le lit. J'avançai tout doucement la tête et j'aperçus ma tante étendue sur le dos, les yeux fermés. Sa respiration lente et
régulière, et qu'on entendait très distinctement, n'annonçait aucune anxiété, aucun trouble intérieur : sans
l'éclat inaccoutumé de son teint, cette rougeur de
brique qui avait succédé à la pâleur jaunâtre de son visage, sans la dépression de ses lèvres bleuies et la sueur
qui perlait sur son front, on aurait pu croire qu'elle
n'avait rien éprouvé d'anormal, qu'elle s'attardait dans
un rêve placide et serein et dormait sa grasse matinée.

Mais quand, après l'avoir interrogée, examinée et
palpée, après avoir rédigé son ordonnance et adressé à
Marianne ses recommandations, le docteur Guerpont se
retrouva seul avec nous dans le corridor :

« Je doute qu'elle puisse se lever avant une quinzaine
de jours, nous dit-il, et la convalescence sera longue,
très longue, il ne faut pas se le dissimuler.

— C'est toujours sa maladie de foie ? demanda Marianne.

— Toujours ; mais ne vous épouvantez pas, il n'y a aucun danger ; on vit des années avec cette affection. Le point important et sur lequel j'insiste, reprit le docteur, c'est le repos, la tranquillité, — la tranquillité d'esprit, surtout. Celle-là, malheureusement, ne dépend pas de vous.

— Hélas !... Et la pauvre dame se met si souvent martel en tête pour des riens, sans souffler mot, sans qu'on s'en doute ! interrompit Marianne.

— Oui, je sais, » murmura M. de Guerpont, en descendant les marches du perron.

Puis, au moment de nous quitter :

« Enfin, pas d'émotions, insista-t-il encore, pas de contrariétés, autant que possible ! »

De contrariétés, ma tante n'avait certainement pas à en redouter du côté de Marianne, pas plus, je puis me rendre cette justice, que du mien. Ses goûts et ses désirs nous servaient de règle : nous ne faisions que ce qu'elle voulait. Elle n'aimait pas le bruit, — en dépit des airs variés que nous jouaient toutes nos portes, — elle avait en horreur les cris et les éclats de rire : nous ne nous tenions et ne nous amusions jamais, mes camarades et moi, que dans la remise ou le jardin, loin d'elle ; encore maintenant, à mesure que je grandissais, préférais-je passer mes dimanches et mes jeudis dans ma chambre, à lire ou à dessiner ; ou bien partir avant l'aube, en compagnie de quelques amateurs de pêche, jeunes ou vieux, dont j'avais fait connaissance, et aller à deux lieues de la ville m'asseoir ligne en main sur le talus du canal ou devant une des belles *fosses* de la rivière.

Si ma tante, ce dont je ne puis que la remercier et la bénir, m'avait recueilli sous son toit et subvenait aux frais de mon entretien et de mon éducation, c'était sur

Marianne et sur elle seule, en quelque sorte, que pesaient tous les soucis et les tracas matériels de cette
situation. C'était elle qui veillait à mon linge et à mes
vêtements, qui me soignait et me dorlotait; à elle
qu'incombaient tous les menus et fastidieux détails du
ménage. Ma tante s'en reposait sur elle pleinement,
certaine que chaque chose serait exécutée en temps
voulu et aussi économiquement et habilement qu'elle
pouvait le souhaiter.

Mais, selon la très juste remarque de Marianne, un
rien suffisait à l'inquiéter, à lui mettre martel en tête.
Cette extrême irritabilité, jointe à une prédisposition
naturelle de tout concentrer en elle-même, de refouler
toute émotion, et de la comprimer, de l'étouffer avec
d'autant plus d'énergie et de ténacité que cette émotion
était plus violente, devait provoquer tôt ou tard dans
son organisme d'irrémédiables désordres. La bilieuse
maladie dont elle souffrait en était déjà une conséquence; — à moins, au contraire, qu'elle ne fût la
cause même de cette morgue taciturne et chagrine, ce
que je n'ai pas à examiner.

Il n'y avait, comme je l'ai dit, qu'avec le père Warnier, son ami et son conseiller assidu, que ma grand'-
tante s'humanisât et s'épanchât quelque peu. Il possédait toute sa confiance, tous nos secrets de famille; et,
à ce propos, je me suis souvent demandé comment lui,
si bienveillant et si serviable, d'un esprit si cultivé, si
tolérant et si hardi, qui ne partageait aucun des scrupules et des préjugés de ma parente et de son petit
cercle, qui avait près d'elle son franc parler et une
incontestable influence sur ses décisions, il n'avait pas
pris en main la cause de mon frère, — de Gilbert Gallois, dont les écrits sûrement ne lui étaient pas incon-
nus et dont les opinions étaient les siennes, après tout.

Peut-être l'avait-il fait dans les premiers temps et s'était-il heurté à un mauvais vouloir si absolu, à un parti si irrévocablement arrêté, qu'il avait jugé inutile et malséant même de renouveler sa tentative. La bonté, chez lui, n'excluait ni l'habileté, ni une certaine souplesse, au besoin ; en revenant à la charge, il risquait d'altérer la bonne harmonie qui régnait entre Mᵐᵉ Huguenin et lui, et voilà pourquoi, sans doute, il s'abstenait et gardait à ce sujet vis-à-vis de nous, vis-à-vis de moi surtout, la réserve et le silence les plus complets.

Quoi qu'il en soit, je crus bien faire en écrivant à mon frère ce qui venait de se passer. Je lui relatais d'abord les conjectures que le docteur Guerpont avait émises sur la durée de la maladie de notre tante, ainsi que les précautions qu'il nous avait ordonné de prendre ; puis, tout en lui reprochant amicalement de ne m'avoir pas instruit lui-même de ce qui le concernait et témoigné plus de confiance, je lui racontais de quelle façon j'avais appris et sa profession et « le malheur qui le frappait ».

« Quand je dis *malheur*, c'est pour me conformer à l'opinion qui règne ici et parler *la langue de la maison*; mais je ne suis plus un enfant, tu l'as reconnu toi-même, et je sais trop bien à présent, mon cher Gilbert, continuais-je, — comme si vraiment mon maître et ami Guerpont m'eût dicté l'épître, — je sais combien sont méritoires et glorieuses de telles blessures. Au lieu donc de te plaindre et de t'adresser de sottes condoléances, je te félicite ! *Tibi et ago gratias et gratulor! Bonum certamen certavisti!* » (Je ne manquais jamais de glisser dans mes lettres à mon frère quelques adages latins. Je tenais à lui faire montre de ma jeune science.)

La réponse ne fut pas telle que je l'aurais cru. Je

comptais sur des éloges et des encouragements, je
m'imaginais les avoir mérités, en approuvant la conduite de mon aîné et en me rangeant sous son drapeau,
et c'est une verte semonce qui m'arriva. A part la recommandation qu'il m'adressait de le renseigner très
exactement sur l'état de notre malade, toute sa lettre
pouvait se résumer dans cette simple phrase : « De quoi
te mêles-tu ? » Il me renvoyait brutalement à mes livres
de classe, à l'*Énéide*, à Cicéron et aux *Olynthiennes* ; il
m'engageait à ne plus sortir. « L'heure viendra toujours assez tôt pour toi de t'occuper de journaux et de
politique. » D'un bout à l'autre enfin j'étais traité en
écolier, en gamin. Je me jurai bien qu'on ne m'y repincerait plus, par exemple ! Je cachai la lettre dans mon
tiroir, et, malgré les questions de Paul de Guerpont, je
n'eus garde de lui avouer quelle mercuriale, quel joli
camouflet j'avais reçu.

Nos relations pourtant s'étaient bien resserrées depuis
notre promenade sur le bord du canal; nous étions tout
d'un coup devenus intimes, inséparables.

Chaque jour, le matin et à deux heures, je passais le
prendre pour aller au lycée; c'était convenu, et il m'attendait devant sa porte. Afin d'éviter la rencontre de
nos condisciples et de converser plus librement, nous
avions adopté un itinéraire à nous, moins direct mais à
peine fréquenté. Une suite de petites ruelles aboutissait
au quartier des Jardiniers ou des Chènevières ; là, un
long sentier, bordé de haies vives ou de palissades, et
qui serpentait à travers les potagers, nous conduisait
jusqu'à la rue des Romains, proche du lycée.

Nous nous en revenions de même à dix heures et à
quatre, sauf certains jours, lorsque nous avions peu de
devoirs, où nous faisions le tour de la ville en suivant
le canal.

Toutes nos après-midi des jeudis et des dimanches, tous nos congés, nous les passions ensemble. Comme disait Marianne, j'étais toujours *fourré* chez le jeune Guerpont. Il m'accompagnait à la pêche, non sans me railler de mon innocente manie, s'étonnant et s'extasiant qu'on pût trouver le moindre plaisir à demeurer planté des heures entières sur le bord de l'eau, une gaule à la main. Il avait soin de se munir d'un livre, et, pendant que j'épiais les rares oscillations de mon bouchon, il allait s'étendre à l'ombre, dans les hautes herbes, et lisait et sommeillait tour à tour. Parfois, s'il rencontrait quelque passage émouvant ou intéressant, il se rapprochait de moi et m'apostrophait : « Laisse donc tes poissons tranquilles et écoute ça ! »

Hélas ! *mes* poissons, la plupart du temps, ne se souciaient guère de moi ni de mes amorces; pain de chènevis, blé cuit, vers, *sagets* ou asticots, rien n'y faisait: la maudite engeance s'obstinait à ne pas *mordre*. Durant les trois années environ que cette passion m'a possédé, je ne me souviens pas d'avoir rapporté à Marianne plus de deux fritures, et un jour, — jour mémorable ! — un barbeau, un barbeau qui *avait la taille* et pesait — c'est chez le père Lorain, notre épicier, que je m'en assurai avant de rentrer, — une demi-livre ! Mais que de belles truites, que d'énormes carpes, que de brochets monstrueux j'ai failli prendre ! J'en atteste tous les pêcheurs, mes confrères : que de coups magnifiques j'ai ratés !

Mais ce que je me rappelle surtout, ce qui m'a laissé les plus douces et les plus puissantes impressions, ce sont ces lectures faites en tête-à-tête avec mon ami Guerpont, au pied d'un saule ou d'un peuplier, dans le creux d'une roche ou de quelque escarpement de la rive, au fond d'un vallon bien ombreux et bien frais, tandis qu'en face de nous l'immense prairie verdoyait tout ensoleillée, toute ruisselante de lumière. Les bonnes et chères journées !

C'est là que je lus pour la première fois *le Lac* de Lamartine, et *le Crucifix*, et *Graziella* ; *les Enfants d'Édouard* de Casimir Delavigne (qui n'était pas encore démodé, à cette époque); *les Fantômes* d'Hugo, et sa *Prière pour tous*, et ses *Tristesses d'Olympio* ; *Rolla* et *les Nuits* de Musset ; là, que Guerpont se plaisait tant à me réciter *la Voulzie* d'Hégésippe Moreau et ce fragment de *Marie*, le poème de Brizeux :

> Un jour que nous étions assis au pont Kerlô
> Laissant pendre, en riant, etc. ;

là, que George Sand et Balzac, Dickens et Topffer, Vigny, Mérimée, Stendhal, Flaubert, me furent révélés.

Les jours de pluie ou lorsque la pêche était prohibée, je me rendais chez Guerpont. Sa chambre, qui se trouvait au fond de la cour, au premier, et donnait sur le quai, était très confortablement, presque luxueusement meublée. Je ne pus m'empêcher, la première fois qu'il m'y conduisit, d'être frappé de ce bien-être et de ce bon goût : on n'avait pas coutume, dans notre petite ville, de faire tant de frais d'emménagement pour les enfants de notre âge. Les fenêtres étaient garnies de rideaux de reps grenat; en face s'étendait un grand divan de même étoffe et de même couleur, au-dessus duquel était fixée une riche glace de forme ovale, flanquée de deux belles gravures, le *Marché aux Chevaux* et la *Chasse au cerf*, d'après Wouwerman. Un autre panneau était entièrement masqué par un bahut en vieux chêne, surmonté d'une étagère vitrée toute remplie de livres. Une longue et large table, également en vieux chêne, occupait le milieu de la pièce; des fauteuils capitonnés, d'élégantes chaises étaient disposés çà et là... Quelle différence avec mes deux pauvres chambrettes et mes meubles éclopés !

Paul de Guerpont avait en outre à sa disposition la bibliothèque de son père, qui, à part les ouvrages scientifiques et médicaux, contenait les œuvres des grands écrivains anciens et modernes, français et étrangers, poètes, historiens, philosophes, romanciers, et dans laquelle nous puisions largement, que nous bouleversions de fond en comble dans nos jours de liberté. Chargés de notre butin, nous revenions nous étendre sur le divan, et nous lisions, nous dévorions des volumes entiers par séance.

Je ne tenais guère compte, comme on le voit, des admonestations et des conseils de mon frère. Je dois avouer aussi que je ne partageais pas de prime saut pour ses écrits l'enthousiasme de Guerpont. La politique n'était pas mon fait. A ses études sur la Révolution, à ses articles sur les *Origines du Pouvoir*, les *Dangers du Cléricalisme*, les *Droits de la Pensée*, etc..., je préférais de beaucoup les *Scènes de la vie de Bohême*, les *Bourgeois de Molinchart*, *Sous les Tilleuls*, *la Dame aux Camélias*, *Monte-Cristo*, les *Trois Mousquetaires*, ou même, mon Dieu oui ! les *Compagnons de l'Épée* de Ponson du Terrail.

« C'est bon, tu en reviendras ! me disait Guerpont ; car, après tout, c'est de la viande creuse que toutes ces œuvres d'imagination. »

Ainsi s'écoulèrent les dernières années de mon adolescence. J'étais alors dans mes seize ans, je venais d'entrer en seconde, lorsqu'un autre événement m'arriva, celui que nous connaissons tous et qui nous laisse à tous plus de regrets et de deuil que de calme et de bonheur, — mon premier amour. Qui le croirait ? Ce fut

pourtant ma grand'tante, qui, à son insu, la pauvre
femme ! me tira de mon insouciante quiétude et provoqua l'inévitable éclosion.

VI

Bien que ma vocation ecclésiastique n'eût pas attendu
pour s'éteindre les diatribes de Paul de Guerpont et les
ferments révolutionnaires et antireligieux que nos lectures et nos entretiens quotidiens avaient déposés en
moi, je continuais d'accompagner ma tante à l'église
chaque dimanche et d'assister avec elle à la messe pa-
roissiale. M'en dispenser ouvertement ou par ruse, il
n'y fallait pas songer : c'est pour le coup que j'aurais
été bien reçu ! Il ne m'était même pas facile d'esquiver
les vêpres. A défaut de motifs réels, je prétextais un
surcroît de devoirs, une leçon à repasser, une composition à préparer. Ma tante commençait par froncer les
sourcils ; puis :

« Allons, soit ! mais travaille, ne va pas *vagabonder*. »

Et elle partait sans moi. Là-dessus, comme sur bien
d'autres chapitres, elle n'entendait pas plaisanterie.

Les offices dominicaux ne laissaient pas cependant
de m'offrir d'agréables distractions, maintenant surtout
que ma ferveur première ne m'astreignait plus à rester,
depuis l'*Introït* jusqu'à l'*Ite missa est*, les yeux baissés
sur mon paroissien.

Le banc que nous occupions se trouvait au bas de
l'église, sous les orgues, adossé au contre-mur du por-
tail ; et, comme la grand'porte ne s'ouvrait que très ra-
rement, à l'occasion seulement des fêtes solennelles et
des processions, et que l'entrée ne s'effectuait que par

les portes latérales, tous les fidèles qui avaient leurs
places dans la nef étaient obligés de défiler devant nous.
C'était pour moi autant de figures de connaissance ;
toutes les robes de ces dames, leurs manteaux ou leurs
châles, leurs bonnets ou leurs chapeaux m'étaient familiers, et, à vingt ans de distance, je les revois encore,
celle-ci avec ses marabouts, celle-là avec ses rubans
ponceau, cette autre avec sa ruche de dentelle flanquée
de boutons de roses et couronnée d'une guirlande de
myosotis et de pensées, — tout un parterre dans les
cheveux, autant dire ! chuchotait Marianne scanda-
lisée.

C'est à quoi je m'amusais, c'est cet examen qui m'occupait pendant toute la durée du saint sacrifice.

Un nouvel aliment vint alors s'offrir à ma profane
curiosité. Au lieu d'errer çà et là et de planer sur l'ensemble, mon attention se porta vers un sujet spécial et
déterminé ; elle n'eut plus qu'un but : la présence ou
l'absence de certaine petite robe grise à points noirs
surmontée d'un modeste bonnet de tulle.

Elle arrivait toujours en retard, au milieu de l'évangile ou du sermon, et toujours seule, trempait le bout
de ses doigts dans le bénitier, prenait une chaise et se
plaçait derrière le pilier de gauche, à deux pas de notre
banc. Elle avait toujours le même costume, toujours la
même allure discrète et posée, le même air sérieux et
doux, toujours le même petit livre de prières relié en
maroquin noir, à tranches jaspées, à fermoir et à coins
argentés.

Elle ne paraissait guère se soucier comme moi de ce
qui se passait autour de nous et de la mise ou des manières de nos voisines ; elle ne regardait personne, ne
tournait jamais la tête : à genoux ou assise, elle ne cessait d'avoir les yeux sur son livre et de suivre conscien-

cieusement, mais sans affectation, sans bigoterie, l'ordinaire de la messe.

Cette bonne tenue, cette modestie et cette simplicité, relevées par une distinction naturelle, ce calme surtout et cette dignité presque imposante, n'avaient pas manqué de plaire à ma tante. On n'était pas habitué à rencontrer chez une fille du peuple de telles qualités; et les mines effrontées, les toilettes ridiculement prétentieuses de la plupart des ouvrières qui se pavanaient devant nous, faisaient encore mieux ressortir la gracieuse décence et l'ingénuité de ma petite robe grise.

Mais ce que ma tante avait tout d'abord remarqué, ce qui avait produit sur elle la plus vive impression, au point qu'elle n'avait pu s'en cacher et nous en avait fait l'aveu, au sortir de l'église, à Marianne et à moi, c'était l'admirable beauté de cette jeune fille. Et pour que Mme veuve Huguenin fît attention à la beauté de quelqu'un, pour qu'elle en fût frappée et charmée, il fallait que cette beauté fût vraiment incomparable, exceptionnelle, merveilleuse.

Aujourd'hui encore que toute illusion sur la petite robe grise est envolée, tout enthousiasme éteint, que les années se sont accumulées les unes sur les autres, et qu'il ne me reste plus de cette lointaine apparition qu'une image impartiale et indifférente, je puis affirmer que je n'ai jamais rencontré une telle perfection de formes, un chef-d'œuvre d'esthétique aussi accompli.

Elle était brune, et son épaisse et soyeuse chevelure ondulait légèrement sur ses tempes, au-dessus d'une petite oreille coquettement ourlée, transparente et rosée comme la valve d'un coquillage. La régularité et la pureté de ses traits, le galbe de son visage un peu allongé, mais sans maigreur, aux contours gracieusement arrondis, la pâleur mate de son teint, donnaient

à sa physionomie je ne sais quelle expression de douceur et de gravité, de sérénité et de noblesse.

Mais à quoi bon continuer ce portrait, dire qu'elle
avait les yeux noirs, les sourcils bien arqués, le nez
artistement dessiné, la bouche mignonne, des lèvres de
corail, des dents de perles, etc. ? Chaque jouvenceau en
raconte autant de sa belle, et ces *signalements*, aussi
monotones que ceux des passe-ports et des permis de
chasse, ne sont généralement guère plus exacts. Au surplus, n'ai-je pas fait d'elle tout à l'heure un éloge suffisant et péremptoire, en parlant de l'admiration qu'elle
avait inspirée à ma grand'tante ?

Et ce n'est pas seulement de l'admiration que
Mme Huguenin éprouvait et nous avait communiquée,
à Marianne et à moi, c'était aussi et surtout de la curiosité.

« Quelle est donc cette jeune fille qui se met toujours
à côté de nous ? Tu sais bien, cette ouvrière en robe
grise, avec une pèlerine noire ? Une très jolie personne ? »
m'avait-elle demandé un dimanche, comme nous revenions de la messe, quelques mois avant sa maladie.
« Tiens, la voici devant nous, elle va tourner l'angle de
la place...

— Oui, je la vois, mais je ne puis te renseigner ; elle
ne doit pas être de la paroisse.

— Elle a l'air très comme il faut.

— Oui, très bien.

— Et elle est ravissante ! »

J'aurais eu mauvais goût de ne pas la trouver telle,
bien qu'en somme la question m'importât peu.

Ce qui me touchait davantage, ce qui commençait à
m'intriguer passablement, c'était l'origine et la demeure
de cette jeune fille, son identité.

J'avais tant parcouru tous les coins et recoins de

notre petite ville, qu'il n'était pas une maison qui me
fût inconnue, pas un passant, pauvre ou riche, que je
ne pusse saluer par son nom. Et j'avais beau chercher
et me creuser la cervelle, il m'était impossible de deviner dans quel quartier, dans quelle rue la petite robe
grise habitait.

Pour le savoir, je n'aurais eu qu'à la suivre, il est
vrai ; mais je ne quittais jamais l'église sans avoir ma
tante à mon bras, et je ne pouvais guère, en conscience, lui demander la permission de la planter là
pour emboîter le pas aux fillettes, tant belles fussent-
elles.

Cette affaire avait donc pour moi tout l'attrait du
mystère. J'y pensais sans cesse ; en m'acheminant vers
le lycée, en regagnant la maison, dans toutes mes
courses, je n'avais qu'une idée en tête : « Si j'allais *la*
rencontrer ? » Mais les jours et les mois se succédaient,
et rien, pas un indice qui me mît sur sa trace.

Introuvable pendant la semaine, la robe grise réappa-
raissait invariablement chaque dimanche, entre l'épître
et le *Credo*. Alors ce n'était plus par passe-temps et pour
me dépiquer que je l'observais ; sa grâce et sa beauté
ne m'étaient plus indifférentes alors ; elle m'avait, non
seulement charmé et ravi, moi comme ma tante, ce serait peu dire, mais enthousiasmé, enivré, rendu fou.
Avec quelle impatience j'épiais sa venue, et quels batte-
ments de cœur quand elle entrait ! Quelle émotion de
l'avoir là, tout près de moi ; comme je la contemplais
et la dévorais des yeux ! Il me semblait que quelque
chose de moi, comme un fluide magnétique, s'élançait
vers elle, qu'elle devait entendre « la voix de mon cœur, »
lui murmurer à l'oreille mes secrètes aspirations, et
l'appeler, l'exhorter. « Mais retourne-toi donc ! Regarde
donc ! » Et je m'étonnais qu'elle ne bougeât point,

qu'elle ne ressentît rien, qu'elle ne parût pas même soupçonner ma présence.

Puis, l'office terminé, avant même que le prêtre et ses acolytes eussent quitté l'autel, le charme s'évanouissait, ma vision s'envolait, et j'en avais pour huit jours à l'attendre et à la chercher.

Je la découvris enfin. Elle demeurait au bas de cette route dont j'ai parlé, la route de Polval, qui passait à l'extrémité de notre jardin et conduisait d'un côté aux bois du Haut-Juré et à la ferme du Chêne, et, de l'autre, à un groupe de huit ou dix maisons, désigné sous le nom de : le Petit-Pont-Neuf, qui formait comme un écart de la ville.

C'était un jeudi, au commencement d'avril. Projetant une partie de pêche, j'avais donné rendez-vous la veille à mon ami Guerpont, qui devait venir me rejoindre dans les prés de Savonnières, à la *Grande-Brèche*. J'avais travaillé toute la matinée et n'étais parti qu'après le dîner, vers midi. Ma ligne de jonc sur l'épaule, mon sac en bandoulière, je descendais tranquillement la côte de Polval, et venais de débusquer au Petit-Pont, lorsque j'aperçus, assise sur les marches d'un escalier, sous une sorte d'auvent, et en train de coudre, ma petite robe grise, ma jolie voisine des dimanches.

Je n'en croyais pas mes yeux. Suffoqué, palpitant de crainte et de joie, je rebroussai chemin, je regardai de nouveau... Je ne m'étais pas trompé ; c'était bien elle. Une bande de marmots se roulaient, criaient et piaillaient devant la maison, au pied de l'escalier ; et soit que ce vacarme étouffât le bruit de mes pas, soit que son esprit fût entièrement appliqué à sa besogne, elle ne releva pas la tête et me laissa passer et repasser sans faire à moi la moindre attention.

Tout enfiévré par cette rencontre inopinée, exultant

et radieux, j'avais hâte d'arriver à la Grande-Brèche et de déverser dans une oreille amie le trop plein de mon cœur. Paul de Guerpont n'était guère pourtant le confident que je rêvais. Doué, ou affligé, si l'on veut, d'une expérience et d'un désenchantement précoces, épicurien nonchalant et sceptique, il n'entendait rien et ne voulait rien entendre à l'idéal et au sentiment. L'observation, le sens critique, qui était très développé chez lui, avait, selon la célèbre formule, tué l'imagination.

Jamais je n'avais reçu et ne devais recevoir de lui de confidences pareilles à celles que j'allais lui faire. Toute son ardeur était exclusivement tournée vers la philosophie, la politique et les belles-lettres ; il n'avait d'autre passion en tête que ses bouquins, à tel point qu'il ne supputait le contenu de son porte-monnaie que par le nombre de volumes Charpentier ou Michel Lévy qu'il pouvait acheter, et l'amour n'était sans doute à ses yeux qu'un livre sans attraits, banal et fastidieux.

Mais je n'y tenais plus ; j'avais besoin de parler, et si je ne pouvais espérer de faire partager à Guerpont mon bonheur et mon délire, je me soulageais, du moins, en donnant issue à toutes les émotions qui bouillonnaient en moi. Guerpont me laissa discourir et m'épancher tout à mon aise, sans m'interrompre ni se moquer ; mais certain petit sourire indulgent qui revenait de temps à autre sur sa lèvre semblait me dire : « Ah ! bah ! toi aussi ? Je te croyais plus fort, mon cher ! »

Décidément, ce garçon-là n'était pas de notre âge ; ici, comme au lycée, comme partout, il faisait bande à part.

Ce n'était pas un genre qu'il se donnait, une pose qu'il avait préméditée et à laquelle il s'était astreint ; non, il n'était rien moins que poseur, et il avait trop la haine des méthodes, des mots d'ordre et des lieux com-

muns, pour s'assujettir à quoi que ce fût. Il n'était pas
fait comme tout le monde, je ne puis mieux résumer
ma pensée que par cette phrase vulgaire.

Maintenant que j'étais sur la piste, que j'avais découvert la demeure de ma belle inconnue, il s'agissait d'entrer en relation avec elle et de lui faire l'aveu des sentiments qu'elle m'avait inspirés. A cet effet, je m'abou-
chai, le lendemain même, après la classe du matin,
avec un élève de rhétorique-sciences, Charles Jennesson,
qui habitait le faubourg du Petit-Pont-Neuf, où son père
possédait un chantier de bois, et, en moins d'une demi-
heure, le temps d'aller du lycée à son domicile, il me
fournit sur sa voisine les renseignements que je désirais.

Elle s'appelait Amélie Norguin, et, dans son quartier
comme dans l'atelier où elle travaillait, on ne la désignait que sous le nom de *la belle Mélie*. Elle était fille
de pauvres tisserands, vieux et infirmes, et avait deux
sœurs plus âgées qu'elle, dont l'une était « en condition » à Épernay et l'autre mariée à Paris. La belle
Mélie « allait en fabrique » ; elle était piqueuse dans une
manufacture de corsets proche du Petit-Pont, chez Virelot et Cie, et son maigre salaire constituait à peu près
les seules ressources du ménage.

Le père, tout impotent qu'il était, trouvait encore
moyen de se traîner au cabaret chaque lundi, sans pré-
judice des occasions qui se présentaient dans l'intervalle, et méritait pleinement sa réputation d'ivrogne
incorrigible. La mère n'était pas mieux cotée, au dire
de Jennesson, et passait pour cultiver aussi la dive bouteille en cachette ou de concert avec son époux.

La misère, une misère sordide et repoussante, était
l'inévitable conséquence de ce désordre. Mélie devait

rapporter intégralement sa paye tous les samedis soir
aux auteurs de ses jours, ou gare les coups! On ne lui
laissait, pour s'entretenir, que ce qu'elle pouvait gagner
en dehors de l'atelier : c'est pourquoi elle travaillait avec
tant d'ardeur la veille, lorsque j'avais traversé le Petit-
Pont, entre midi et une heure.

Quant à sa moralité, Jennesson ne me cacha pas
qu'elle avait subi quelques accrocs. La belle Mélie, bien
qu'elle fût un peu fière et ne se montrât pas aussi trai-
table et facile que la plupart de ses compagnes, s'était
laissé faire assez longtemps la cour par un de ses voisins, un ouvrier serrurier, avec qui elle ne se gênait pas
pour sortir le soir, sous prétexte sans doute qu'il l'épou-
serait dès qu'il aurait tiré au sort. Le galant avait disparu le mois dernier; il avait entrepris, paraît-il, son
tour de France; mais les Norguin père, mère et fille,
affirmaient qu'il reviendrait, — pour sûr !

Ma Dulcinée, comme on le voit, était loin d'être une
princesse, même du Toboso. Je l'aurais certainement
choisie d'une condition plus relevée, si j'avais eu mon
libre arbitre; j'aurais désiré surtout une parentaille
moins altérée et plus décente; mais qu'y faire? Je l'aimais telle qu'elle était, malgré tout. Sa pauvreté, sa vie
de fatigues et de privations ne la rendait même que
plus intéressante à mes yeux. Je la plaignais, j'allais
même jusqu'à l'admirer. N'était-ce pas elle qui subvenait aux besoins de ses père et mère? N'était-ce pas
pour eux qu'elle travaillait, peinait et souffrait? Quel
courage, quelle noblesse de sentiments, quel modèle
d'abnégation !

Restaient bien l'ouvrier serrurier et les promenades
du soir, qui gâtaient un peu l'affaire; mais d'abord,
était-ce bien vrai? « Oui, qui me le prouve? me disais-je.
On bavarde, on cancane à tort et à travers la plupart

du temps ; et parce qu'elle aura rencontré une fois par hasard cet individu, qui, ne l'oublions pas, demeurait à côté de chez elle, parce qu'ils auront fait route ensemble, on en aura conclu qu'ils se donnaient des rendez-vous tous les jours. C'est ainsi qu'on juge et qu'on prononce, et la réputation d'une honnête fille, d'une chaste et vertueuse enfant, est à la merci des méchantes langues ! »

En achevant son récit, et pour combler mes vœux, mon obligeant camarade me proposa de me faire faire connaissance avec Mlle Norguin.

« Tu n'as qu'à revenir avec moi tantôt, me dit-il, et nous passerons devant la fabrique Virelot. Les ouvriers sortent à quatre heures, ils ont une demi-heure pour *goûter ;* en nous hâtant, nous avons chance d'arriver avant leur rentrée et de voir la belle Mélie. »

Ce qui fut dit fut fait. Aussitôt la classe terminée, nous prîmes notre vol, Jennesson et moi, et comme nous débusquions dans la rue du Point-du-Jour, qui mène directement de la fabrique au Petit-Pont-Neuf, nous tombâmes au milieu d'une bande d'ouvrières, parmi lesquelles je reconnus ma chère petite robe grise, l'unique objet de mes rêves.

« Ne t'inquiète pas, elles vont se disperser, m'assura Jennesson, qui paraissait très au courant des us et coutumes de ces dames. Suivons-les en nous tenant à distance, voilà tout. »

La plupart ne tardèrent pas, en effet, à s'attabler dans les bouchons ou débits de vin échelonnés le long du Point-du-Jour, d'autres s'éclipsèrent par les rues transversales, et, avant que nous eussions dépassé le poteau de l'octroi et atteint le Petit-Pont, il ne restait plus que nous et la belle Mélie sur la chaussée.

« C'est le moment, pressons le pas, » me dit Jennesson.

7

A notre approche, la jeune fille se retourna. Ah! comme le cœur me battait, comme je tremblais !

Voici, dans sa triviale banalité, dans tous ses détails, aussi exactement que je me les rappelle, la conversation qui eut lieu entre nous.

JENNESSON. — Bonjour, mademoiselle Mélie.

MÉLIE. — Bonjour, monsieur Charles. Vous sortez du lycée, ça se voit à vos livres.

JENNESSON. — Oui ; et vous, de la fabrique ?

MÉLIE. — Où il va falloir rentrer tout à l'heure, tandis que, vous, votre journée est finie.

JENNESSON. — Vous croyez cela ? Et les devoirs que nous avons à faire chez nous ?

MÉLIE. — Vous les faites quand vous voulez, *toujours* ! Vous n'êtes plus à l'attache ; c'est pas comme nous !

JENNESSON, *d'un air attendri et convaincu.* — Il y a des désagréments partout, allez, mademoiselle Mélie !

MÉLIE. — Partout, je ne dis pas ; cependant... »

Jennesson l'interrompit et coupa court à ces préliminaires en abordant carrément la question :

« Vous ne connaissez pas ce monsieur?

MÉLIE, *après m'avoir regardé avec étonnement.* — Non. Pourquoi ?

JENNESSON, *mettant les pieds dans le plat.* — C'est qu'il vous connaît, lui, mademoiselle Mélie, et qu'il vous aime depuis longtemps.

MÉLIE, *en le poussant du coude et en éclatant de rire.* — Taisez-vous donc, vieux moqueur !

JENNESSON. — Non, je ne plaisante pas...

MÉLIE. — A d'autres !

JENNESSON. — Demandez-le-lui plutôt ! (*Bas, en s'adressant à moi.*) Mais parle donc, voyons !

MOI. — C'est la vérité, mademoiselle, la vérité... je vous l'atteste.

Mélie. — Tenez, voulez-vous que je vous dise, monsieur Charles ? Eh bien, vous vous êtes entendus, votre ami et vous, pour me monter une scie. Je n'ai jamais vu monsieur, je ne le connais ni *des lèvres ni des dents*...

Jennesson. — Pardon, vous l'avez déjà vu, et maintes fois.

Mélie. — Êtes-vous *farce*, tout de même ! Où cela donc, que je l'aurais vu ?

Moi. — A l'église, mademoiselle, où vous vous placez toujours devant moi, sous les orgues.

Mélie, *en m'examinant avec attention*. — En effet... il me semble... N'est-ce pas vous qui accompagnez une vieille dame, dont le banc se trouve à gauche de la porte ?

Jennesson. — Mais oui, c'est lui ! vous y êtes !

Moi. — Et il y a longtemps, mademoiselle, que je vous regarde, que je vous admire, et que je brûle de vous témoigner ma... de vous exprimer le profond, le respectueux...

Jennesson, *bas*. — Mais va donc ! (*Haut.*) Tout l'amour qu'il éprouve pour vous, quoi !

Mélie, *rougissant et souriant*. — Oh !... Monsieur !...

Moi, *continuant d'ânonner*. — Oui, mademoiselle, je vous le jure... un amour qui ne s'éteindra jamais ! Combien je désirais n'être plus pour vous un inconnu, pouvoir vous ouvrir mon cœur... si vous saviez ! Que de démarches et de recherches j'ai faites pour hâter cet heureux moment !

Mélie. — Mais, monsieur, je ne me cache pourtant pas. Si vous aviez tant tenu que ça à me *causer*, rien ne vous en empêchait. »

J'avoue que cette réplique me déconcerta et me choqua tant soit peu ; d'abord parce que, ne jugeant que sur son air et sa tournure ma voisine d'église, je me l'étais toujours figurée moins accueillante et j'avais tou-

jours craint qu'elle ne m'imposât silence au premier
mot et ne me quittât la place ; ensuite, parce que, contrairement à ce qu'elle supposait, je m'étais ingénié,
évertué des mois entiers à me rapprocher d'elle, à lui
causer, et n'avais pu y réussir.

Je lui racontai alors, tellement quellement, par quelle
circonstance fortuite et après combien d'essais infruc-
tueux j'avais trouvé sa trace : c'était la veille seulement ; loin donc de mériter le reproche qu'elle m'adressait d'avoir été oublieux ou insouciant, je n'avais pas,
au contraire, différé un seul instant de mettre à profit
cette rencontre providentielle, et mon empressement
n'était-il pas une preuve indéniable de l'ardente passion
qu'elle m'avait inspirée ?

Elle parut très flattée de la confidence, et ne songea
plus à contester ma bonne foi.

Elle souriait, se rengorgeait, et, de temps à autre, me
lançait un malicieux petit sourire, caressant et perfide,
que j'eus occasion de revoir bien souvent dans la suite.

En arrivant à l'extrémité de la rue du Point-du-Jour,
au lieu de nous diriger vers le quartier du Petit-Pont,
nous avions instinctivement tourné à droite et pris le
chemin de Polval, que nous montions, descendions et
remontions à petits pas.

Mélie nous ayant fait observer qu'il était temps de se
séparer, « qu'elle n'avait plus qu'à jouer des flûtes, si
elle ne voulait pas être à l'amende », mon ami Jennesson, qui semblait s'amuser beaucoup de nos roucoule-
ments et de nos œillades, s'écria « qu'on ne se quittait
pas comme ça sans s'embrasser », et me poussa dans
les bras de Mlle Norguin.

Je me reculai : j'étais froissé d'une injonction aussi
cavalière, aussi irrévérencieuse pour ma bien-aimée.
Elle, elle s'était détournée à demi, et, tout en se mor-

dillant les lèvres pour ne pas éclater de rire, elle m'épiait en clignant de l'œil. Je me décidai à la fin et je déposai sur sa joue le plus timide baiser qu'elle eût jamais reçu.

Quand, après son départ et celui de Jennesson, je me retrouvai seul, et que je m'efforçai de récapituler ce que j'avais dit et de le conférer avec ce que j'aurais voulu dire; en songeant à tout ce que j'avais sottement oublié et à ma piteuse contenance, j'eus honte de moi-même, je me tançai d'importance et décidai de réparer le mal et de me réhabiliter sans tarder.

J'avais lu quelques jours auparavant, dans je ne sais quel roman que Guerpont m'avait prêté, qu'un amoureux de haute volée, le héros du livre, ne se servait jamais pour ses billets doux et poulets que de papier jaune-paille. Cela m'avait paru très bon genre, et, pour me donner plus de relief et me montrer avec tous mes avantages, je crus ne pouvoir mieux faire que de l'imiter.

Je me rendis donc sur-le-champ chez le père Maillard, mon fournisseur habituel, et lui exposai ma requête. Il vida une dizaine de cartons, étala sur son comptoir des cahiers de toutes nuances, des blancs, des roses, des chamois, des gris-perle, des havane, des azurés, des vert d'eau; mais de jaune-paille, point. Il en manquait pour le moment — c'était sa réponse invariable en pareil cas; — et il m'offrit de m'en faire venir. Je le remerciai et me sauvai chez son confrère et concurrent Delamalle. Là, même jeu et même résultat : la dernière ramette jaune-paille, m'assura-t-on, était partie le matin même (je n'avais vraiment pas de chance!) « — Mais si monsieur tient absolument à cette nuance, on peut la lui procurer ; ce sera l'affaire de quatre ou cinq jours. »

Après Maillard et Delamalle, il ne me restait plus que Lebel-Mangin, le libraire du clergé et du *high life.* Cette fois, je trouvai ce que je cherchais : le commis me demanda même s'il ne me fallait point d'enveloppes assorties au papier (je n'avais pas songé aux enveloppes !) et j'acquiesçai avec reconnaissance.

Voilà de bien futiles détails et dignes, je l'avoue, de faire hausser les épaules ; mais ils expliquent, mieux que l'analyse la plus exacte, mon caractère d'alors et l'état de mon cœur ; ils se rattachent, en outre, à une si douce époque de ma vie que je n'ai pu résister au plaisir de les mentionner.

Quant à la lettre que j'écrivis à Mlle Amélie Norguin, — ma première lettre d'amour, — je serais bien en peine de la reproduire ; je me demande même ce qu'elle pouvait contenir, sinon la répétition et la paraphrase des tendres aveux et des serments que j'avais faits en présence de Jennesson, quelques instants auparavant. Tout ce que je me rappelle de cette épître, c'est qu'elle se composait de huit pages et que je l'avais signée : « Votre plus profond admirateur. »

Je la remis le lendemain, à quatre heures, et, à dater de ce jour, je ne connus plus d'autre chemin que celui du Petit-Pont-Neuf pour revenir du lycée à la maison, après la classe du soir. La belle Mélie m'attendait au bas de la côte de Polval, et nous nous promenions de long en large, jusqu'à ce que la cloche de la fabrique annonçât le moment de la séparation.

Non content de ces entrevues quotidiennes, à peine m'avait-elle quitté, à peine étais-je rentré dans ma chambre, que je me mettais à lui écrire : ce que j'ai consommé de papier jaune-paille, Dieu et le libraire du clergé le savent !

J'étais devenu, pour les commis de ce pieux fournis-

seur, un objet de curiosité et de divertissement. Toute
besogne s'arrêtait à mon arrivée; on se cherchait du
regard, on s'interpellait à mi-voix : « Pst! Pst! le
voilà! » on se faisait des signes, on chuchotait, on ju-
bilait. L'un d'eux s'avançait vers moi et, sans me laisser
le temps de formuler ma demande : « Combien de cahier monsieur désire-t-il aujourd'hui ?... Il y aurait
cependant avantage pour monsieur à prendre la ramette entière. »

La belle Mélie y mettait moins de façons et de raffi-
nement, elle, et ce n'était pas la couleur, la forme ou
la propreté même de son papier, pas plus que l'ortho-
graphe et le style, qui la gênaient.

Elle se montrait d'ailleurs assez chiche de sa prose ;
elle n'était pas écriveuse, disait-elle, et, malgré mes
vives instances, je n'obtenais guère qu'une lettre contre
dix qu'elle recevait.

Dominé, absorbé par cette passion, j'avais presque
cessé de fréquenter mon ami Guerpont; je ne travaillais plus, je bâclais mes devoirs en cinq minutes; encore
m'en serais-je dispensé tout à fait, s'il n'avait pas fallu
donner sa « copie » en entrant en classe. Mes leçons, je
les parcourais au galop, pendant que le professeur interrogeait mes condisciples, et si, par malheur, mon
nom était appelé le premier, c'était un pensum ou une
retenue qu'il m'en coûtait.

Tout mon temps se passait à errer aux alentours du
Petit-Pont-Neuf et de la fabrique Virelot, à attendre la
sortie des ouvrières, à suivre ma chère Mélie et à
guetter l'instant où je pourrais l'accoster, à lui écrire
d'interminables lettres, à penser à elle et à *notre* avenir.

Car, malgré la disparité de nos conditions, je ne
doutais pas que nous ne fussions unis plus tard.
Qu'aurais-je fait, que serais-je devenu sans elle ? A

quoi bon vivre encore ? Et, à peine au seuil de la jeunesse, je considérais mon sort comme irrévocablement
fixé.

Je n'avais jamais pu concevoir l'amour sans la cons-
tance et la perpétuité. Quand tant de fois les mains
se sont pressées et entrelacées, quand les lèvres ont
tant de fois murmuré le mot : « Toujours » ; — rompre
et se dire adieu pour jamais et s'en aller, l'un d'un
côté, l'autre de l'autre, chacun essayant de se ratta-
cher ailleurs pour se déprendre encore et recommencer plus loin, cela m'avait toujours paru indigne, monstrueux.

Quelles que fussent mes illusions et ma candeur, je
sentais cependant bien quelle distance il y avait entre
la fille des époux Norguin et moi, combien notre éducation était différente, et que de préjugés j'aurais à combattre.

Mais qui veut la fin veut les moyens.

Je m'efforçais donc d'élever la belle Mélie jusqu'à
moi ; je m'appliquais à développer son intelligence et
son esprit ; je l'engageais à faire chaque jour quelque
lecture instructive, et, pour ne pas la rebuter dès le
principe, je lui apportais nos meilleurs romans, *Gil Blas*,
Paul et Virginie, *Candide*, *la Nouvelle Héloïse*, et des
comédies de Molière et de Beaumarchais ; à l'occasion,
sans m'ériger en pédagogue autant que possible, je lui
parlais de sciences, d'art ou d'histoire ; je lui donnais
une foule de bons conseils et de notions précieuses...
Ah ! comme je devais l'ennuyer, la pauvre fille !

Elle essaya, les premières fois, d'esquiver la leçon,
en détournant la conversation ; puis, voyant qu'elle n'y
réussissait pas et que j'étais résolu à accomplir quand
même ma mission, elle se résigna.

Le nez au vent, elle regardait voler les hirondelles

ou glisser les nuages, pendant que je discourais et patrocinais de mon mieux ; elle jouait avec un caillou qu'elle chassait devant nous du bout du pied, à mesure que nous avancions, ou se baissait à chaque pas pour cueillir des pâquerettes et des boutons d'or dans le fossé du chemin. « Allons, va toujours! avait-elle l'air de dire; quand tu seras fatigué, tu t'arrêteras. »

Les livres que je lui procurais, *Gil Blas*, *Tartuffe*, ou l'*Héloïse*, elle les trouvait trop sérieux, et puis « ça ne se passait pas de nos jours; ça ne l'intéressait pas, tous ces ostrogoths-là »; et elle me demandait des feuilletons, des journaux illustrés, *le Passe-temps*, le *Journal pour tous*, *le Voleur*, ou le *Journal du Dimanche*, par exemple. « A la bonne heure, voilà qui est amusant! »

Je n'étais guère mieux récompensé lorsque je lui dépeignais l'ardeur et la sincérité de mon attachement et lui en attestais l'inaltérable durée. En vain je la suppliais, je me démenais et m'enflammais : je ne parvenais ni à la convaincre ni même à l'émouvoir. C'était trop beau pour elle, tout ce que je lui promettais; et quand j'allais jusqu'à lui dire que je l'emmènerais avec moi, lorsque j'irais terminer mes études à Paris, que la place qu'elle avait prise dans mon cœur ne lui serait jamais enlevée, — qu'elle serait ma femme un jour : « Taisez-vous donc, ripostait-elle, en me décochant son sardonique sourire; c'est de la frime, des bêtises, tout cela! Vous vous moquerez bien de moi alors, je *me* pense! Il y aura *belle heurette* que je serai dans les oubliées! »

Son amour-propre seul était touché. Elle était fière, non pas d'avoir inspiré une passion aussi profonde, mais de se voir et surtout d'être vue courtisée par un jeune homme d'une classe supérieure à la sienne, un petit riche, comme disaient ses compagnes d'atelier.

Sans engouement, sans idéal, positive et terre à terre, la belle Mélie, en somme, voulait un amant, quand, moi, je cherchais une compagne, je rêvais « une âme sœur de mon âme ! »

Nos entrevues dans la côte de Polval, à l'heure du goûter des ouvrières, ne pouvaient nous suffire ; nous n'avions pas tardé à les trouver de trop courte durée et à nous réunir le soir, après la fermeture de la fabrique. Ma tante, toujours un peu souffrante, se couchait à la tombée de la nuit, et, dès que j'avais entendu Marianne verrouiller la porte de la rue, alors qu'on me croyait bien en train de travailler, je descendais à pas de loup et m'esquivais par le jardin. Mélie avait moins de précautions à prendre ; elle jouissait chez elle d'une liberté presque illimitée, et, quelle que fût l'heure à laquelle elle rentrât, pourvu qu'elle ne découchât point, ses parents ne trouvaient rien à redire. C'était tantôt sur les friches de Savonnières, aux alentours des grands bois, que nous allions ; tantôt sur le bord du canal ou dans les prés de la rivière, sous les rangées de saules et de peupliers ; tantôt nous nous rejoignions sur une route et nous marchions droit devant nous jusqu'à ce qu'il nous prît fantaisie de revenir ; tantôt nous enfilions quelque petit sentier encaissé entre des haies d'aubépine et de troène, hautes comme des murs, ou nous grimpions à travers vignes jusqu'au sommet d'un coteau. Il n'est guère de chemins aux abords de la ville que nous n'ayons ainsi parcourus tous les deux, de neuf heures à minuit, mon bras soutenant le sien ou passé autour de son cou, et la main dans la main.

Je me rappelle, entre autres, une promenade sur la route de Ligny, par une splendide soirée de juillet. Le

ciel, sans un nuage et d'un bleu foncé, était poudré d'é-
toiles ; l'air, encore alourdi par la chaleur du jour et tout
imprégné d'effluves balsamiques, commençait à s'agiter
et à fraîchir; on était heureux d'être en pleins champs
et de respirer à l'aise. Bercés par cette brise bienfai-
sante, les grands blés mûrs qui s'étendaient à notre
droite, en contre-bas de la route, laissaient entendre un
susurrement continu, une douce et plaintive mélopée,
que des myriades de grillons scandaient de leurs cris
aigus, et à travers laquelle on croyait distinguer par intervalle des soupirs étouffés ou de lointains mugissements.

Nous cheminions lentement, l'un contre l'autre, sur
l'herbe drue de l'accotement, le long des talus et des
buissons ; et quand nous arrivâmes au croisement de la
route et du canal, au lieu de faire volte-face et de retourner sur nos pas, d'un commun accord, instinctivement, nous descendîmes et prîmes un sentier qui serpentait au milieu des blés, en se dirigeant vers la rivière, et aboutissait à une passerelle proche du Petit-
Pont-Neuf.

Que ne lui ai-je pas dit, ce soir-là, sur notre union future
et la douce vie qui nous attendait ! Quels encouragements
et quelles exhortations ne lui ai-je pas adressés ! Elle ne
ricanait plus alors, non ; mon enthousiasme l'avait ga-
gnée ; elle me croyait et elle m'écoutait avidement. Et
que de chastes baisers ont scellé nos serments, ce soir-
là, et ralenti ou suspendu notre marche dans ce petit
sentier !

D'entreprises plus hardies, la belle Mélie n'avait pas
à en redouter ou en espérer de ma part, si fréquentes et
si solitaires que fussent nos promenades ; et les époux
Norguin, en supposant qu'ils eussent eu tant soit peu
souci de sa vertu, auraient pu me confier leur fille en
toute assurance. Naïf et novice comme je l'étais, je

l'aimais trop, j'étais trop aveuglément épris d'elle, pour
ne pas me la figurer sur un piédestal inaccessible, une
palme à la main et le front ceint d'une blanche au-
réole, semblable à ces vierges et martyres encastrées
dans les vitraux d'église. En sa présence, je n'avais
aucune tentation à repousser ; aucun désir charnel ne
me troublait ; mes sens, pour tout dire, n'étaient pas
éveillés, et, rien qu'à la voir, à la contempler, à me
sentir auprès d'elle, je jouissais d'un bonheur ineffable
qui ne me laissait rien à souhaiter.

Faut de la vertu, pas trop n'en faut, — je l'appris à
mes dépens. C'est ce culte immatériel, cette trop respectueuse et platonique vénération, qui causa ma perte. Il
arriva un moment où la belle Mélie, lasse de rêver aux
étoiles et de filer le parfait amour, dégringola de son
piédestal, jeta palme et bonnet par-dessus les moulins et
alla chercher ailleurs ce qu'elle ne trouvait pas avec moi.

VII

L'hiver était venu. Forcés d'interrompre nos excursions nocturnes en dehors de la ville, nous avions repris
nos rendez-vous des premiers temps dans la côte de
Polval, où nous errions le soir à travers les quartiers les
moins fréquentés, dans les ruelles les plus sombres, partout où nous pouvions éviter les rencontres et les regards.

Il m'était moins facile aussi de m'échapper de la maison : par mesure économique, et par prudence surtout,
ma tante, qui avait toujours eu, comme je l'ai conté
déjà, une peur mortelle des incendies et ne se serait pas
endormie tranquille si elle eût pensé qu'un tison brûlait encore dans une de ses cheminées, n'aimait pas que

je veillasse dans ma chambre et m'obligeait souvent à travailler auprès d'elle. De là, l'impossibilité d'assurer à Mélie si je viendrais ou ne viendrais pas, et un peu d'irrégularité dans nos entrevues. Elle ne m'attendait plus : je savais à quelle heure elle sortait de l'atelier, et toutes les fois que je n'étais pas retenu et que j'avais l'espérance d'arriver à temps, je courais au-devant d'elle.

Un soir, j'étais en avance ; toutes les fenêtres de la fabrique Virelot étaient encore éclairées, et je me promenais de long en large dans la rue du Point-du-Jour, battant la semelle sur le trottoir, impatient d'entendre sonner huit heures.

Hommes et femmes, tisserands et piqueuses, tout le personnel de l'établissement avait fini par me connaître ; — ce dont je l'aurais bien dispensé. On me dévisageait et l'on ricanait quand je passais. Les plus effrontées, des fillettes de douze ou treize ans, venaient me reluquer sous le nez et me darder quelque grossier brocard, ou interpellaient dans les termes les moins attiques l'objet de mes assiduités :

« Eh! Mélie! Allons donc, grande bringue! Secoue-toi donc un peu ! Tu n'vois donc pas ton galant qui fait l'pied de grue? Faut pas lui laisser prendre froid, à c'pauv'chérubin ! »

Aussi, dès que le défilé commença, je me réfugiai prudemment sous une porte cochère, où je m'effaçai de mon mieux, décidé à ne quitter mon embuscade qu'après avoir aperçu Mélie et à ne la joindre qu'au tournant du Petit-Pont, lorsqu'elle serait seule. Mais j'eus beau regarder, écarquiller les yeux, les groupes se succédaient, et de Mélie, point.

Craignant qu'elle ne m'eût échappé, j'allais me remettre en marche, quand je la vis passer en face de moi, de l'autre côté de la rue, en compagnie d'un des ou-

vriers de la fabrique, un nommé Steiner, dont elle
m'avait parlé quelques jours auparavant. Ils s'avan-
çaient à petits pas, très lentement, en sorte qu'ils se
trouvaient de beaucoup en arrière de leurs camarades. Ils
semblaient préoccupés et soucieux, elle surtout; elle ne
disait mot et son regard restait obstinément fixé à terre.

Arrivés à la bifurcation du chemin, elle fit mine de
prendre congé de Steiner et de se diriger vers le Petit-
Pont; mais il la saisit par le bras, un colloque assez
animé s'engagea entre eux, et plus Steiner gesticulait et
se montrait pressant, moins elle se défendait. Enfin,
tout en l'écoutant et sans paraître encore décidée, elle
fit quelques pas avec lui dans la direction opposée au
Petit-Pont; puis, moitié de gré, moitié de force, elle se
laissa emmener. Ils passèrent devant le chemin de
Polval, gravirent la côte Saint-Jean et rentrèrent dans
la ville.

Je les suivais à distance, inquiet, anxieux, et cependant espérant toujours qu'elle allait le quitter et redes-
cendre vers sa demeure.

Steiner habitait dans une petite rue qui forme le
prolongement de la côte Saint-Jean, la rue de l'Armurier. Là encore, l'un recommença à insister et se tré-
mousser, l'autre à reculer et à résister; puis j'aperçus
le corsetier pousser Mélie par les épaules, pénétrer avec
elle dans le corridor, et la porte se referma.

Je restai au milieu de la rue, atterré, anéanti. Comment — je me le demandai plus tard — comment ne
les avais-je pas arrêtés en route, comment avais-je pu les
laisser disparaître, sans donner signe de vie, sans m'é-
lancer auprès de ma bien-aimée et tenter de l'arracher
des bras de ce suborneur? Était-ce manque de courage,
excès de prudence, indécision, quoi? Je ne sais! Jusqu'au dernier moment, je m'étais illusionné : non,

malgré tout, je ne prévoyais pas, je ne voulais pas prévoir que cela finirait de la sorte ! Et d'ailleurs, à quel titre et de quel droit aurais-je été m'interposer ?

Mille voix confuses bourdonnaient dans ma tête, et la même phrase : Est-ce possible ? Est-ce possible ? me tintait sans cesse aux oreilles. Je me refusais à croire qu'elle fût entrée là, qu'elle se trouvât avec *un autre* seul à seul, dans un galetas de cette bicoque. Il me semblait être le jouet d'un rêve, d'un horrible cauchemar.

J'errai quelque temps aux alentours de la ruelle, machinalement, essayant de ressaisir mes esprits et d'envisager ma situation. Enfin, j'allai m'asseoir sur une borne, dans un angle de la côte Saint-Jean : je tenais à surprendre mon infidèle au moment même où elle sortirait de chez Steiner, alors qu'il lui serait impossible de nier ou de tergiverser, — et Dieu sait s'il me tardait de la revoir et de donner cours à ma colère et à mon indignation.

Une pluie fine et drue s'était mise à tomber, sans que j'y prisse garde, et mes vêtements étaient transpercés. Je grelottais et j'étouffais à la fois ; je sentais l'eau me ruisseler sur le corps, et il me semblait avoir un brasier dans la poitrine, du plomb fondu dans les veines et sous le crâne.

J'ignore combien de temps s'était écoulé quand j'entendis un pas que je reconnus sur-le-champ ; et à la lueur du réverbère qui se balançait au sommet de la côte, je distinguai une silhouette de femme — celle de ma triste amante qui s'en revenait. Je me dressai debout et je m'avançai à sa rencontre.

Je ne songeais guère à user de circonlocutions et de ménagements, et j'allais l'apostropher de la belle manière, lorsqu'elle s'arrêta court en m'apercevant, et, tout aussitôt :

« Tiens! c'est vous? s'écria-t-elle. D'où venez-vous donc, à cette heure-ci?

— Et vous?

— Moi, je viens de reconduire Hélène Purson et une autre ouvrière. Nous étions si bien en train de jaboter toutes les trois en quittant l'atelier, que je n'ai pu m'empêcher de les accompagner, malgré cet affreux temps. J'*espère* bien que vous n'avez pas fait la bêtise d'aller m'attendre ce soir? Il n'y a pas presse de se faire tremper comme des soupes et d'attraper des rhumes! J'ai cependant regardé de tous côtés si je ne vous voyais pas; oui, j'avais comme un pressentiment... Mais, par quelle heureuse chance vous rencontre-t-on si tard, *mossieu?* reprit-elle en minaudant.

— Vous le demanderez demain à Steiner! répliquai-je, interdit et comme étourdi par tant d'impudence et une telle désinvolture.

— Steiner? que voulez-vous dire?

— Eh! ne faites donc pas l'étonnée! Laissez-moi donc de côté tous ces subterfuges et ces mensonges! m'écriai-je. C'est Steiner qui vous a emmenée, et non Hélène Purson ou quelque autre de vos amies; c'est de chez lui que vous sortez...

— Vous vous trompez, Marcel, je vous le jure! interrompit-elle. Nous sommes parties toutes les trois, Hélène Purson, Mme Gerbault et moi; je me suis arrêtée quelques instants chez Hélène pour me mettre à couvert: mon plus court, en m'en retournant, était de suivre la rue de l'Armurier et de passer par conséquent devant la maison de Steiner; mais de là à y être entrée et à en sortir, comme vous le prétendez, non, par exemple! Vous avez cru voir, mais vous avez mal vu. Moi, chez Steiner? Eh bien, merci! Ça s'rait pas à faire! Pour qui *que* vous me prenez donc?

— Quelle rouerie ! Ah ! vous vous y entendez à payer d'audace !

— Quand on est innocente...

— Taisez-vous donc ! C'est pour vous que je suis ici, c'est vous que j'attendais ! Je vous ai suivie depuis la sortie de la fabrique ; oui, j'ai commis la bêtise, comme vous dites, de venir ce soir ; et c'est heureux pour moi, car à présent me voilà fixé sur votre compte ! »

Elle fit un haut-le-corps, se mordit les lèvres et parut déconcertée. Mais ce ne fut que l'affaire d'un instant.

« Ah ! vous m'avez suivie ? reprit-elle en ricanant et d'une voix goguenarde. C'est du propre ! Un joli métier !

— Pouvais-je me douter que vous me trompiez ? Comment, quand vous devriez rougir de honte et baisser le front, c'est vous qui m'accusez et m'outragez !

— Eh ! vous n'aviez qu'à ne pas m'espionner, voilà tout ! Je suis bien libre de mes actions, je présume ?

— De quel ton vous me parlez ! Non, Mélie, vous n'étiez pas libre ; vous m'aviez donné votre foi, vous n'avez pas encore eu le temps d'oublier les serments que j'ai reçus de vous...

— Oh ! des serments d'amour ! Est-ce que ça compte !

— Pour moi, cela comptait, Mélie. J'avais toute confiance en vous ; oui, je croyais à votre amour, à votre fidélité, à la sincérité de vos engagements. Comme vous deviez rire sous cape ! Comme vous vous êtes jouée de moi ! Aujourd'hui vous m'avez ouvert les yeux ; je m'avoue votre dupe, je reconnais que ma conduite a été celle d'un benêt ; mais la vôtre, faut-il la qualifier, hypocrite, perfide que vous êtes ?...

— Ma conduite est comme il me plaît qu'elle soit, riposta Mélie. Cela ne regarde que moi. J'en ai assez de vos leçons, à la fin ! Je n'ai pas été vous chercher et nous ne sommes pas mariés ensemble, n'est-ce pas ? Eh bien, virez à droite, moi je tourne à gauche, et bon voyage ! Vous m'avez demandé de la franchise tout à l'heure, vous ne vous plaindrez pas, vous voilà servi à souhait. »

Ainsi c'était elle qui me congédiait ! Elle qui s'emportait et me malmenait, quand elle venait de me tromper indignement, quand je n'étais coupable que de trop d'aveuglement et de tendresse !

Sous le coup de ce brutal renvoi, devant cette provocante effronterie et cette cynique dureté de cœur, une réaction s'était opérée en moi : ma colère était tombée et je ne ressentais plus qu'une immense et poignante douleur. Ma fierté protestait néanmoins, et quoiqu'il m'en coûtât d'accepter le marché qu'on me mettait à la main, je ne songeais pas à le repousser, je ne voulais pas m'avilir à demander grâce et à préparer un raccommodement. Mais j'avais le cœur gonflé, la gorge oppressée de sanglots. « Ah ! je vous aimais bien, pourtant ! » C'est tout ce que je pus articuler, et j'allais m'éloigner, quand, soit par un reste de compassion, soit qu'elle eût regret de sa vivacité et cherchât à retirer ou à pallier ses paroles, Mélie m'arrêta.

« Voyons, Marcel, tâchons de nous expliquer tranquillement, une dernière fois, dit-elle. Je ne doute pas de votre amour, et je vous assure que je vous aime aussi...

— J'en ai eu la preuve ce soir, en effet ! Comment, vous m'aimez, vous ?

— Oui ! oui ! laissez-moi dire. J'étais sincère dans les promesses que je vous ai faites ; cela, je vous l'affirme, je vous le jure, mon ami. Je ne vous aurais pas fréquenté pendant un an et plus, — il y a près de dix-huit mois que nous nous connaissons, n'est-ce pas ? — si je n'avais pas eu d'affection pour vous, vous ne le supposez pas ?

Vous ne supposez pas que j'aie pu dissimuler et jouer la comédie pendant tout ce temps-là ?

— Non, Mélie; jamais cette pensée ne me serait venue. Mais alors pourquoi vos intentions sont-elles changées ? En quoi vous ai-je manqué ? Quels sont mes torts, dites ?

— Vos torts ? eh ! vous n'êtes pas coupable ! J'ai réfléchi, voilà tout, et j'envisage l'avenir autrement. A quoi cet amour pouvait-il nous mener, voyons ? Nous ne sommes pas du même monde; depuis ma première communion je vais en fabrique, comme la plupart de mes camarades ; je ne suis qu'une ouvrière, tandis que vous, vous avez de la fortune et vous occuperez plus tard une belle position. Vous parlez de m'emmener à Paris, de lier votre sort au mien, de m'épouser ? Quels contes en l'air ! quelles folies ! J'y ai cru... par moments, c'est vrai ; et comment ne me serais-je pas laissé persuader ? Vous étiez de si bonne foi ! Notre amour était pour vous chose si sérieuse et si sainte !

— Oh ! oui, vous dites vrai! m'exclamai-je.

— La raison a jeté bas tous ces châteaux en Espagne, voilà le malheur ! Ce n'est pas votre faute, mais ce n'est pas la mienne non plus.

— Ne serait-ce pas celle de Steiner ? demandai-je. La réflexion vous est venue un peu tard et vous vous apercevez bien soudainement de votre erreur.

— Mieux vaut tard que jamais; en tous cas, Steiner n'a rien à voir ici, repartit-elle. Je n'ai eu qu'à regarder et à observer autour de moi. Sans la scène de ce soir, j'aurais même continué de garder pour moi ce que je viens de vous apprendre. À quoi bon vous faire de la peine ?

— Et vous auriez continué aussi vos amours en partie double, sans remords ni pudeur ? Ah ! ma pauvre Mélie, si c'est là l'expérience que vous avez acquise, la raison dont vous vous vantez et qui désormais doit vous guider, je vous plains ! »

Elle détourna la tête et ne répliqua pas. Moi-même, oppressé, accablé par ces révélations, je gardais le silence : je songeais au temps où je la voyais arriver à l'église et s'agenouiller devant notre stalle, où elle n'était pour moi que « la petite robe grise » ! Je me rappelais nos promenades de l'été dernier, nos douces causeries dans les sentiers perdus, sur la lisière des bois ou le talus des routes, et tous les projets, tous les rêves que nous avions caressés. Avec quelle confiance elle m'écoutait alors, comme elle se penchait câlinement sur mon bras, en fixant sur moi ses grands yeux d'un brun velouté !

Et ce vieux chemin désert, tout raviné par les pluies, où nous errions en pleine obscurité, et où ma sentence venait d'être prononcée, cette côte de Polval, jadis si parfumée de silvestres senteurs, si verdoyante et si souriante, que de rendez-vous nous nous y étions donnés ! C'est là que nous étions venus, la première fois, et que Jennesson nous avait servi d'intermédiaire. Il m'avait poussé vers elle en me disant de l'embrasser, ce qui m'avait vivement choqué, je m'en souvenais. Il me semblait que c'était hier. Et maintenant, — déjà ! — il fallait rompre ; tout cela était fini...

Nous continuions à marcher coude à coude, sans parler. Je tremblais d'avance, j'avais une peur affreuse de l'entendre me dire qu'elle ne pouvait s'attarder davantage, qu'il était temps de nous quitter. Je pressentais que je perdrais alors tout courage et toute dignité, que j'éclaterais en sanglots, prierais, supplierais, sans plus écouter d'autre voix que celle de la passion et du désespoir. Et c'est ce qui arriva. Que je lui rende au

moins cette justice : elle n'abusa pas de son triomphe,
elle ne se montra pas inflexible et cruelle, comme elle
l'avait été au début de notre entretien, et c'est sur ce
mot : « A demain » que nous nous séparâmes.

Mieux vaudrait maintenant ne plus prononcer le nom
de la belle Mélie, franchir un intervalle d'une année et
jeter un voile sur toutes les misères, les faiblesses et les
hontes qui ont accompagné l'agonie de mon premier
amour. A quoi bon invoquer tant de pitoyables souvenirs? J'étais fou : c'est ma seule excuse.

Entre cette jeune fille et moi, avant même l'apparition de Steiner, il y avait un abîme. Notre éducation,
nos goûts et nos idées étaient trop dissemblables; nous
ne nous convenions pas, j'étais bien obligé de me l'a-
vouer et de reconnaître qu'il y avait du vrai, beaucoup
de vrai dans le réquisitoire prononcé par Mélie. Mais
me déprendre d'elle, l'oublier, c'était au-dessus de mes
forces, je ne pouvais m'y résoudre. Au contraire, je
n'avais jamais tant cherché à la voir, je ne m'étais
jamais tant attaché à ses pas que depuis qu'elle m'é-
chappait. Quand je n'étais pas en faction devant la fabrique ou dans la rue du Point-du-Jour, on était sûr de
me trouver dans ma chambre, en train de lui écrire ou
de rêver à elle, de me torturer le cerveau pour la ramener vers moi et la contraindre à m'aimer encore —
comme si l'amour s'imposait, comme si j'y pouvais
quelque chose! — et de pleurer, de me désoler comme
un enfant.

Mes études étaient tout à fait abandonnées, je n'allais
même plus au lycée; sous prétexte de préparer mon
baccalauréat, j'avais persuadé à ma tante de me laisser
travailler à ma guise, lui assurant que les leçons du
professeur m'étaient inutiles à présent et que je devais

me consacrer exclusivement à reviser les matières du programme.

Déjà plusieurs de mes condisciples, Paul de Guerpont, entre autres, s'étaient présentés à l'examen et avaient été reçus. Ma tante, à cette occasion, ne m'avait pas ménagé les semonces. Je n'étais qu'un paresseux, je n'avais ni aptitudes, ni moyens : — elle s'en était toujours doutée; — je ne ferais jamais rien : — elle en était convaincue depuis longtemps; — c'était de l'argent jeté par la fenêtre que celui qu'elle avait dépensé pour mon instruction; que ne m'avait-elle mis en apprentissage chez un tailleur ou un cordonnier, j'aurais un gagne-pain dans les mains, au moins!

Tels étaient les compliments et gentillesses dont elle me gratifiait, non pas en tête-à-tête seulement; mais surtout en présence de ses fidèles, du père Warnier, de Mme de Sauvoy, du colonel Rambert, où, pour me mieux mortifier encore, chaque fois que Guerpont ou un camarade venait me voir.

Mon frère, de son côté, s'étonnait de mon inaction; il m'écrivait lettre sur lettre pour savoir où j'en étais, quand je me déciderais à affronter les chances de l'examen, vers quelle carrière je me sentais appelé, et il me pressait, me stimulait sans relâche.

Mais rien n'y faisait, ni les sarcasmes, ni les exhortations. Je n'avais d'autre but et d'autre besoin que l'amour de Mélie. Je ne voyais qu'elle au monde.

J'avais attribué d'abord à certaines espérances matrimoniales le changement qui s'était opéré en elle et sa liaison avec son compagnon d'atelier. Divers points du discours qu'elle m'avait tenu corroboraient cette très admissible supposition. Elle avait hâte, comme toute fille de son âge, de se voir nantie d'un mari, et Steiner, qu'il fût sincère ou non, avait fait miroiter à ses yeux le titre d'épouse. C'est ainsi que les choses avaient dû se passer.

Je ne fus donc pas peu surpris quand, deux mois environ après l'équipée de la rue de l'Armurier, j'appris qu'il n'était plus question de Steiner et que la place qu'il occupait dans le cœur de la belle Mélie appartenait maintenant au second contre-maître de la fabrique. En même temps, la mise jusqu'alors si simple de l'ouvrière se modifia, se transforma : des rubans et des pompons roses s'ajoutèrent au petit bonnet de tulle, qui disparut bientôt, ainsi que la pèlerine noire à franges que j'avais tant remarquée jadis à l'église; et je vis un beau jour la pauvre fille se pavaner dans une ample confection de drap bordée de fourrure, avec une toque de velours sur la tête.

Cette métamorphose n'avait pas manqué de provoquer la jalousie et les risées de tout le personnel féminin de la fabrique Virélot. On ne parlait plus que des aventures et des toilettes de la belle Mélie : la toque de velours surtout soulevait des protestations unanimes. C'était « trop de chic » pour commencer, vraiment !

Deux ou trois corsetières, des amies de Mélie, m'étaient plus particulièrement connues, et elles ne se faisaient pas faute de me renseigner et de m'édifier sur sa conduite. Au contre-maître avait succédé un voyageur de commerce, qui avait eu pour rival un employé de banque, lequel avait été détrôné par un négociant en tissus, un homme marié, — si ce n'était pas une horreur! — à qui elle venait d'adjoindre un clerc de notaire et un officier de la garnison. Elle restait des semaines entières sans paraître à l'atelier; elle ne se gênait plus à présent; elle noçait tout à son aise : on n'avait qu'à la demander pour l'avoir.

Si douloureuses que fussent toutes ces révélations, elles ne laissaient pas de m'être salutaires. Bon gré, mal gré, il fallait bien maintenant me rendre à l'évidence et convenir de ma méprise. Guerpont, à qui je m'ouvrais de préférence et qui était au courant de toute cette triste affaire, loin de me railler ou de me heurter, usait de modération, me traitait en malade et me donnait les plus judicieux conseils. « Je ne t'adjure pas de l'oublier, me disait-il; tout ce que je voudrais, c'est que tu prisses la résolution de t'enfermer pendant une couple de mois et de bûcher ton *bachot* sans désemparer. Une fois reçu, libre à toi de recommencer tes poursuites et de chercher à ramener dans le droit chemin la brebis égarée. »

Un événement facile à prévoir, d'après ce qui précède, m'empêcha d'exercer cet apostolat et me contraignit à suivre le parti que me recommandait Guerpont, et auquel, sans doute, je n'aurais pas eu le courage de me ranger de moi-même.

Un lundi soir, comme je montais la côte Saint-Jean, j'aperçus devant moi Hélène Purson, l'amie de Mélie et sa confidente, qui, à mon approche, dès qu'elle m'eut reconnu, rebroussa chemin vivement et courut vers moi.

« Eh bien, vous savez la nouvelle? C'est réglé cette fois. Bonsoir les voisins ! Elle a décampé avec son lieutenant, me dit-elle tout d'une traite.

— Décampé?

— Oui, cette nuit, sans crier gare, sans rien emporter que ce qu'elle avait sur le dos. C'est un coup de tête qu'elle a fait, pour sûr ! »

Je ne répondis que par un soupir. Après tout, cette dernière frasque n'ajoutait guère aux souffrances que j'endurais depuis le soir où, dans cette même côte, j'a-

vais attendu que mon infidèle sortît de chez Steiner ; et
ce que je ressentais alors, c'était moins de la colère et
du désespoir qu'une compassion profonde et une acca-
blante tristesse.

« Elle est partie pour Besançon, où le régiment a reçu
l'ordre de se transporter, continua Hélène. C'est un employé du chemin de fer, un de leurs voisins, qui a éventé
la mèche. Je viens justement de passer au Petit-Pont-
Neuf, histoire de causer un brin et de récolter quelques
détails. Si vous voyiez la tête que font les deux pauv'
vieux !... Ah ! là, là ! Qué nez ! Le père veut à toute
force lancer la police à ses trousses ; il crie qu'elle n'est
pas majeure, qu'elle n'a pas le droit de décaniller sans
son consentement, que c'est une misérable de les aban-
donner ainsi, à leur âge, une gueuse, une drogue, une
rien qui vaille, tout le tremblement, quoi ! Le fait est
que c'est un rude pied de cochon qu'elle leur a joué là !
La mère se lamente et pleure toutes les larmes de ses
yeux. Pauv'femme ! Qui qui lui paiera son cintième
d'eau-de-vie de marc, à présent ? Nous, à la fabrique, je
vous le dis franchement, nous ne la regrettons pas. Ah !
non, c'est pas dommage !... On ne savait par quel bout
la prendre depuis quelque temps ; à peine si elle nous
adressait la parole, elle ne nous regardait plus que du
haut de sa grandeur, c'te chipie ! Si ça ne fait pas pitié,
rien que d'y penser ! Nous la valons bien pourtant, j'i-
magine, et il ne tiendrait qu'à nous d'être nippées comme
elle, à de pareilles conditions ! Mais, voilà ! quand on
veut rester honnête !... C'est malheureux tout d'même
que vous vous soyez amouraché d'elle, m'sieu Marcel,
car, vrai, elle ne le méritait pas, nous nous le disions
souvent. Lorsqu'elle me parlait de vous, je soutenais
votre cause, je l'engageais à s'en tenir à vous, à ne pas
se débaucher ; je lui faisais de la morale. Ah ! bien oui,

turlututu! je t'en fiche! Ça devait finir comme ça, voyez-vous; elle était trop noceuse. Maintenant la voilà lancée! Une de plus! »

VIII

Cependant, blasonné chaque jour par ma tante, pressé et encouragé par Guerpont, je m'étais piqué d'honneur, j'avais résolu de tenter l'aventure et m'étais fait inscrire à la faculté de Nancy, à l'effet d'obtenir le diplôme de bachelier ès lettres.

Je partis la veille de l'ouverture de la session, en compagnie de trois autres candidats, mes condisciples au lycée, et sous la tutelle du père de l'un d'eux, à qui ma tante m'avait confié.

Nous descendîmes à l'hôtel de Lorraine. M. Pariset, notre mentor, gros fabricant de cotonnade, était un bon vivant, au caractère enjoué et narquois, et qui, tout en partageant les émotions de son fils et les nôtres, et tremblant de ramener *son* Amédée *retoqué*, ne laissait pas d'avoir sans cesse le mot pour rire et de s'évertuer à nous donner du cœur au ventre.

« Ah! ah! mes gaillards! c'est demain qu'il va falloir se montrer! Nous verrons comment vous vous en tirerez! Surtout, toi, Amédée, ne va pas te troubler et perdre la carte! Du courage, morbleu! de l'aplomb!

— C'est le grec qui m'inquiète, répondit Amédée d'un air piteux.

— Moi aussi, dis-je.

— Et moi donc! fit un autre.

— Ah! ce maudit grec!... Bast! vous aurez la chance de tomber sur un passage facile, c'est moi qui vous le

prédis! répliqua M. Pariset. Et puis, comme il est probable que vos camarades ne sont pas plus ferrés que
vous sur cette matière, il faudra bien que les examinateurs se montrent indulgents. En tous cas, avant de
nous coucher, tu jetteras encore un coup d'œil sur tes
livres, Amédée, et vous aussi, mes amis, si vous m'en
croyez. »

Il commanda le dîner, trinqua à notre réussite, et,
aussitôt après, on se sépara.

Le lendemain, épreuve écrite : de huit heures à dix,
version latine ; de une heure à cinq, dissertation française. Le jury examinait le jour même ces compositions
et décidait quels candidats seraient admis à subir les
épreuves orales.

Aucun de nous ne fut repoussé.

M. Pariset était radieux.

« Allons, jeunes gens, encore une étape et nous tou-
cherons le but. »

Et il nous réitéra sa recommandation de ne pas avoir
peur, de ne pas « perdre la carte ».

Le surlendemain, je passai « l'oral » : cinq boules
blanches et une noire (celle-ci pour le grec, naturellement!) mention assez bien ; j'étais reçu! De même,
Amédée Pariset, six blanches et une noire (le grec,
toujours!) : reçu! De nous quatre, il n'y en eut qu'un
qui restât sur le carreau : c'était le plus jeune, heureusement, et on n'eut pas besoin de le consoler, car il ne
s'était présenté à cette session que pour tâter le terrain
et s'aguerrir.

Or, le soir même où nous avions soutenu la dernière
lutte et remporté cette palme, comme nous étions assis
dans la cour de l'hôtel, en train de prendre le vermouth,
que le bon M. Pariset, qui ne savait comment manifes-
ter sa joie, nous avait offert, et de préluder ainsi au

festin qui allait couronner cette belle journée, un des
garçons de l'hôtel s'approcha de nous et demanda
« Monsieur Marcel Gallois ».

« C'est moi, dis-je.

— Si monsieur veut prendre la peine de se rendre au
salon, il y a quelqu'un qui l'attend. »

Je me levai, très surpris et intrigué, et suivis le domestique. Je n'étais jamais venu à Nancy, je n'y connaissais personne, et j'avais beau me creuser la tête, je
ne comprenais rien à cette visite. Il y avait méprise,
sans doute, et c'est avec un de mes homonymes que
ce quelqu'un avait affaire.

Le salon, une grande pièce entourée de canapés et
de sièges en velours rouge, avec une longue table ovale
au milieu parsemée d'albums et de journaux, était désert, ou du moins il me parut tel à première vue. Dans
l'embrasure d'une des fenêtres cependant, et presque
masqué par les grands rideaux, se trouvait un monsieur
de haute taille, vêtu de noir, qui était occupé à regarder
au dehors. Il ne m'avait pas entendu, le bruit de mes
pas s'amortissant sur le tapis, et je continuai de
m'avancer sans qu'il fît un mouvement. Ce n'est que
quand je fus tout près de lui, au moment où j'ouvrais
la bouche pour l'interroger, qu'il se retourna.

« Ah! te voilà! Tu ne me reconnais pas, c'est certain!
ajouta-t-il en souriant. Non?... Tu ne devines pas?... Je
suis ton frère Gilbert. »

Il me prit la tête entre ses mains et m'embrassa très
affectueusement.

« C'est vous, Gilbert?... Toi? bégayai-je.

— Oui, moi. Comme te voilà grand! Et quand j'ai
quitté la maison tu étais encore sur les genoux de Marianne, tu marchais à peine... Il y a longtemps de cela!
soupira-t-il. Ah! mon pauvre enfant! »

Et il me serra de nouveau dans ses bras.

« Mais toi, comment as-tu pu me reconnaître ? Comment as-tu su que j'étais à Nancy ? demandai-je tout ahuri.

— Par Marianne, qui m'a toujours tenu au courant de ce qui te concernait. Je suis arrivé ce matin ; mais, afin de ne pas te distraire et te causer d'émotion, j'ai attendu, pour t'informer de ma présence, que ton examen fût terminé. J'étais dans la salle pendant qu'on t'interrogeait : c'est là, que je t'ai vu. A ce propos reçois mes félicitations, mon cher Marcel : tu ne t'es vraiment pas mal comporté devant tes juges ; et, bien que le diplôme de bachelier ne soit pas une preuve irrécusable de capacités et de mérite, il n'en a pas moins son prix, il n'en est pas moins indispensable pour toutes les carrières un peu relevées. C'est afin de te parler de cette carrière, que tu as déjà choisie sans doute, et conférer avec toi de ton avenir, que je suis venu te rejoindre. Ce soir nous causerons longuement. En attendant, conduis-moi vers les personnes qui t'accompagnent, présente-moi, nous dînerons à leur table, et, aussitôt le repas fini, je te confisque. »

J'obéis, et, un instant après, nous étions tous réunis dans la salle à manger. Quelque peu gênés tout d'abord par l'arrivée de ce nouveau convive, M. Pariset et mes jeunes camarades ne tardèrent pas à se remettre ; Gilbert d'ailleurs les y aida de son mieux, et nous n'avions pas attaqué le premier service que la glace était rompue et que la gaieté la plus cordiale régnait parmi nous.

Il va sans dire que la conversation roulait sur les péripéties des journées précédentes, les barbarismes et solécismes qu'on avait éludés ou commis, les pièges que les examinateurs avaient tendus, dans lesquels on était bêtement tombé ou qu'on avait eu « la chance » (c'est le mot qui revenait à chaque phrase) d'apercevoir et d'esquiver.

Je ne cessais, pendant ce temps, d'observer ce frère à qui j'avais si souvent rêvé, qui avait tant excité ma curiosité et à côté de qui je me trouvais pour la première fois. Comment ma tante avait-elle pu le repousser et se séparer de lui si durement? Quelle faute grave, quelle impardonnable offense avait-il commise? Il n'y avait rien en lui de rébarbatif pourtant, rien qui pût inspirer l'antipathie ; au contraire, l'aménité et la bienveillance étaient empreintes dans tous les traits de son visage, non moins que la franchise et l'intelligence. Son large front, que ses cheveux noirs coupés assez courts et légèrement ondulés laissaient bien à découvert, décelait l'ampleur de sa pensée. Son regard, à la fois sérieux et caressant, profond et étincelant de finesse, se fixait avec une assurance sereine et placide, qui vous charmait, vous gagnait plus qu'elle ne vous imposait. Le nez était droit, mince et fermement dessiné ; les joues mates et un peu creuses. Il portait toute sa barbe, une belle barbe soyeuse et frisottante, de même nuance que ses cheveux. Sa mise, quoique très simple, avait ce cachet d'élégance qu'on ne trouve qu'à Paris, et je n'avais jamais vu un plastron de chemise et des poignets aussi fermes et d'une telle blancheur. Ses manières ne différaient pas moins de celles non seulement de mon entourage actuel, de M. Pariset et de mes condisciples, mais de toutes les personnes qui fréquentaient chez ma tante ou que j'avais pu rencontrer jusqu'alors. Aimable et prévenant sans patelinage, modeste et réservé sans embarras ni gaucherie, toujours naturel, plein d'aisance, facile et conciliant, il écoutait plus volontiers qu'il ne parlait, s'effaçait et semblait faire abstraction de lui. Il causait bien, d'ailleurs, d'une voix douce, bien

timbrée, enjouée à l'occasion, sans s'échauffer ni s'exal-
ter, sans s'écouter surtout. En somme, on reconnaissait
en lui de prime abord l'homme du monde et l'homme
supérieur : telle fut mon impression du moins, et aussi,
j'en suis persuadé, celle de M. Pariset ; et je fus positivement ravi, enthousiasmé de mon frère, — l'op-
probre de la famille, au dire de notre grand'tante Huguenin.

D'autres particularités me frappèrent durant ce dîner.
Ainsi, au dessert, lorsque nous toastions tous à nos
succès et à notre avenir, je remarquai que Gilbert se
contenta de tremper ses lèvres dans sa flûte de champagne, et n'y toucha plus ; auparavant, je m'étais aperçu
déjà qu'il ne buvait que de l'eau rougie et était d'une
extrême sobriété. Pas de café non plus, ni de liqueurs ;
de cigares, encore moins. Quand la boîte de londrès
lui fut présentée, il me la passa ; et comme, intimidé
par son exemple et craignant qu'il ne m'objectât que
j'étais encore trop jeune pour fumer et que je ne devrais pas avoir cette habitude, j'hésitais à faire mon
choix : « Mais prends donc ! Est-ce que tu attends ma
permission ? » me dit-il avec un indulgent et fin sourire.

L'emploi de notre soirée avait été discuté et tracé
à l'avance ; nous étions convenus, suivant le conseil de
M. Pariset, d'aller au spectacle. On jouait un drame
alors en grande vogue, *le Bossu*, et j'étais d'autant plus
curieux d'assister à cette représentation que je n'avais
jamais mis le pied dans un théâtre. Il aurait fait beau,
lorsque une troupe d'acteurs était de passage dans
notre ville, que je manifestasse à ma tante le désir de
les entendre ! Autant la prier de retenir une loge et de
m'accompagner.

L'arrivée de mon frère, en ce qui me concernait du

moins, dérangeait nos plans; mais, loin de le regretter,
j'avais hâte de voir mes amis se retirer et de me retrouver tête à tête avec lui.

Enfin, on se leva de table. Par politesse, M. Pariset
nous renouvela sa proposition : il était fâcheux vraiment de se quitter si tôt, de ne pas finir la soirée tous
ensemble ; il ne voulait pas insister cependant, il comprenait fort bien qu'il y a des circonstances... que ce
serait être importun... Gilbert s'excusa en le remer-
ciant, et, dès que nous fûmes seuls :

« Viens, sortons, me dit-il, nous causerons mieux
dehors, en nous promenant. »

Il me prit le bras et m'emmena à la Pépinière.

Après m'avoir tendrement reproché la concision et la
rareté de mes lettres, qui ne lui avaient guère permis,
ajouta-t-il, de pressentir mes aptitudes et de se former
une opinion de moi, il me demanda quelle profession
je désirais suivre et si cette question avait été débattue
entre notre tante et moi. Je lui répondis que j'avais
dessein d'entrer à l'École de médecine militaire, et que
je ferais en sorte de m'y présenter à la fin de l'année
prochaine. Je me gardai bien de lui avouer, par
exemple, que le brillant uniforme dans lequel se pavanaient plusieurs de mes anciens condisciples, futurs
aides-majors, était l'objet de toutes mes convoitises et
l'unique cause de ma détermination.

Quant à ma tante, bien qu'elle ne s'opposât pas à ce
projet, elle penchait pour le notariat; elle me conseillait de me placer dans une étude où je pourrais préparer
mes examens de droit, tout en restant auprès d'elle.
on verrait ensuite à m'acheter une charge.

« J'admets ton goût pour les sciences médicales,
m'objecta Gilbert, mais pourquoi la médecine militaire
plutôt que la médecine civile? Est-ce pour n'avoir pas

à chercher une clientèle, ou ne serait-ce pas plutôt le prestige de l'épée et du chapeau à claque qui te séduit? »

Je ne répliquai mot, mais le sourire avec lequel j'accueillis cette dernière question, et qui me servait à cacher mon trouble, tenait lieu d'acquiescement.

Gilbert ne s'y trompa point.

« Quel enfantillage ! s'écria-t-il. Ainsi une mesquine vanité, l'amour des panaches, des dorures et du clinquant, a décidé de ton sort ! Et, pour satisfaire cette sotte fantaisie, tu vas rester pendant quatre ans cloîtré, enrégimenté dans une école ; sorti de là, tu n'auras aucune initiative ni indépendance, tu seras toute ta vie condamné à l'assujettissement et à la routine, chétivement rétribué, en butte aux passe-droits et à toutes les machinations administratives. Il est vrai que tu porteras un képi brodé, mais je crains fort que la compensation ne te paraisse pas suffisante et que tu ne regrettes alors ton puéril orgueil d'aujourd'hui. Il ne faut pas que je te gronde trop pourtant, reprit-il en s'adoucissant; cette légèreté, c'est le défaut de ton âge, et combien de jeunes gens se laissent guider par d'aussi futiles considérations ! Au surplus, ce parti n'est pas irrévocable, n'est-ce pas? Tu as encore une année devant toi, tu réfléchiras, et quand tu auras bien pesé les avantages et les inconvénients de la situation, j'aime à croire que tu t'apercevras que ceux-ci l'emportent de beaucoup sur ceux-là, que « tout ce qui reluit n'est pas or », et qu'il n'y a rien de tel au monde, vois-tu, que le libre emploi de nos facultés. »

Puis, il m'interrogea sur la vie que je menais dans notre vieille maison, sur mes amusements, mes lectures, mes relations, et particulièrement sur cet ami, « ce jeune Guerpont », dont je lui avais parlé dans mes lettres.

« C'est par lui que j'ai su ce que tu faisais, répondis-je; c'est lui qui m'a fait lire tes livres et tes articles. C'est un garçon intelligent, sérieux, très instruit, au courant de toute la politique et la littérature...

— En un mot,

...Le phénix des hôtes de ces bois !

interrompit gaiement Gilbert.

— Tu l'apprécierais comme moi, si tu le connaissais, repartis-je; j'ai plus appris avec lui qu'avec tous mes professeurs du lycée.

— Plus, soit ! Reste à savoir de quelle utilité et opportunité étaient ses leçons et à quel point son influence t'a été salutaire.

— Au point que c'est grâce à lui et à ses pressants conseils que j'ai pu me faire recevoir bachelier, » répliquai-je.

Et, passant du panégyrique de Guerpont à mes propres aventures, j'ouvris mon cœur à Gilbert, je lui racontai tout au long mes amours avec la belle Mélie, tout ce que j'avais souffert durant ces deux années, et dans quel état de prostration j'étais tombé. Il parut très touché de cette confiance; sa main s'était amicalement appuyée sur mon épaule, l'indulgence et la compassion se lisaient dans ses yeux, et de temps à autre je l'entendais murmurer:

« Pauvre enfant ! Mon pauvre Marcel ! »

Il me laissait parler, d'ailleurs, et m'épancher, sans m'interrompre autrement que par ces courtes doléances ou par une question qui m'obligeait à lui fournir quelque éclaircissement ou des détails plus explicites et plus nombreux.

Il m'étudiait, je le voyais bien, et je songeais que depuis deux heures que nous marchions, il ne m'avait en-

core rien dit de lui, de son passé, ni de son existence à
Paris, et que c'était presque toujours moi qui avais eu
la parole. Je brûlais cependant de l'interroger et de
l'écouter à mon tour, de connaître surtout les motifs de
sa rupture avec notre grand'tante. J'étais convaincu
d'avance qu'ils n'émanaient pas de son fait et je lui
donnais gain de cause.

Il ne fit aucune difficulté pour me répondre, quand je
me décidai à aborder ce sujet, et il se montra aussi
expansif et sincère que je l'avais été avec lui.

C'était bien ce que j'avais supposé, ce que Marianne
m'avait en partie raconté. De contestations d'intérêt, il
n'y en avait pas eu l'ombre entre ma tante et lui, et plût
à Dieu que l'argent eût été la source du désaccord ! On
se serait vite entendu. Mais les divergences politiques,
les dissidences de religion jettent de bien autres ferments dans les cœurs et provoquent des déchirements
bien autrement irréparables. La remarque n'est pas nouvelle, ni malheureusement restreinte à ma famille.

Les premiers froissements remontaient à l'époque où
mon frère achevait ses études.

Un des travers de ma tante était de traiter en enfants
toutes les personnes qu'elle avait vues grandir, comme
si leur raison ne s'était pas développée, comme si son
expérience, à elle, devait toujours primer la leur. J'en
avais eu cent fois la preuve, avec moi d'abord ; avec
cette jeune fille dont j'ai parlé au début, Mlle Félicie
Clesse, ma petite femme ; avec notre voisine Mme de
Sauvoy même ; avec maint autre.

Il en avait été de même pour Gilbert, naturellement,
et, avant qu'il partît pour Paris, où il allait suivre les
cours de l'École de droit, elle avait déjà senti en lui une
sourde rébellion, elle l'avait déjà pris en grippe.

Il avait été convenu qu'il reviendrait aussitôt sa thèse

passée et rachèterait l'étude de maître Huguenin, mon grand-oncle. Quand, après l'avoir vu traîner son retour en longueur, elle apprit qu'il avait changé d'idée, qu'il s'était « lancé » dans la politique, qu'il « écrivaillait », et cela, contre le gouvernement, contre l'ordre de choses établi, ce fut un coup terrible pour elle.

Rien ne pouvait, en effet, lui être plus sensible. Ses opinions les plus enracinées et les plus chères, tous ses préjugés de bourgeoise et de provinciale, ses scrupules et son rigorisme de dévote, se trouvaient atteints et froissés. Homme de lettres! journaliste! Est-ce que c'est un métier? Il avait envie de s'amuser et de bambocher, voilà tout. Il entretenait des actrices! Il vivait dans je ne sais quel monde, avec d'impudiques créatures, — des drôlesses! C'était un garçon perdu.

Indignée, révoltée, elle repoussa toute explication et signifia à Gilbert d'avoir à revenir sur-le-champ ou de ne jamais reparaître devant elle.

Gilbert ne se tint pas pour battu. Il essaya de la calmer et de la ramener à des sentiments plus justes; il fit appel à son affection, s'efforça de la convaincre ou de l'attendrir; mais ce fut vainement : elle maintint son ultimatum et cessa cette correspondance. Il était superflu d'insister, c'était fini, avait-elle déclaré à Marianne; elle ne voulait plus entendre parler de ce garnement-là.

Et je me rappelais ce que m'avait dit autrefois notre vieille Marianne : qu'il était de ces questions qu'il ne fallait pas toucher devant ma tante, certaines résistances qu'il ne fallait pas lui opposer; car, si charitable et dévouée qu'elle fût, une fois blessée dans ses intimes convictions, dans les replis sacrés de sa conscience, elle ne pardonnait plus, on était mort pour elle.

IX

Nous devions repartir le lendemain à onze heures. Gilbert, avant de quitter Paris, avait écrit à Marianne pour lui indiquer le train qu'il comptait prendre à son retour et la prier de nous attendre à la gare. Nous ne pouvions donc, malgré les sollicitations de M. Pariset, qui tenait à pousser jusqu'à Remiremont et Gérardmer et visiter quelques beaux sites des Vosges, modifier notre itinéraire.

Toute la nuit je n'avais fait que penser à mon frère, à cette rencontre si imprévue, à tout ce que nous nous étions dit dans les allées de la Pépinière. J'avais ruminé mon plan : je voulais persuader à Gilbert de tenter une démarche auprès de notre tante et le ramener avec moi.

Aux premiers mots que je lui adressai dans cette intention, son visage se rembrunit et il secoua la tête d'un air anxieux et découragé.

« Sans doute, sans doute, c'est ce qui vaudrait le mieux ! murmura-t-il. Tu prêches un converti, mais je ne te remercie pas moins de ton bon mouvement, mon cher Marcel. Il m'en coûte, et beaucoup, plus même que tu ne te l'imagines, d'avoir perdu la tendresse et l'estime de celle qui remplace notre mère. Cette situation ne m'accable que trop, hélas ! Mais qu'y faire ? J'ai lutté et supplié tant que j'ai pu ; j'ai tout fait, pour conjurer cette rupture, tout, excepté le sacrifice de ma vocation, ou, en d'autres termes, le sacrifice de ma personnalité et de ma dignité d'homme, et ce n'est qu'après avoir usé de tous les recours et sur une injonction formelle, irrévocable, que je me suis arrêté. Crois-tu que j'aie au-

jourd'hui plus de succès qu'alors? Je connais comme toi
le caractère de notre tante...

— Elle n'est plus la même, interrompis-je ; elle a bien
vieilli depuis quelque temps, et je la vois s'affaiblir de
jour en jour.

— Hélas ! je m'en doute bien ! » fit Gilbert tout pensif.
Il se tut un moment, puis :

« Encore si je ne savais pas d'avance le résultat de
ma visite ! s'écria-t-il. Mais dès maintenant je pourrais
te dire ce qui se passera entre nous...

— Elle te recevra, elle t'accueillera bien, je te le garantis.

— Oui, elle me recevra, elle me tendra la main, m'ou-
vrira même ses bras, mais son cœur restera fermé. La
glace sera rompue, mais elle ne se fondra pas.

— La paix sera faite, du moins, et plus tard... si la
maladie s'aggrave... si le malheur veut...

— Oh ! je me suis toujours promis que je n'aurais pas
le remords de ne pas l'avoir vue une dernière fois, in-
terrompit-il, de ne pas avoir accompli près d'elle une
dernière tentative !

— Alors, reviens avec moi. »

Une heure après nous étions en wagon et la conversation roulait encore sur notre tante Huguenin et l'en-
trevue qui allait avoir lieu.

Marianne, ainsi qu'il avait été convenu, se trouvait à
la gare lorsque nous arrivâmes. Appuyée contre la barrière, elle nous cherchait des yeux ; et, dès qu'elle aper-
çut Gilbert, elle s'élança vers lui, lui sauta au cou et le
serra dans ses bras, comme une mère qui retrouve son
enfant.

« Ah ! c'est toi, *mon grand !* s'exclamait-elle. Te
voilà !... Tu as encore maigri, on dirait ! Non... pas
trop, pourtant. Donne que je t'embrasse encore ! Je suis

si heureuse ! Sais-tu qu'il y aura trois ans à la Toussaint que tu es passé ici et que je suis venue à cette même place ? Trois ans, ça compte, *nomme donc*, mon fi ! »

Et comme, tout occupée de Gilbert, elle ne m'avait pas encore dit une parole et semblait m'avoir oublié :

« Toi aussi, je t'aime bien, reprit-elle en m'attirant sur son cœur. Vous êtes mes deux *fieux*, mes deux trésors ! Ah ! ça me fait du bien de vous voir l'un auprès de l'autre, réunis, mon *grand* et mon *p'tiot* ! Voilà comme je voudrais vous avoir toujours ! Si seulement là-haut (là-haut s'appliquait à ma tante) on sentait cela comme moi ! Ah ! mes pauv' chéris ! »

Nous lui expliquâmes alors notre projet ; mais elle l'accueillit comme Gilbert avait reçu mes ouvertures le matin, sans enthousiasme ni espérance. Elle objecta comme lui l'invincible entêtement de ma tante, ses préventions et sa froideur ; néanmoins, poursuivit-elle, elle ne voulait pas nous dissuader, elle n'osait se prononcer... c'était bien embarrassant !... Toute réflexion faite cependant, et puisque Gilbert était tout porté, on ne risquait rien d'essayer : il n'en serait ni plus ni moins ! Elle m'engagea seulement, pour épargner une secousse à ma tante, de prendre les devants et de la préparer à la visite qui lui arrivait.

Je laissai donc Marianne et Gilbert continuer leur route et je pressai le pas.

J'étais à peu près sûr de trouver ma tante de bonne humeur et bien disposée. Le résultat de l'examen lui était connu, je le lui avais télégraphié la veille, et je savais de longue main que si elle n'appréciait guère le mérite discret et caché, les succès officiels, constatés et consacrés par un aréopage quelconque, lui en imposaient toujours et l'éblouissaient.

En effet, elle m'accueillit avec joie et ne me ménagea

pas les éloges. Elle était d'autant plus flattée et plus contente, m'avoua-t-elle, qu'elle n'avait pas compté sur ma réussite.

« Non, je n'y croyais pas ! Je t'avais si peu vu travailler ! Toi-même tu paraissais tant redouter cette épreuve, tu étais si peu sûr de toi ! Ton ami Guerpont avait beau prétendre qu'il n'y avait pas de quoi s'effrayer, que tu serais reçu comme lui et tant d'autres, j'avais mon idée là-dessus ! Je me suis trompée, tant mieux ! A propos, il est venu hier, le *fils* Guerpont, s'informer si j'avais de tes nouvelles ; je lui ai communiqué ta dépêche, et comme il parlait de revenir aujourd'hui pour être un des premiers à te féliciter, je l'ai invité à souper avec nous. Marianne a tué un poulet, elle est allée commander une tourte et des gâteaux : ce sera fête ce soir ! »

Jamais je ne l'avais vue aussi aimable, aussi accessible et avenante ; je ne pouvais pas mieux tomber.

« Oui, fête, répliquai-je, car je te ramène quelqu'un que j'ai rencontré à Nancy et que je te prie de recevoir et de bien traiter ; c'est la meilleure récompense que tu puisses m'accorder, ma tante.

— Quelqu'un ? qui donc ?

— Gilbert... mon frère... »

Un nuage s'abattit aussitôt sur son front, ses sourcils se froncèrent, ses lèvres s'amincirent, elle se raidit, se gourma, et, d'un ton qui affectait l'indifférence, sec et glacial :

« Que vient-il faire ? Où est-il ? reprit-elle.

— Il attend que je lui dise d'entrer, — si tu le permets.

— Je ne l'ai pas chassé, c'est lui-même qui s'est fermé ma porte.

— Il vient te demander son pardon. Ne le repousse pas ; au nom de notre mère, je t'en supplie !

— Oui, au nom de votre mère... d'elle seule... Tu fais bien d'invoquer ce secours, murmura-t-elle.

— Je m'en vais le prévenir, n'est-ce pas ? Et ne sois pas dure pour lui, ajoutai-je, ne le rabroue pas, ne le gronde pas trop, je t'en prie !

— Va, » me dit-elle.

Quelques instants après, j'introduisais Gilbert.

Ma tante était assise sur une chauffeuse devant le feu, bien qu'on fût au cœur de l'été, en sorte que Gilbert, pour l'embrasser, fut obligé de se pencher très bas. Elle crut qu'il allait s'agenouiller, et, comme elle avait horreur des démonstrations et des coups de théâtre, elle se rejeta vivement en arrière et se détourna, en s'écriant avec impatience :

« Non, non !... pas de tout cela !... relève-toi ! »

Gilbert lui prit la main et posa un baiser sur son front.

« Je t'ai causé bien du chagrin, lui dit-il, j'ai eu bien des torts envers toi...

— Ce qui est fait est fait, n'en parlons pas, interrompit-elle avec la même voix brève et impérieuse. Tu as agi à ta guise, à ta fantaisie, c'est bien ! Tu étais ton maître, d'ailleurs ! Maintenant, te voilà, tu reviens... soit, je te pardonne !

— Sans vouloir rappeler le passé, laisse-moi t'assurer au moins que je t'ai toujours bien aimée et que notre séparation a été le tourment de ma vie.

— Et moi, crois-tu donc que je n'ai pas souffert non plus ? Crois-tu donc... Mais, encore une fois, ne ravivons pas toutes ces blessures ; restons-en là ! Tu es heureux, n'est-ce pas ? Tu te plais à Paris ? Ta carrière est toujours de ton goût ? Tu te portes bien ?

— Oui, tante, et je ne forme de vœux que pour ta santé, à toi, ton prompt rétablissement.

— Oh ! moi, à mon âge, avec une maladie comme la

mienne, on ne se rétablit pas. On traîne ça comme on peut, plus ou moins longtemps, selon la volonté de Dieu, — de ce Dieu que vous niez, vous autres, ajouta-t-elle en lançant vers Gilbert un regard oblique, — mais qui nous gouverne tous et dont la puissance est infinie. »

Elle avait beau s'interdire les allusions au passé et les récriminations, c'était plus fort qu'elle : sans le bon sens de Gilbert et sa respectueuse réserve, la guerre aurait d'ores et déjà recommencé.

Marianne et moi nous restions debout derrière ma tante, embarrassés et peinés, inquiets de la tournure que l'entretien pouvait prendre, et nous échangions de mornes coups d'œil.

Heureusement, le père Warnier arriva sur ces entrefaites et une diversion se produisit. A l'aspect de Gilbert qu'il n'avait pas revu depuis tant d'années, il s'arrêta court et s'inclina gravement.

« Eh bien, vous ne le reconnaissez pas ? fit Marianne. Regardez donc bien ! »

Mais c'est en vain qu'il regardait et écarquillait les yeux, il ne devinait pas.

« Est-ce que vous ne trouvez pas que monsieur ressemble à *not'* Gilbert ? reprit Marianne.

— Tiens, c'est toi ! Ah ! sacré *malabre !* Que le diable m'emporte si je pensais te rencontrer ! s'écria-t-il dans son trivial et vigoureux langage. Non, je ne t'aurais pas remis, mon fiston, avec ta barbe de sapeur ! Embrassons-nous donc ! Ah ! mâtin ! je t'ai assez fait sauter sur mes genoux, dans le temps ! Et nos tendues aux petits oiseaux, hein ? Te rappelles-tu quand nous courions les bois ensemble ?...

— Hélas ! il était si docile, si gentil ! Qui nous aurait prédit alors qu'il tournerait si mal ! soupira ma tante.

— Allons, ne bougonnons pas, madame Huguenin. Au

fond, je parie que vous êtes enchantée de revoir ce
grand garçon-là, nom d'un tonnerre ! et que vous ne
voulez pas en convenir ! Ah ! je savais bien, je vous l'ai
dit jadis : autant valait ne pas se brouiller, puisqu'il
faudrait se raccommoder un jour ! Maintenant vous
n'avez plus qu'à imiter le père de l'enfant prodigue :
oubliez vos griefs, déridez-vous et tuez le veau gras. Et,
pour vous y aider, je resterai à souper avec vous, si je
ne vous gêne pas.

— Nous gêner, un vieil ami comme vous ! Au contraire, j'allais vous en prier, mon bon monsieur Warnier, » repartit ma tante.

Un coup de sonnette retentit. Je me doutais bien
que c'était Paul de Guerpont qui arrivait et je courus
lui ouvrir.

« Mon frère est là, lui dis-je sans préambule.

— Ah ! bah ! »

Et sa figure s'épanouit, son regard s'illumina : pour la
première fois il allait contempler un écrivain, un homme
célèbre, et l'émotion le suffoquait d'avance.

« Attends... attends... Tu aurais dû m'avertir, au
moins ! » balbutia-t-il.

Nous passâmes dans la salle à manger. M. Warnier
s'assit à gauche de ma tante, Gilbert à sa droite : je
lui indiquai moi-même cette place, qui était habituellement la mienne, et l'obligeai à la prendre.

Le repas ne fut troublé par aucune semonce, aucune
algarade nouvelle, grâce au père Warnier. Il avait à
dessein choisi pour thème de conversation ses souvenirs
du vieux temps, qui étaient aussi ceux de Gilbert, leurs
parties de chasse et leurs excursions, leurs connaissances d'autrefois, le mariage d'un tel, les aventures de
celui-ci, le départ ou la mort de celui-là, et, tout en pa-
nachant son discours de ses énergiques locutions locales

et de ses jurons familiers, il ne tarissait pas, il étince-
lait de verve et rayonnait de plaisir.

Si heureux qu'il parût du retour de Gilbert, je ne pouvais m'empêcher de songer pourtant qu'avec un peu
plus de persistance, d'insinuation et de courage, il aurait probablement réussi à l'avancer, ce retour, peut-
être même à conjurer l'orage dès le début. Il avait tant
d'autorité sur ma tante !

Qu'il eût essayé de s'entremettre, je n'en doute pas ;
l'opposition à laquelle il s'était heurté avait dû ralentir
son zèle et attiédir son bon vouloir ; il avait fini par la
juger insurmontable, cette opposition, par craindre
aussi de froisser au vif sa vieille amie et de se brouiller
avec elle, et il s'était tu, il avait renoncé à son généreux dessein. Le calme et fin sourire que je voyais errer
sur les lèvres de Gilbert m'avertissait, d'ailleurs, qu'il
fallait se montrer indulgent et ne pas demander aux
hommes plus qu'ils ne peuvent accorder.

Quant à Guerpont, il ne s'occupait guère de son
assiette ; mon frère l'absorbait, il ne le quittait pas des
yeux et l'écoutait, bouche bée, avec admiration et ravissement, en extase.

Ma tante, qui mangeait à peine et n'avait fait pour
ainsi dire que présider la table, nous proposa d'aller
prendre le café dans le jardin, sous la tonnelle, — cette
malheureuse tonnelle dont les arceaux de vigne et les
fragiles supports donnaient tant de tracas à Marianne
après chaque orage.

« Vous pourrez ainsi fumer votre pipe à votre aise,
monsieur Warnier, et toi, ton cigare, probablement ?
dit-elle à Gilbert.

— Non, ma tante, j'ai perdu cette habitude.

— Il y en avait d'autres plus pernicieuses que celle-là, »
marmonna-t-elle.

Elle se retira dans sa chambre et nous descendîmes tous les quatre au jardin. Alors la conversation changea ; le père Warnier laissa de côté ses réminiscences, aborda la politique et interrogea Gilbert sur ce qui se passait et ce qu'on disait à Paris.

Ils n'étaient pas, ou plutôt ils n'étaient plus tout à fait du même bord, comme je l'avais toujours supposé.

M. Warnier, en vieillissant, avait de beaucoup mitigé son républicanisme et ses revendications sociales. Il ne prêchait plus « la haine des tyrans », l'organisation du travail et du crédit, l'avènement du prolétariat. Il avait, selon son expression, mis passablement d'eau dans son vin. L'empire, d'ailleurs, s'était constitué, consolidé ; on ne doutait plus de sa durée, et tout ce que demandait aujourd'hui le fougueux tribun de 48, c'était le droit de réunion, la liberté de la presse, la responsabilité des ministres, un gouvernement parlementaire et libéral, empire ou non, à la place du gouvernement personnel.

Gilbert, lui, était ce qu'on appelait alors un *irréconciliable*.

« Où voulez-vous en venir, s'écriait le père Warnier, et qu'est-ce que ces attaques peuvent produire ? La France est lasse des révolutions ; elle s'est livrée à un homme que je n'aime certes pas, qui n'est pas plus mon homme que le tien, Gilbert, tu le sais, mais qui est diablement fort ! Il a l'armée pour lui, tout entière ; la magistrature est à sa dévotion ; une bonne partie de la bourgeoisie et du clergé s'est ralliée à lui ; les ouvriers des grands centres l'acclament : il n'y a plus que les enragés de Belleville et les marquis de Carabas du faubourg Saint-Germain, les deux extrêmes, qui résistent ou qui boudent ; c'est tout ce qui vous reste !

— Il y a aussi le bon droit, répliquait Gilbert ; nous

avons pour nous la justice et la vérité, et nous ne nous sentons pas si abandonnés et si faibles que vous le pensez, monsieur Warnier. La génération qui vient n'a pas hérité de vos dégoûts et de vos peurs ; elle aura peut-être moins d'enthousiasme et d'entraînement que la vôtre, mais elle sera plus ferme, plus persévérante, plus honnête ; elle ne ratifiera pas le vote des sept millions de voix que vous avez données au prince-président, elle n'absoudra pas le crime du deux décembre. »

Nous écoutions en silence, Guerpont et moi, et de temps à autre mon jeune camarade me regardait en clignant de l'œil pour témoigner son approbation et sa joie. A un certain moment, comme je lui présentais un petit verre de kirsch, je l'entendis qui me murmurait à l'oreille, dans notre argot de collégien : « Très chic, ton frère, très chic ! »

Tout concourait au charme de cette soirée. Le banc de la tonnelle dominait le pittoresque vallon de Polval ; en face de nous, de l'autre côté du chemin, le coteau s'élevait et s'arrondissait, avec ses jardins, ses bosquets et ses vignes ; à gauche, dans le fond, la ville apparaissait comme une masse brumeuse et confuse, trouée de lumières çà et là. Le bleu du ciel commençait à se poudrer d'étoiles ; l'air était tiède et doux, embaumé de toutes les senteurs des vergers et des bois.

Il faisait vraiment bon sur cette terrasse, autour de cette table rustique, et si Gilbert, en présence de cette riche nature et de tous ces témoins de son enfance et de sa jeunesse, semblait par moments distrait et rêveur, le père Warnier, tout guilleret, ne cessait de discourir que pour rallumer sa pipe ou lamper une rasade de la fraîche et mousseuse bière de mars, que Marianne, connaissant son faible, avait eu la précaution d'apporter.

Sur les dix heures on se quitta. L'intention première de Gilbert était de reprendre sa route le soir même; mais notre tante ayant, sans le consulter, donné l'ordre à Marianne de lui préparer une chambre, il n'avait pas voulu répondre à cette gracieuseté par un refus, et ce n'est que le lendemain matin au déjeuner qu'il annonça son départ.

Inutile d'ajouter que je ne le conduisis pas seul à la gare : pour tout au monde, Paul de Guerpont n'aurait manqué de nous accompagner.

X

Mon frère ne devait pas tarder à revenir, hélas! et, bien que prévue, la circonstance qui motivait son voyage n'était pas moins triste et douloureuse pour nous.

L'hiver s'était passé sans encombre; j'étais rentré au lycée, où je suivais des cours spéciaux pour la préparation du baccalauréat ès sciences restreint; l'état de ma tante, tantôt meilleur, tantôt pire, s'était maintenu à peu près au même point et ne nous inspirait aucune profonde inquiétude, lorsque brusquement, aux approches du printemps, une rechute plus grave se déclara.

Son corps enflait; une ponction aurait pu la soulager et retarder la crise, mais elle s'y était toujours opposée, et le docteur Guerpont, craignant qu'à son âge elle ne supportât pas l'opération, n'avait pas osé insister impérieusement.

Les progrès de l'hydropisie, d'ordinaire assez lents, eurent une rapidité qui déconcerta M. de Guerpont. Il appela deux de ses confrères de Paris et une consultation eut lieu. On tomba d'accord sur le danger que la ponction présentait, et ce fut tout ; la Faculté s'avoua impuissante et, laissant le mal suivre son cours, ne chercha plus qu'à adoucir de son mieux les souffrances de la malade.

J'écrivis aussitôt à Gilbert et l'engageai à ne pas différer son voyage. Notre tante, au dire des médecins, pouvait vivre encore dix ou quinze jours, un mois, deux mois, tout au plus.

Le lendemain même, vers le soir, elle eut une syncope qui nous épouvanta, Marianne et moi. Je courus chez le docteur Güerpont ; il était absent ; je recommandai à mon ami Paul de prévenir son père dès qu'il rentrerait, et je me hâtai de revenir.

Ma tante avait recouvré connaissance lorsque j'arrivai. Elle causait avec Marianne.

« Dans le grand coffre, sur la console... on trouvera mon testament... Ne t'inquiète de rien... tu ne seras à charge à personne... Je te lègue de quoi finir tes jours tranquille... Ma pauvre Marianne, le moment est venu de nous quitter !... Après avoir cheminé l'une auprès de l'autre pendant tant d'années !... J'atteins le but la première... Cela vaut mieux... Qu'aurais-je fait sans toi ?... Je ne saurais trop te remercier de ton affection, de ton dévouement pour moi et les miens... Si je regrette quelqu'un, c'est toi...

— Ma bonne dame, il ne faut pas désespérer comme ça, interrompit Marianne en sanglotant. Vous vous remettrez...

— Non, c'est fini, cette fois... Ne pleure pas... Nous nous retrouverons là-haut... Je veux être enterrée auprès de mon mari... un enterrement très simple...

— Oh ! je vous en prie, madame !... Vous vous exagérez votre position... *Not'* Gilbert doit venir vous voir ces jours-ci ; vous irez mieux...

— Lui ! qu'il ne se mêle de rien ! s'écria-t-elle en rassemblant toutes ses forces. Il me ferait enterrer sans prêtre, jeter dans la fosse sans une prière !...

— Oh !... Madame !...

— C'est toi que je charge de tout, Marianne... toi que je rends responsable... Tu exécuteras mes volontés, tu me le jures ?

— Mais, ma chère bonne dame...

— Jure... jure-le-moi !... reprit ma tante.

— Je vous le jure, dit Marianne.

— Tu es là, Marcel ? » poursuivit-elle, en essayant de mouvoir la tête.

Je m'avançai près du lit.

« Tu as entendu ? Tu répéteras à ton frère ce que je viens de dire... Je veux (elle appuya sur le mot) que vous laissiez agir Marianne...

— Ne crains rien de nous, ma tante ; nous t'obéirons... Gilbert te fera le même serment...

— S'il tient à me revoir, qu'il se hâte ! » interrompit-elle.

Le docteur Guerpont entra et nous confirma les sinistres pressentiments de la malade. L'hydropisie montait, le cœur était atteint, il n'y avait plus d'espoir de prolongation.

M. le curé, qui venait faire chaque soir une visite à ma tante, arriva sur ces entrefaites, et nous le laissâmes seul avec elle.

Je m'empressai d'aller au bureau du télégraphe, d'où j'expédiai une dépêche à Gilbert.

L'agonie dura toute la nuit. Le docteur Guerpont, M. Warnier et Mme de Sauvoy veillaient avec nous et nous prêtaient assistance.

Au petit jour, comme ma tante était plongée dans une léthargie qui avait toutes les apparences de la mort, un pas retentit dans la rue et l'on heurta au volet.

« Voilà Gilbert ! » dit Marianne, qui courut ouvrir.

Il eut encore le temps d'appuyer ses lèvres sur le front de la mourante : un faible tressaillement lui répondit, un soupir s'exhala, puis elle demeura sans mouvement, elle ne se réveilla plus.

Les obsèques eurent lieu le surlendemain, comme elle les avait ordonnées.

En arrivant dans l'église, cette église qu'elle aimait tant et devant laquelle elle ne passait jamais sans entrer « faire une petite prière », à la vue de ce banc où pendant tant d'années elle n'avait pas manqué un seul jour de venir s'agenouiller, mon cœur se gonfla, mes sanglots éclatèrent...

La fosse où dorment mon grand-oncle, ma grand'-mère et ma mère se rouvrit ; les cordes glissèrent autour du cercueil ; le prêtre jeta les gouttes d'eau bénite et la pelletée de terre, prononça un dernier *Requiescat*, et, après avoir reçu à la porte du cimetière, selon l'usage, les condoléances des assistants, nous reprîmes lentement le chemin de la maison.

Si sobre de caresses, si peu tendre et affectueuse qu'eût été notre grand'tante, si injuste qu'elle se fût montrée à l'égard de Gilbert, qu'elle avait méconnu jusqu'à la fin, calomnié jusque sur son lit de mort, elle n'avait pas moins pris soin de nous et remplacé notre mère, elle ne nous avait pas moins été chère à tous deux. Elle était d'ailleurs notre seule parente, le seul lien qui nous rattachât au passé, et ce n'était pas sans de douloureux retours sur nous-mêmes et de sombres réflexions que nous envisagions notre isolement. Ce que j'éprouvais, Gilbert s'en doutait et il l'éprouvait comme moi, car à peine étions-nous rentrés dans cette vieille demeure plus morne et plus froide que jamais, qu'il me serra dans ses bras. « Mon cher enfant ! va, courage ! » murmura-t-il, comme pour me dire : « Je suis là, je te reste ; désormais appuie-toi sur moi, soutenons-nous l'un l'autre. »

Marianne aussi nous restait, elle dont la tendresse ne nous avait jamais fait défaut, qui m'avait élevé, qui, plus que personne, m'avait tenu lieu de mère, à moi ; elle était bien de la famille et nous la considérions comme telle ; mais nous songions aussi à son grand âge, et notre tristesse redoublait, nous retombions dans une anxiété plus profonde.

Qu'allait-elle devenir maintenant, cette pauvre vieille, dont toute la vie n'avait été qu'abnégation et sacrifice, qui ne nous devait rien et qui nous avait donné tout ce qu'elle possédait, tous les trésors de son cœur ? Que pouvions-nous faire pour elle ?

La mort de sa maîtresse l'avait atterrée. Elle ne pleurait pas, elle ne disait mot, elle allait et venait comme d'habitude, n'avait l'air de s'occuper que de son ménage, de ce qu'elle appelait son *tripot*, ne laissant rien traîner, s'obstinant toujours à se rendre utile, et toujours aussi insouciante d'elle-même qu'attentive à nos besoins ; mais nous, qui la connaissions, nous ne nous trompions pas à ces faux semblants de résignation et de calme ; nous voyions bien, si peu sensibles que fussent les changements qui s'étaient produits en elle, que ses allures n'étaient plus les mêmes, que son teint était plus pâle et plus jaune, ses rides plus accentuées ; qu'il y avait sans cesse comme un voile devant ses yeux, et nous devinions combien elle devait souffrir et se faire violence, quelles tristes nuits d'insomnie elle devait passer.

Gilbert ne voulait pas la quitter ainsi, et il se proposait de l'emmener, de la dépayser un peu. Il lui en parla.

« Nenni, nenni, répondit-elle. Laisse-moi le p'tiot jusqu'aux vacances, voilà tout.

— D'accord, mais il te faut quelqu'un pour t'aider dans les travaux du jardin et l'entretien de la maison, il faut que tu puisses te reposer.

— Prendre quelqu'un ? Miséricorde ! s'écria-t-elle avec indignation. Des étrangers qui viendraient piétiner dans mes *carreaux* et mes plates-bandes, fourrer leur nez dans mon buffet, déranger ma vaisselle, tout bousculer et mettre sens dessus dessous chez nous ! Ah ! m'n ami, on voit bien que tu ne sais pas ce que c'est qu'un ménage ! »

Nous ne pûmes nous empêcher de sourire. Tout l'amour-propre et la gloire de Marianne se reportaient, en effet, sur son jardin et sa cuisine ; elle se rengorgeait, elle était toute fière et rayonnante, lorsqu'on trouvait ses allées bien ratissées, ses quenouilles bien taillées et en bon point, lorsqu'on admirait l'agencement méthodique et la resplendissante propreté de ses casseroles et de ses *cocottes* ; c'était son royaume, et nous lui demandions d'abdiquer, nous voulions lui arracher son sceptre !

« Nenni, je n'ai besoin de personne, poursuivit-elle. Je n'ai rien qui cloche, j'ai bon pied bon œil et je suffirai à tout, j'en réponds, sans qu'il y ait des intrus ici.

— Nous désirerions cependant bien ne pas te laisser seule, reprit Gilbert. N'as-tu pas quelque parent, un neveu ou une nièce qui consente à vivre auprès de toi?...

— Ah ! si mon neveu Jérôme était encore de ce monde, oui, sans doute, ça pourrait se faire ! Le pauvre garçon, il venait de passer sergent lorsqu'il a été tué à

Magenta. Tu te rappelles ? Maintenant, je n'ai plus personne, que des cousins éloignés...

— Et nous !

— Oh ! vous, mes deux chéris, vous avant tout le reste ! Mais installer dans notre maison des parents que j'ai à peine vus, qui sont je ne sais où, qui ne se sont jamais plus souciés de moi qu'un poisson d'une pomme, non, pas de ça, Lisette ! Je sais ce qui adviendrait, vois-tu, not'grand : c'est encore moi qui serais leur domestique et ça ne me vaudrait que de l'*aria* et du tintouin pour la peine ! »

Marianne n'avait pas tort, il fallait bien en convenir, et nous ne la pressâmes pas davantage. Malgré ses soixante-douze ans, elle n'avait aucune infirmité, elle se portait comme un charme, ainsi qu'elle le proclamait, et il y aurait eu plus de danger à modifier ses habitudes et son train de vie qu'à la laisser gardienne du logis, seule et unique souveraine de son gouvernement.

Il fut décidé néanmoins que je resterais avec elle, selon son désir, jusqu'à la fin de l'année scolaire, et que j'achèverais de préparer mon baccalauréat ès sciences restreint. Une fois muni de ce diplôme, j'irais vivre à Paris, chez mon frère, et je suivrais les cours de la faculté de médecine. Tel est le programme que me traça Gilbert. Mon amour pour l'uniforme et le chapeau à claque n'avait pas tenu, d'ailleurs, contre les arguments et les objections qu'il m'avait opposés ; j'avais renoncé de bon cœur à la médecine militaire et fixé mon choix sur la médecine civile.

Le règlement de la succession retint Gilbert auprès de nous pendant un mois. Chaque jour nous devions ou attendre le notaire, ou passer à son étude, ou nous rendre chez le greffier du tribunal. C'était à n'en plus finir. Les questions d'intérêt n'avaient cependant jamais pris beaucoup de place chez nous ; elles s'étaient toujours traitées autant que possible en dehors des hommes de loi, entre nous, en famille, et le testament de ma grand'tante était des plus simples.

Elle n'avait pas cherché, comme on aurait pu le penser, à déshériter Gilbert. Elle léguait à sa nièce, notre mère, et partant à nous, tout ce qu'elle possédait, meubles et immeubles ; à Marianne, quarante mille francs, payables en première ligne, plus sa garde-robe, ses bijoux, le mobilier de sa chambre et tous ses objets d'usage personnel ; deux mille francs au bureau de bienfaisance, et autant à la fabrique de sa paroisse pour la fondation de deux messes dites chaque année à son intention à l'anniversaire de sa mort et à la fête de sa patronne, sainte Thècle.

Elle instituait M. Warnier son exécuteur testamentaire et le priait d'accepter en souvenir d'elle, et comme un faible remercîment de tous les bons offices qu'il lui avait rendus, toute son argenterie de table « et aussi, continuait-elle, le bois que je possède au lieu dit *les Roches*, où il va *tendre* chaque année et qui lui plaît tant ».

« Je recommande, était-il dit dans un codicille, à mon petit-neveu, Marcel Gallois, de ne jamais oublier la dette de reconnaissance que nous avons contractée envers Marianne, cette brave et fidèle compagne de ma vie. C'est à lui que je la confie ; qu'il veille sur ses vieux jours, qu'il la protège et la vénère, comme s'il était son enfant.

» Je veux.

» Au nom du Père et du Fils et du Saint-Esprit.

» Veuve Huguenin,

née Thècle-Henriette Lepage. »

Le nom de Gilbert n'était pas mentionné dans l'acte, c'était sa seule vengeance.

Quand le notaire voulut remettre à Marianne la somme qui lui était attribuée, elle se récusa, se récria, soutenant que « ça l'embarrasserait, qu'elle ne saurait où nicher tous ces papiers-là, ni quand ni comment toucher sa rente; et qu'il était bien plus simple de les laisser à *son grand*... Oui, prends-les, mon fi, emporte-les; tu m'enverras chaque mois ce qu'il me faut, une centaine de francs, j'aime bien mieux ça. »

Gilbert s'efforça de lui faire comprendre que les affaires ne se traitaient pas de la sorte; en outre, qu'il pouvait se présenter des circonstances où elle serait bien aise d'avoir son argent sous la main.

« Eh bien, dans ce cas, je t'écrirai, répliqua-t-elle; mais je ne veux pas avoir cette fortune chez moi, je ne dormirais pas tranquille. Et puis, encore une fois, je ne m'y retrouverais pas dans toutes ces paperasses! Vous avez beau me dire que je n'aurai qu'à « détacher les coupons », encore faut-il savoir! Je serai bien avancée quand j'aurai commis quelque bêtise! Et après? Est-ce avec ces machins-là que je payerai mon épicerie au père Lorain, mon pain aux Thouvenot, mon pot-au-feu chez la mère Raulin? Nenni, pas vrai?... Gilbert, faut que tu me gardes ça, mon fi, je t'en prie! »

On s'arrêta à un moyen terme. Le notaire, Mᵉ Thiriot, était un vieil ami de notre famille et méritait toute confiance; il accepta la somme en dépôt et se chargea d'en payer la rente à Marianne.

« En monnaie sonnante, n'est-ce pas, monsieur Thiriot? ajouta celle-ci.

— Oui, sonnante et trébuchante, je vous le promets, ma brave femme, » répondit le notaire en souriant.

Nos affaires réglées, Gilbert partit et nous reprîmes

notre paisible existence. Mais comme cette grande
maison nous semblait déserte, et quelle émotion nous
saisissait, quelle secousse, chaque fois que nous entrions
dans la « chambre du devant », que nous apercevions le
fauteuil vide, l'alcôve fermée, le coffre à ouvrage sur le
guéridon, tout en ordre, tout immobile et silencieux !

Marianne n'aimait pas à sortir, encore moins à voi-
siner. Autant elle était expansive et causeuse avec nous,
autant vis-à-vis des étrangers, des fournisseurs et des
servantes du quartier surtout, elle se montrait réservée,
pincée, souvent même hautaine et cassante. « Ah ! elle
n'est pas commode, la grande Marianne Huguenin ! »
C'était l'opinion qu'on s'était formée d'elle et le mot qui
avait cours.

Elle s'était remise à bêcher, à sarcler, à nettoyer et
elle ne chômait pas : il y avait toujours quelque chose à
faire chez nous, dans ce vaste enclos et cette vieille
bâtisse, quelque arbre à replanter, une treille à ratta-
cher, des lattes de la toiture à reclouer, une porte ou un
contrevent à rafistoler, que sais-je !

Deux ou trois fois la semaine, nous allions au cimetière. En revenant du lycée, je trouvais Marianne en
robe noire, avec son châle et son bonnet de deuil, un
bouquet fraîchement cueilli à la main, prête à partir.

« Allons, p'tiot, je t'attends ; donne-moi ton bras. »

Elle marchait d'un bon pas, leste et ferme, la taille
bien droite, malgré son âge, et les longues trottes ne
l'effrayaient pas.

Parfois, mon ami Guerpont nous accompagnait ; car
il n'était guère de jours où il ne vînt me voir.

Il n'était pas rentré au lycée et ne semblait pas se
préoccuper beaucoup de choisir une carrière. Son père
même ne l'en pressait pas, comme s'il eût tenu à le
garder auprès de lui indéfiniment. Il adorait Paul ; c'était

son unique enfant et son compagnon, son camarade, sa seule société. Il régnait entre eux tant de cordialité, tant d'expansion et d'intimité !

Peut-être aussi Paul avait-il déjà conçu l'ambition d'écrire, de se faire une place et un nom dans la politique ou la littérature, et son père s'était-il montré peu favorable à ce projet et lui avait-il conseillé d'attendre encore et de réfléchir.

Guerpont n'avait jamais été très explicite avec moi à ce sujet, non par manque de confiance, mais par une sorte de timidité et de pudeur que je pressentais, que je devinais mieux que je ne me l'expliquais. A plusieurs reprises j'essayai de le faire parler, de lui soutirer un aveu, mais toujours il se dérobait, comme s'il eût craint, je crois, de paraître ridicule en affichant d'aussi hautes prétentions, et de s'attirer mes railleries.

Notre liaison était cependant bien étroite, et, à part cette question, nous n'avions pas de secrets l'un pour l'autre. Il me tenait au courant de tout ce qu'il faisait, de toutes ses lectures et ses études, me rendait compte de ses remarques et de ses impressions, et nous discutions et pérorions pendant des soirées entières. Il avait abandonné les romanciers et les poètes ; il s'était pris d'une belle ardeur pour l'histoire, la philosophie, l'économie politique, et ne m'entretenait que de Thiers et de Guizot, de Joseph de Maistre et de Bonald, de Tocqueville, de Frédéric Bastiat, de Lamennais, de Louis Blanc, d'Edgar Quinet. Proudhon et Michelet surtout avaient son admiration ; il savait par cœur maintes pages de l'*Histoire de la Révolution* et maintes virulentes tirades des *Contradictions économiques*, et il me les récitait à pleine voix, avec enthousiasme, durant nos promenades du jeudi, le long du canal ou dans les tranchées de la forêt.

Ainsi s'écoula ma dernière année de classes.

Je retournai à Nancy pour subir mon examen de bachelier ès sciences, je fus reçu, et, dès mon retour, Marianne s'occupa de compléter mon trousseau, de ravauder et de repriser toute ma défroque, ne voulant pas que j'arrivasse à Paris « comme un gueux » et que je fisse honte « à noî grand ».

DEUXIÈME PARTIE

Gilbert habitait près du Luxembourg, dans la rue de l'Ouest, aujourd'hui rue d'Assas.

Je ne fus pas peu surpris en débarquant chez lui. Je me retrouvais presque à la campagne, et sa demeure différait autant de celle de ma grand'tante que de toutes les hautes maisons à cinq et six étages, avec balcons, enseignes en lettres d'or et devantures de glaces, que j'avais aperçues au sortir de la gare, le long des boulevards et des rues.

C'était un petit hôtel, une sorte de pavillon situé entre cour et jardin et entouré de grands arbres, dont les branches s'entrelaçaient au-dessus de la toiture et retombaient devant les fenêtres. Au milieu du mur qui bordait la cour, s'ouvrait une grille garnie jusqu'à hauteur d'homme de persiennes aux lamelles étroites et serrées, peintes en vert comme la grille, et destinées à éluder la curiosité des passants. Dans un angle de la cour, à droite, se trouvait la loge du concierge; à gauche, une remise et des communs. Le perron de l'hôtel faisait face à la grille; il était abrité par une marquise et donnait accès dans un vestibule dallé de marbre et orné de statues servant de lampadaires, qui traversait le rez-de-chaussée dans toute la longueur et conduisait au jardin.

Le rez-de-chaussée, ainsi coupé en deux parties égales, comprenait d'un côté la salle à manger, l'office et la cuisine; de l'autre, un vaste salon et un fumoir richement meublés, mais sans vaine recherche, sans profusion ni frivolité, avec un goût sévère.

Le premier étage, divisé de même par un corridor qui régnait au-dessus du vestibule, se composait de quatre pièces. L'une était la chambre à coucher de mon frère, l'autre son cabinet de travail; la troisième, dont les panneaux étaient du haut en bas garnis de rayons ou de vitrines, renfermait sa bibliothèque et ses collections de journaux et de revues; la quatrième était réservée aux amis : ce fut celle où Gilbert m'installa.

Au-dessus, sous les combles, se trouvaient des chambres de domestiques et de débarras.

Quelle différence entre cette élégante habitation, si régulièrement agencée, et la grande baraque que je venais de quitter, construite tout de guingois, de pièces et de morceaux, incommode et disgracieuse, et que nous n'aurions pas troquée pourtant contre un palais!

Gilbert avait à son service une cuisinière et un valet de chambre nommé Félix, qui touchait à la cinquantaine, et dont la femme faisait l'office de concierge. Ces gens étaient polis, complaisants, empressés, mais ce n'était plus là ma bonne Marianne avec son laisser-aller, sa tendre familiarité et ses mille petits soins. Ils ne vous témoignaient que ce qu'ils vous devaient en

retour de leurs gages, du respect et de l'obéissance, mais
pas d'affection. En revanche, on les traitait et on leur
parlait avec douceur; mais on ne conversait pas avec
eux, on suspendait toute confidence à leur approche, on
les tenait à distance.

Inutile de retracer l'emploi de mon temps durant les
premières semaines qui suivirent mon arrivée ; je
n'étais jamais venu à Paris, et, comme tout provincial,
je payai mon tribut de curiosité à « la capitale ». Gilbert se montrait aussi patient et obligeant que je pouvais le souhaiter ; il n'était pas de jour qu'il ne m'em-
menât faire une promenade, visiter un monument ou
un musée, pas de soir qu'il ne me conduisît au théâtre.

Puis les cours de la Faculté s'ouvrirent; j'allai prendre
mes inscriptions et je me remis au travail.

La vie que menait mon frère était très remplie et
méthodiquement réglée. Il se levait à six heures et travaillait jusqu'à onze sans sortir de sa chambre.

Tout le plaisir des jours est dans leur matinée,

disait-il après Malherbe, et, de fait, c'étaient bien là ses
meilleurs moments. A onze heures, nous déjeunions;
puis il se rendait à son journal, rue Coq-Héron, et je
ne le revoyais plus que le soir, à sept heures, quand il
dînait à la maison, car il avait de fréquentes invitations
et la plupart de ses soirées se passaient dehors.

Chaque jeudi il réunissait à sa table ou dans son
salon nombre d'amis et de coreligionnaires politiques,
des députés de l'opposition, des écrivains et des artistes
célèbres ou en voie de le devenir. Quelle n'aurait pas
été la joie de Guerpont s'il avait été près de nous!
Comme il aurait écarquillé les yeux et ouvert les oreilles!
Nous nous étions promis de nous écrire régulière-

ment une fois par semaine, et je ne manquais pas de le renseigner sur ma nouvelle vie et le monde que je fréquentais. Il me répondait de longues lettres, dans lesquelles il se lamentait sur son isolement et l'énervante monotonie de son existence, maudissait son trou de province, exaltait et enviait mon bonheur. Je remarquais qu'il était à présent moins retenu, qu'il s'enhardissait à distance et s'épanchait mieux qu'en tête-à-tête, et laissait passer, comme on dit, le bout de l'oreille, — sinon l'oreille tout entière. Il avait entrepris, uniquement pour tuer le temps, m'assurait-il, certaines études financières et politiques; il était occupé à « un grand travail », dont il me reparlerait plus tard et qu'il me communiquerait lorsqu'il l'aurait mené à bonne fin.

Marianne aussi nous écrivait souvent. Elle avait eu gros cœur en me voyant partir, mais puisque c'était pour mon bien! Elle me recommandait chaque fois d'être bien sage, bien raisonnable, de ne pas faire *endéver not'grand*, et terminait en disant qu'elle trouvait le temps long après son petiot et qu'elle appelait les vacances à grands cris.

En attendant, je continuais de m'acclimater chez mon frère, ne sortant guère que pour aller aux cours et travaillant ferme. Gilbert paraissait content de moi et je n'avais qu'à me louer de lui, qu'à lui savoir gré de son hospitalité, de ses prévenances et de ses conseils.

Je n'étais pas tombé sur un mentor exigeant et tracassier; sa tutelle était des plus douces, il me laissait pleine indépendance et me traitait en homme et en frère. Très tolérant, d'une égalité d'humeur peu commune, toujours bien disposé, toujours naturel, simple dans ses manières, plein de mansuétude et de bonne grâce, il n'affectait aucune supériorité, il ne se retranchait jamais derrière son autorité, ne morigénait ni ne sermonnait jamais, et savait convaincre pourtant et s'imposer mieux que personne. Si jadis, quand j'étais au lycée, il m'avait déconseillé des lectures qui n'étaient pas de mon âge et renvoyé lestement à mes auteurs grecs ou latins, il était aujourd'hui le premier à me signaler et à me mettre en main les livres nouveaux, les articles importants ou curieux, les discours « à sensation » prononcés au Sénat ou à la Chambre. Il m'expliquait les événements du jour et les phases de l'histoire contemporaine, me révélait sur chaque fait et sur chaque personnage des particularités intimes et peu connues, me contait maintes piquantes anecdotes littéraires ou politiques, et c'était tout plaisir et profit de l'entendre.

Ces entretiens, qui avaient lieu surtout le matin au déjeuner, étaient souvent interrompus par l'arrivée d'un des amis de mon frère, un rédacteur du *Progrès*, nommé Aurélien Frogner. C'était un homme de quarante-cinq ans, de petite taille, maigre, dégingandé, chauve, à la barbe rousse et inculte, à la lèvre torte et gouailleuse, au regard tantôt voilé, fatigué, atone, tantôt perçant comme une vrille. Sa mise habituelle s'accordait avec cette physionomie peu avenante. Sa redingote trop étroite et son pardessus trop large, défraîchis et râpés l'un comme l'autre et les revers maculés, avaient été achetés au hasard, à l'étalage d'un marchand de confection, sinon d'un revendeur. Son gilet, fermé jusqu'en haut, ne laissait voir qu'un bout de col d'une propreté douteuse ; de même que ses manchettes, sans doute effrangées et aussi noires que le col, étaient rebroussées sous les parements de son habit.

Ses manières ne valaient guère mieux que son linge et sa tenue. Il était brusque, familier, trivial et grivois dans ses propos ; et, bien que mon frère m'eût présenté à lui, c'est à peine s'il me saluait en entrant, et des mois s'écoulèrent avant qu'il daignât m'adresser la parole et s'apercevoir de ma présence. Puis soudainement, un beau matin, il changea d'allures; il vint à moi, me tapa sur l'épaule, me secoua le poignet, me provoqua par des questions ou d'anodines plaisanteries à prendre part à la conversation et ne m'appela plus que son ami « le carabin ». Il causait bien, d'ailleurs, malgré ses crudités; il avait beaucoup de finesse et d'esprit, mais un esprit mordant et sceptique, aigri et hargneux.

Où il logeait et quelle existence il menait, je ne l'ai jamais su au juste. Il n'apparaissait jamais à nos réunions du jeudi; ce n'était que le matin, toujours à la même heure, que je le voyais : il arrivait sans façon demander à déjeuner à Gilbert et se rendait ensuite avec lui au bureau du journal. Il était un des reporters du *Progrès*, et « comme il n'est pas nécessaire de posséder les choses pour en discourir », par une amère ironie du sort, c'était lui qui était chargé de la partie financière et du bulletin des halles et marchés. Il paraît même qu'il était très compétent en ces matières, et son livre : *La Bourse, ses arcanes et ses arcades, par un Juif*, avait fait grand tapage dans son temps et se vendait encore sans rabais.

Descendait-il vraiment d'un fils de Jacob? C'est possible. Peut-être se vantait-il et n'avait-il voulu que jeter un défi au sanhédrin de la hausse et de la baisse, car il se moquait de toutes les sectes et de tous les rites religieux indistinctement et ne croyait qu'au hasard et à la matière. En tous cas, sa science du courtage et de l'agio ne lui avait guère profité : il était pauvre comme Job, gueux et famélique comme un rat d'église.

De vilains bruits avaient couru et couraient encore sur son compte. On le disait affilié à la préfecture de police, et plusieurs fois mon frère avait été averti par des amis, officieusement, ou par lettres anonymes, de se tenir sur ses gardes, qu'il y avait un « mouchard » à côté de lui, et qu'il n'était pas difficile de deviner qui. J'ignore si Gilbert, à l'exemple d'Alexandre vis-à-vis de son médecin, avait fait part à Frogner de cette accusation, mais il ne semblait pas s'en alarmer beaucoup et continuait de le recevoir avec la même confiance et la même cordialité.

Leur liaison remontait à l'époque de leurs débuts dans le journalisme. Gilbert avait autant d'amitié que de commisération sans doute pour ce bohème obstiné et indécrottable; il l'avait casé dans son journal, il l'aidait et le soutenait en toute occasion, et il faut rendre à Frogner cette justice que, si irrespectueux qu'il fût envers tous ses confrères et envers lui-même, à l'égard de tout principe et de toute chose, il témoignait à Gilbert une affection, une reconnaissance et une condescendance, qui lui faisaient pardonner bien des travers et des désordres, et détournaient les injurieux soupçons qui planaient sur lui, — à moins qu'elles ne lui servissent, au contraire, à masquer sa trahison, ce que je ne crois pas et n'ai jamais cru.

Un autre rédacteur du *Progrès*, Léon Daussure, était aussi très lié avec mon frère. Toujours vêtu à la dernière mode, tiré à quatre épingles, grave, sérieux et correct, c'était tout l'opposé de Frogner. Il ne venait jamais le matin, mais ne manquait aucune des soirées du jeudi. Il avait, je crois, de hautes visées politiques; il causait peu, plaisantait et souriait encore moins et ne se livrait jamais. Il s'était donné bien du mal, disait-on, pour s'habituer à cette *pose*. On faisait cas de lui, d'ailleurs; il avait du talent, un style nerveux et concis; il était docteur en droit et possédait quelque fortune. Outre des articles de fond, il rédigeait le bulletin politique, le « premier Paris », alternativement avec le secrétaire de la rédaction, Henri Garnau.

Celui-ci, je ne le voyais pas souvent à la maison. Sa besogne l'absorbait ; il avait à cœur, plus que mon frère lui-même, pour ainsi dire, de bien mener le journal, d'en maintenir le tirage et le succès ; et il ne sortait guère de l'imprimerie que pour rentrer chez lui et se coucher.

Venaient ensuite un vieux monsieur qui signait Clément de Gaury, très instruit, paraît-il, très ferré sur toutes les questions de politique étrangère principalement ; puis, le chroniqueur scientifique, le docteur Ervoy ; Max Maucombles, le courriériste des théâtres Sédeillant, chargé de la causerie musicale, etc...

Mais, entre tous, il en est un que je ne dois pas passer sous silence, que je me reprocherais d'oublier ; c'est celui qui, dès le premier jour, fit sur moi le plus d'impression, m'inspira le plus de sympathie, et avec qui je me liai bientôt, malgré la différence de nos âges, d'une étroite amitié, — M. Julien Levaudois.

A le voir avec sa mine austère, sa longue barbe blanche, ses cheveux grisonnants et clairsemés, on lui eût donné soixante ans ; mais dès qu'il parlait, dès que la conversation avait pris cours, son regard s'animait et pétillait, sa physionomie se rajeunissait ; c'était l'enjouement, le rire et l'entrain d'un jeune homme de vingt-cinq ans. En réalité, il en avait alors quarante et quelques.

Je ne sais pas ce qu'il n'avait pas lu : classiques grecs ou latins, philosophes allemands ou écossais, romanciers russes ou américains, trouvères de la langue d'oïl ou parnassiens modernes, linguistique, esthétique, archéologie, anthropologie, il connaissait tout. Il avait une mémoire prodigieuse qui ne bronchait jamais et lui fournissait à point nommé quelque bon mot ou des historiettes qu'il excellait à conter.

Il était très recherché dans les salons, non seulement pour son esprit et son talent de causeur, mais aussi pour son répertoire de chansons. Chaque événement, procès à scandale, livre à succès, élection académique, changement de ministère, etc., stimulait sa verve et servait de motif à de malicieux couplets, à quelque scène comique ou quelque apologue plein de sel et de bon sens, qu'il débitait et mimait à ravir.

La gaieté était le fond de son caractère, et il se plaisait souvent à rappeler ce mot de Montaigne : « La vraie marque de la sagesse, c'est une esjouissance constante. »

C'était un sage, en effet, dans toute l'acception du terme. L'ambition, j'entends celle des honneurs ou de l'argent, lui était absolument étrangère ; mais il avait conscience de sa valeur et une intime et très légitime fierté de l'influence qu'il s'était acquise dans la critique littéraire. — C'était lui, qui, au *Progrès*, était chargé de cette partie ; ses articles paraissaient le mardi, et, ce jour-là, nombre de lecteurs achetaient le numéro rien que pour « La Semaine » de Levaudois.

Autre point commun avec son maître Montaigne, il avait le culte de l'amitié, — vertu d'autant plus méritoire qu'il savait là concilier avec une indépendance absolue et la plus haute probité d'esprit, et qu'il avait affaire aux amours-propres les plus chatouilleux, aux jalousies et aux rancunes les plus tenaces.

« La douce chose que de pouvoir échanger sans crainte toutes ses pensées, confier toutes ses joies et ses peines à un cœur qui est vôtre ! Quel inestimable trésor ! disait-il parfois à mon frère. Ah ! oui, que c'est

bon de se voir, de se réunir, mon cher Gallois, d'être
là, attablés côte à côte et de s'épancher !

Un homme sans amis n'existe qu'à moitié,

si même c'est exister que de ne pas connaître cette ins-
piration de l'âme, ce besoin, pur de tout égoïsme, l'a-
mitié, le bienfait le plus précieux que nous ayons reçu
après la raison. »

Ce philosophe et gai compagnon habitait à Saint-
Cloud une petite maisonnette précédée d'un jardinet,
et vivait là tranquillé, heureux, avec sa femme, qu'il
affectionnait beaucoup et qui l'aidait dans ses études et
ses recherches, une vieille servante, originaire comme
eux de la Normandie, et quantité de livres qui tapis-
saient les murs, du corridor au grenier.

Presque tous les dimanches, mon frère m'emmenait
dîner chez M. Levaudois. J'y rencontrais, outre la plupart des amis de Gilbert, des romanciers et des poètes
en vogue, des compositeurs et des peintres connus. La
politique était prudemment bannie de la conversation,
et s'il arrivait à quelqu'un d'enfreindre cette règle,
M. Levaudois ne tardait pas à rompre les chiens ou à
vous rappeler à l'ordre gentiment. On causait d'art et
de littérature ; l'un lisait un chapitre de son nouveau
volume ou un acte de sa pièce, l'autre des vers de son
cru ; l'amphitryon, à son tour, nous régalait de sa dernière chansonnette ; puis on faisait de la musique, on
jouait des charades, ou bien Mme Levaudois s'asseyait
au piano, et la danse commençait.

Avait-il l'air radieux, le bon M. Levaudois, en nous
voyant sauter et pirouetter dans son salon et mettre
tout sens dessus dessous ! Lui-même nous excitait du
geste et de la voix, prenait part à nos ébats et se tré-
moussait plus que personne.

Pendant longtemps ces soirées du dimanche furent ma plus grande distraction. Quand Gilbert ne pouvait m'accompagner, je m'en allais seul à Saint-Cloud, toujours sûr d'être bien accueilli et de bien m'amuser chez « le père la Joie », comme on appelait notre hôte dans l'intimité, et d'en rapporter un petit butin de racontars curieux et de judicieuses réflexions.

II

Deux années s'écoulèrent sans événements, sans changements dans ma vie. Je travaillais, je suivais exactement les cours de l'École, je m'entretenais avec Gilbert et je profitais de ses relations pour me former, comme disaient nos pères, l'esprit et le cœur. Mes vacances, j'allais les passer auprès de Marianne : je revoyais mon ancien monde, nos fidèles habitués d'autrefois, le colonel Rambert, le père Warnier, Mme de Sauvoy et sa fille, ma petite amie Geneviève, — Mlle Geneviève maintenant, — toujours aussi douce, aussi modeste et discrète que jadis. Je recommençais avec Guerpont mes longues promenades dans les bois du Juré et sur les friches de Savonnières ou de Longeville, et nous ne nous quittions pas un seul jour.

Je laisse à penser s'il me questionnait sur mon frère et mon nouvel entourage. Avec quelle ferveur il m'écoutait !

« Ah ! tu as de la chance, toi ! Comme je voudrais être à ta place ! » C'était son sempiternel refrain.

Lors de notre dernière rencontre il m'avait semblé encore plus avide de nouvelles et plus préoccupé, plus soucieux qu'aux vacances précédentes. Interrogé par

moi, pressé et sommé de m'expliquer la cause de ses
ennuis, il avait rougi et balbutié comme de coutume ;
puis :

« Je t'écrirai ça, avait-il fini par me dire. J'aime
mieux te faire cette confidence par lettre que de vive
voix. »

Et, en me conduisant à la gare, il m'avait de lui-
même rappelé sa promesse, m'annonçant qu'il ne tar-
derait pas à m'envoyer « quelque chose ».

Effectivement, huit jours après, je reçus une volumi-
neuse enveloppe, qui contenait, outre une lettre de plusieurs pages, toute une série d'articles manuscrits. *La
Tribune politique*, tel était le titre de ces articles, dont
chacun était consacré à l'un des principaux orateurs du
Sénat ou de la Chambre. Dans sa lettre, Guerpont m'a-
vouait — ce que je savais depuis longtemps — qu'il se
sentait « entraîné vers le journalisme par une irrésistible
vocation », mais qu'il ne pouvait parvenir à convaincre
son père ; que celui-ci lui répétait sans cesse d'attendre
encore et de réfléchir, — « comme si toutes mes réflexions n'étaient pas faites ! » Et il terminait en me
priant de communiquer à mon frère le manuscrit ci-
joint, et de lui rapporter fidèlement, en toute sincérité,
l'opinion de Gilbert sur ces premiers essais.

La réponse fut meilleure peut-être que l'auteur ne
l'avait espéré, et j'aurais bien voulu être auprès de lui,
rien que pour voir sa mine ébaubie et triomphante,
lorsqu'il reçut le numéro du *Progrès* qui publiait en
« Variétés » le portrait de Montalembert, signé : Paul
de Guerpont. Les autres articles suivirent à peu d'intervalle, et mon ex-condisciple, mon vieil ami Guerpont,
devint ainsi un des collaborateurs *in partibus* du
journal.

Pendant ce temps donc, je continuais mes études

médicales. J'avais passé avec succès mes deux premiers examens, je venais de prendre ma onzième inscription, et déjà je commençais à penser à ma thèse, j'étais en vue du port, lorsqu'une rafale faillit faire chavirer ma barque.

Il m'arrivait assez souvent, en sortant de l'École, sur les quatre ou cinq heures, de pousser jusqu'à la rue Coq-Héron et d'aller rejoindre mon frère. Je parcourais, en attendant qu'il fût libre, les journaux amoncelés sur la table de rédaction, puis nous revenions ensemble à la maison.

Un jour, comme je montais l'escalier, je me jetai dans M. Aurélien Frogner, qui, aussitôt, me mettant la main sur l'épaule :

« Ah ! tu arrives bien, jeune Esculape, s'écria-t-il, et puisque je te tiens, je ne te lâche plus ! Tu vas venir dîner avec moi. Je voulais avoir ton frère, mais il est invité je ne sais où et il m'a refusé. Ainsi, tant pis pour toi, je te garde !

— Laissez-moi au moins le prévenir, lui dis-je.

— Va, et fais vite : je reste là. »

C'était, en effet, une des grandes joies de Frogner, chaque fois qu'il sentait quelques louis dans son gousset, d'offrir à dîner à mon frère. Ces occasions étaient rares, encore Gilbert les éludait-il le plus souvent.

Dès que je reparus, Aurélien Frogner me prit par le bras et m'emmena.

En passant devant un bureau de tabac, il me fit entrer, demanda des londrès et en bourra ses poches, après m'en avoir choisi un blond tacheté, qui devait être délicieux, déclara-t-il, et en avoir allumé un autre.

« Nous allons d'abord au *Madrid*, m'annonça-t-il en sortant ; j'ai donné rendez-vous à Maucombles et à Sédeillant. Quant à Daussure, il ne s'encanaille pas avec

les petites gens comme moi, il n'aurait garde ! Fi donc !
Monsieur a de la tenue, lui ! Monsieur se respecte ! Sacré
poseur, va ! Aussi ne lui ai-je rien dit. En revanche, tu
verras Marie, elle m'a promis d'être des nôtres. »

Marie, c'était la maîtresse de Frogner. Je l'avais
maintes fois rencontrée à son bras et nous avions fini
par nouer connaissance. Elle me traitait sans façon, un
peu en enfant, et même, à l'exemple de son amant, elle
s'était mise presque d'emblée à me tutoyer.

Elle avait atteint sinon dépassé la quarantaine, mais
elle se maquillait et se fardait tellement qu'il était impossible de lui assigner un âge exact.

Elle était du même pays que Frogner, de la Flandre,
comme lui aussi, elle était juive, et cette communauté
d'origine et de religion, qui les avait rapprochés pour la
première fois quelque vingt ans auparavant, avait formé
entre eux une liaison que les hasards de la vie, la
chance et la malchance, la misère, les déboires et surtout l'habitude n'avaient fait que resserrer.

Dans son monde, sur le boulevard, Marie, qu'on ne
connaissait que sous les appellations de Marie-la-Juive
ou Marie-la-Flamande indifféremment, passait pour
avoir amassé sou à sou ou louis à louis un énorme ma-
got, et pour être aussi *rapiate* que *calée*. On lui attribuait, en outre, parce qu'elle rôdait chaque soir autour
des courtiers marrons de la petite Bourse, un flair par-
ticulier et une étonnante habileté en matières de finances
et en tripotages de coulisse.

La vérité est que, grâce aux conseils de Frogner,
Marie-la-Juive, qui savait à peine lire, qui était ignorante comme une carpe, avait pu profiter de quelques
bonnes affaires et était parvenue à récolter une centaine
de mille francs.

Quant à sa réputation d'avarice, elle était pleinement

méritée. Logée à un quatrième étage de la rue Bleue, Marie déjeunait d'un petit pain et d'une jatte de lait et ne faisait de repas substantiel que le soir, dans un restaurant israélite, et le plus souvent aux frais de quelque galant coreligionnaire. Elle n'allumait jamais de feu, la chaleur lui portant à la tête aussitôt, assurait-elle, et économisait jusqu'à son eau. Elle avait la bosse des ravaudages et des rafistolages, retapait elle-même ses chapeaux, transformait graduellement ses robes longues en robes courtes, en manteaux et en caracos, et, quoique ces diverses opérations fussent faites sans goût, tout de travers, « ça pouvait encore aller ».

Elle avait dû être fort belle dans son temps, malgré l'inélégance de sa taille et la vulgarité, la traînante lourdeur de sa démarche ; et les outrages des ans, qu'elle s'ingéniait et s'acharnait à réparer, lui avaient laissé des charmes encore très appréciables. Elle avait, entre autres, des yeux noirs superbes et une opulente chevelure couleur de jais, dont les bandeaux soyeux et luisants ondulaient sur ses tempes.

Maucombles et Sédeillant étaient attablés devant le café, lorsque nous arrivâmes. Nous prîmes place à côté d'eux ; Frogner commanda deux absinthes gommées, ralluma un cigare, et l'on se mit à bavarder de choses et d'autres, en attendant Marie. Le rendez-vous était fixé à six heures, il en était six et demie, et elle ne venait pas. Frogner s'impatientait :

« Cette mâtine-là ! je lui avais cependant bien recommandé d'être exacte ! Mais c'est comme si l'on chantait : jamais les femmes ne sont prêtes ! »

Enfin, sur les sept heures, elle apparut. Elle n'était pas seule : une dame blonde, pâle, à l'air sérieux et froid et toute vêtue de noir, marchait près d'elle.

« Tiens, voilà Sévère ! s'écria Frogner. Comment va ? Toi, tu te fais bien désirer, ma chère, ajouta-t-il en s'adressant à Marie.

— Ne la grondez pas, c'est de ma faute, répliqua la dame blonde. J'ai entraîné Marie chez ma couturière, où j'avais un costume à essayer, et je n'en finissais pas.

— Pour la peine, vous resterez à dîner avec nous, ma toute belle.

— L'invitation est déjà faite, et Sévère a accepté, répliqua Marie.

— Dans ce cas, nous n'avons plus qu'à lever le siège. Allons, en marche ! »

Un quart d'heure après, nous étions installés tous les six dans un petit salon dépendant d'une brasserie que fréquentait assidûment Frogner.

Le bohème, quand il s'y mettait, faisait bien les choses. Huîtres d'Ostende, bisques d'écrevisses, saumon, poularde truffée, le tout arrosé dès le début de champagne frappé : il y avait de quoi griser de plus solides têtes que la mienne.

Je préférais un vin plus modeste et j'en avertis notre hôte. Sévère m'imita, malgré les provocations et les lazzis de Marie, qui ne se sentait jamais autant d'appétit ni meilleure humeur que quand le festin avait lieu aux dépens d'autrui.

Quant à Maucombles et à Sédeillant, ils mangeaient et buvaient sans se faire prier, à leur aise, en gens habitués à ces extra et sûrs d'eux-mêmes. Il était convenu, d'ailleurs, qu'ils nous fausseraient compagnie aussitôt après le dîner : l'un avait à se rendre dans deux ou trois théâtres de genre, et l'autre à une première à l'Opéra-Comique.

A l'heure dite, ils prirent congé de nous. Frogner continuait de déguster son café et de savourer son cigare ;

Marie se versait des petits verres de chartreuse, tandis que Sévère avait entr'ouvert la fenêtre et restait accoudée sur la barre d'appui.

L'air était tiède, sans un souffle. A un hiver très rigoureux avaient succédé presque subitement des chaleurs étouffantes ; on n'était qu'à la fin d'avril et on se serait cru en pleine canicule.

La fenêtre donnait sur un semblant de jardin, une étroite pelouse, au centre de laquelle on apercevait, à la clarté de la lune, une vasque de marbre et un jet d'eau.

« Quelle belle soirée ! murmura Sévère.

— Superbe ! s'écria Frogner. Si nous allions faire un tour au bois ?

— Tiens ! c'est une idée ! » dit Marie.

A l'unanimité la proposition fut acceptée. Frogner envoya chercher une voiture, solda l'addition et nous partîmes.

Je n'avais guère échangé jusqu'alors que quelques mots insignifiants avec la dame blonde, Mme Sévère. Elle paraissait peu loquace de sa nature, réservée et posée, et, pour tout dire, elle m'intimidait passablement. Mais quand, arrivés au bord du lac, il nous prit fantaisie de descendre et de marcher, et que je restai seul avec elle, pendant que nos compagnons gagnaient les devants, il me fallut bien lui offrir le bras et tâcher de lier conversation. Je débutai par lui parler de l'insouciance et de la gaieté de Frogner ; puis, ressource inévitable, du temps qu'il faisait, de la pureté du ciel et du silence de la nuit ; mais j'avais beau m'ingénier et me battre les flancs, je ne parvenais pas à l'intéresser.

Elle eut enfin pitié de moi.

« Vous êtes le frère de M. Gilbert Gallois ? me demanda-t-elle.

— Oui, madame.

— Et vous êtes journaliste, sans doute ?

— Non, j'étudie la médecine.

— Ah ! » répondit-elle avec une suprême indifférence.

Néanmoins, enhardi par ce court interrogatoire, je repris aussitôt l'entretien, et pour la questionner à mon tour.

« Ce nom de Sévère que l'on vous donne, c'est un surnom ?

— Vous ne vous en êtes pas aperçu ?

— Je n'en étais pas sûr... Comment vous appelez-vous ?

— Berthe.

— Un joli nom. Pourquoi vous a-t-on ainsi débaptisée ?

— Je n'en sais rien, à dire vrai. Peut-être parce que je ne ris pas à tout propos. Je ne suis pourtant rien moins que chagrine ou mélancolique, je vous l'affirme. Cela s'est fait de soi-même, par hasard, il y a des années. Une amie a prononcé le mot, une autre l'a répété, toutes se sont accordées à le trouver juste, et le sobriquet m'est resté.

— Vous avez, en effet, quelque chose de sérieux et de troublant dans la physionomie, répondis-je en souriant ; une sorte de gravité, de sévérité...

— Vous voyez bien ! interrompit-elle. Et fiez-vous donc aux apparences ! Je ne suis ni prude ni austère ; de motifs de tristesse, je n'en ai pas ; je ne convoite rien, et je suis aussi heureuse qu'on peut l'être. »

Étonné de cette expansion soudaine et de ces aveux, je demandai à la jeune femme la recette et le secret de son bonheur.

« De secret il n'y en a aucun, me répondit-elle, et la

recette est bien simple. Je ne m'ennuie jamais. Toutes mes matinées sont prises par mon ménage, que je fais moi-même ; l'après-midi, je couds, je raccommode, je lis, je pianote un peu, et la journée se trouve remplie.

— Mais ce n'est pas très gai, cela... Est-ce que vous... vivez seule ? me risquai-je à ajouter.

— Tout ce qu'il y a de plus seule, » répliqua-t-elle. Libre à moi de penser là-dessus ce que je voudrais.

J'allais de nouveau rester coi, lorsque l'idée me vint de lui parler de ses lectures, et je saisis avec empressement cette branche de salut.

« Ce que je lis ? D'abord chaque jour *le Petit Journal*, et *la Petite Presse*, me dit-elle ; puis des romans, des voyages, tout ce qui me tombe sous la main, ce que je trouve dans le cabinet de lecture voisin de chez moi. »

Et elle m'énuméra pêle-mêle des titres d'ouvrages et des noms d'auteurs : *Germinie Lacerteux*, *Fanny*, *Madame Bovary*, *Monsieur de Camors*, Balzac, Théophile Gautier, Eugène Sue, Murger, Gaboriau.

Elle aimait beaucoup le théâtre aussi. Elle avait été la veille aux Variétés, où l'on donnait *la Grande Duchesse de Gérolstein*, et s'y était bien amusée. Elle avait grande envie surtout de voir la nouvelle comédie de Dumas fils, *les Idées de Madame Aubray ;* malheureusement, elle n'avait encore pu se procurer de place ; la salle était louée dix jours à l'avance.

« Voulez-vous que j'essaye d'en obtenir par l'entremise du journal de mon frère ? lui demandai-je ; et, si je réussis, me permettez-vous de satisfaire votre désir ?

— Très volontiers, j'accepte et je vous remercie de votre obligeance. On dit la pièce si intéressante, si hardie ! poursuivit-elle. Vous en connaissez le sujet ?

— J'en ai lu quelques comptes rendus. Il s'agit d'une fille-mère, n'est-ce pas ?

— Oui, que Mme Aubray veut réhabiliter et marier ; mais quand elle apprend que son propre fils a dessein d'épouser cette femme, elle se regimbe, elle s'indigne, elle n'entend pas la réhabilitation de la sorte, elle ; ce n'est que devant le dévouement de la jeune femme qu'elle finit par se laisser fléchir. »

De Dumas fils, elle passa à Émile Augier. *Les Effrontés*, *le Fils de Giboyer* l'avaient passionnée. *Nos Intimes* et *les Ganaches* de Victorien Sardou lui avaient fait grand plaisir aussi, et elle était allée trois fois à *la Famille Benoiton*.

Cependant Marie et Frogner avaient ralenti leur marche et ne nous précédaient plus que de quelques pas.

« Eh bien, les enfants, que racontez-vous de bon ? dit Frogner en se retournant. Il vous fait la cour, ce gaillard-là ?

— Non, nous sommes bien sages, repartit Sévère. Nous causons de littérature...

— Tudieu ! c'est grave ! Mais méfiez-vous, ma chère ! vous ne connaissez pas l'individu ; rien n'est sacré pour lui ! L'honneur des femmes, la pudeur des jeunes filles, il se joue de tout cela sans pitié. A côté de lui, Lovelace et don Juan ne sont que des pleutres.

— A la bonne heure ! Vous m'habillez proprement ! ripostai-je en riant. Me voilà perdu dans l'estime de madame !

— Vous m'épouvantez, Frogner ! s'écria Sévère du même ton narquois. Moi qui croyais monsieur si rangé et si convenable, l'innocence en personne !

— Oui, comptez là-dessus ! Il cache bien son jeu, allez, le brigand !

— Trop bien ! »

Marie coupa court à ce badinage en annonçant que

la fraîcheur de la nuit commençait à la gagner et qu'il
était temps de rentrer. Nous rejoignîmes la voiture,
qui nous suivait à peu de distance sur la chaussée, nous
reprîmes nos places, et Frogner donna l'ordre au cocher
de nous conduire rue de la Victoire. C'était là que
Sévère demeurait.

Le retour s'effectua sans incidents. Marie était fati-
guée ; Sévère, pelotonnée dans un coin, paraissait toute
songeuse ; Frogner, toujours égrillard et intarissable,
cherchait en vain à nous émoustiller : moi seul lui répondais, par politesse.

Nous nous arrêtâmes et Sévère descendit. Elle serra
la main à Marie, puis à Frogner, et, quand vint mon
tour :

« Surtout, n'oubliez pas votre promesse ! me dit-elle.

— Non, je n'y manquerai pas.

— Quelle promesse ? demanda Frogner.

— Ah ! c'est notre secret, répliqua-t-elle.

— Déjà ? Mazette ! Tu ne perds pas de temps, mon
bonhomme ! reprit-il en me tapant sur l'épaule. C'est
affaire à toi. Hein, Sévère, quand je vous disais que
c'était le plus dangereux séducteur, un libertin de la
pire espèce...

— Bonsoir ! Bonsoir ! » cria-t-elle en poussant sa
porte.

La voiture se remit en marche.

Il était entendu que j'accompagnerais Marie et Frogner jusqu'à leur domicile et que je me ferais ramener
ensuite chez mon frère.

A peine Sévère eût-elle disparu, que Frogner se
pencha vers moi :

« Ah çà, tu sais, me dit-il à voix basse, pas de
blague ! Ne va pas te laisser engluer. Quel est ce
secret ?

— Mais rien... Il s'agit de billets de théâtre...

— Qu'elle t'a demandés ?

— Non, que je lui ai offerts. Qu'est-ce que c'est que cette femme ? ajoutai-je.

— Une cocotte, pardi ! assez jolie fille et pas sotte, comme tu as pu en juger, mais sournoise et cachottière en diable. Ne te lance pas de ce côté, je t'y engage. »

III

Le lendemain, dans la matinée, je me rendis au bureau du *Progrès* et je priai le secrétaire de la rédaction, le complaisant M. Garnau, d'écrire un mot au théâtre du Gymnase et de solliciter deux places pour la représentation annoncée, *les Idées de Madame Aubray*. En sortant de l'École, j'allai m'informer du résultat de la demande, je mis le billet sous enveloppe et je l'expédiai par commissionnaire à Mᵐᵉ Berthe, rue de la Victoire, 23.

Quinze jours s'écoulèrent ; j'avais tout lieu de croire l'aventure terminée, et je ne pensais plus à cette Mᵐᵉ Berthe, *alias* Sévère, lorsqu'un soir, au coin du boulevard et de la rue Le Pelletier, dans la cohue de la petite Bourse, je me rencontrai face à face avec Marie-la-Juive.

« Ah ! toi, j'ai à te parler, me dit-elle sans préambule. Arrive donc un peu. »

Elle glissa sa main sous mon bras, me fit traverser le boulevard et m'emmena dans les alentours de l'Opéra-Comique.

« Tu sais qu'on n'est pas content de toi du tout? reprit-elle.

— Qui ça ?

— Ta compagne de l'autre soir, mon amie Sévère.

— N'aurait-elle pas reçu les places ?

— Si, mais elle comptait que tu les lui apporterais toi-même et que tu serais de la partie.

— Rien de tel n'avait été convenu, je vous assure.

— Elle pensait que la chose allait de soi, et elle a été très déçue en ne te voyant pas. Le fin mot de tout cela, j'en suis persuadée, c'est que tu lui as plu et qu'elle a un béguin pour toi.

— Allons donc !

— Oui, oui, elle te gobe, mon petit, aussi vrai que je te le dis !

— Mais qui vous faire croire cela ?

— Toutes les questions qu'elle m'a posées à ton sujet : — où tu habites, quelle vie tu mènes, quels lieux tu fréquentes, si tu étais très lié avec Frogner, si je te voyais souvent, si... Bref, c'était à n'en plus finir. Il est clair que cette curiosité n'est pas sans motif, et il ne faut pas être bien malin pour le deviner, ce motif.

— Vous exagérez !

— Je n'exagère pas, et si tu es libre demain dans l'après-midi, vers les cinq heures, tu n'as qu'à venir chez moi, elle y sera, et tu en jugeras par toi-même. »

Comme je ne me pressais pas de répondre :

« Viendras-tu ? insista Marie.

— Demain... je puis être retenu... Je ne vous promets pas.

— A ta guise, mon cher ! J'en connais pas mal, pourtant, qui voudraient être à ta place et ne se feraient pas prier, va ! »

Je quittai Marie sans avoir rien décidé. Ce n'est pas qu'au fond je ne fusse très flatté d'avoir inspiré quelque tendre sentiment à une personne d'apparence aussi

fière. Je n'étais pas un petit saint : depuis la belle Mélie,
de triste mémoire, j'avais laissé sur ma route une bonne
partie de mon innocence et de mes illusions; je m'étais
aguerri, j'avais acquis une certaine dose d'expérience;
mais, cette fois, je pressentais que ce n'était pas une
simple passade, une affaire d'un jour ou d'une nuit, et
que, si je mettais le pied sur ce terrain, je ne me dépê-
trerais pas aisément. Frogner me l'avait dit, et son prudent avertissement confirmait mes propres appréhen-
sions.

Irai-je ? N'irai-je pas ?

Je passai toute la journée du lendemain à ruminer
ce problème, à soupeser et contrebalancer ces deux questions. La fatuité masculine unie au charme de l'inconnu,
à l'appât du plaisir, l'emporta : à cinq heures précises,
je sonnais à la porte de Marie-la-Juive.

« Je savais bien que tu viendrais ! me dit la vieille
rouée, en guise de salutation. Suis-moi, *elle* est là. »

L'appartement, que je connaissais, offrait un entasse-
ment de prétendus « objets d'art » sans valeur et du
plus mauvais goût. Chaque fenêtre avait son transparent
de percaline rose ou bleue, recouvert de guipure, et sa
jardinière bourrée de fleurs artificielles Des consoles ou
des bahuts masquaient tous les angles ; des lustres de
clinquant pendaient de tous les plafonds; des statuettes
et des bustes en terre cuite, perchés sur des piédouches,
alternaient avec des médaillons de plâtre et s'étageaient
de tous côtés, entre des photographies d'actrices, des
gravures en vogue ou des *croûtes* représentant pour la
plupart de prétentieuses et grotesques nudités. Les cheminées, les guéridons, tous les dessus de meubles étaient
encombrés de bibelots, de coffrets, de porte-bouquets,
de vide-poches, de coupes de toutes formes et de toutes
espèces. Une forte odeur de patchouli et d'eau de Lubin

flottait de la chambre à coucher jusqu'à l'antichambre. On se serait cru dans un bazar turc.

Sévère était debout, au milieu du salon. Elle m'entreprit dès mon arrivée et m'adressa les mêmes reproches que j'avais entendus la veille; je lui répondis ce que j'avais répondu à Marie; je m'excusai de mon mieux, et pour me réhabiliter tout à fait, je lui proposai de la conduire le soir même aux Français, à une reprise d'*Hernani*. Sédeillant, que je venais de rencontrer, m'avait précisément gratifié de deux places, fauteuils de balcon, dont il avait le coupon sur lui.

Elle accepta d'emblée.

« Eh bien, dinons ensemble, ajoutai-je; il est inutile de nous séparer maintenant pour nous rejoindre si tôt après. »

Elle déclina cette dernière offre, malgré mes instances.

« Non, venez me prendre chez moi dans une couple d'heures, je serai prête, » me dit-elle.

Je sortis, je gagnai le faubourg Montmartre, puis le boulevard, où j'entrais dans un restaurant, et, mon repas fini, je me dirigeai vers la rue de la Victoire.

Sévère vint elle-même ouvrir et m'introduisit dans un petit salon, qui formait avec celui de Marie-la-Juive un contraste frappant.

Là, pas d'étalage de faux luxe, rien de criard ni de choquant; des sièges en acajou et en velours rouge; sur la cheminée une pendule de marbre griotte flanquée de candélabres; vis-à-vis, un piano surmonté d'une belle reproduction de la *Joconde*, très simplement encadrée.

« Le temps de mettre mon chapeau et je suis à vous, » m'avait dit la maîtresse de céans, en passant dans sa chambre à coucher.

Je continuai mon inspection. Quelques livres étaient empilés sur le guéridon, à côté d'un album de photogra-

phies. Dans la pièce voisine, j'apercevais une armoire
à glace en palissandre et un coin de rideau de lit en
reps bleu. La salle à manger, que j'avais traversée et
que je pouvais entrevoir encore, contenait un buffet en
noyer bruni, dont la vitrine était amplement pourvue
de vaisselle, avec la table et les chaises assorties.

Tout était soigneusement rangé et d'une propreté
méticuleuse ; tout, comme dans un intérieur de bons
petits bourgeois, annonçait une vie régulière, honnête
et paisible.

« Me voilà, fit Sévère qui achevait de boutonner ses
gants. Quand vous voudrez ?... »

Je me levai et nous descendîmes.

Un fiacre, que j'avais retenu et qui stationnait devant
la porte, nous emmena.

Chemin faisant, elle me remercia de nouveau et prôna
mon amabilité ; je lui répondis quelques politesses ana-
logues, et la conversation ne sortit pas des banalités de
convention.

Il en fut de même durant les trois heures que nous
passâmes dans la salle : j'étais censé ignorer ce que
Marie m'avait révélé des bienveillantes dispositions de
Sévère à mon égard, et celle-ci, de son côté, ne fit pas
une allusion, ne prononça pas une phrase qui pût cor-
roborer ces révélations.

Mais qu'avions-nous besoin de parler ! J'étais près
d'elle, je sentais son épaule frôler la mienne, je contemplais la blancheur de son cou, les épaisses torsades
blondes de sa chevelure, la pureté de ses traits, la grâce
décente et la distinction de son maintien, et je m'eni-
vrais d'elle et du discret parfum qui se dégageait de sa
personne.

Élégante et très simple à la fois, elle était vêtue d'une
robe de soie noire agrémentée de jais qui moulait la

svelte rondeur de sa taille, et n'avait d'autres bijoux qu'un bracelet, un porte-bonheur constellé de turquoises, et deux petites perles aux oreilles. Pour manier plus aisément sa jumelle, ou par coquetterie si l'on veut, elle avait ôté un de ses gants, et je ne me lassais pas d'admirer cette jolie main aux doigts effilés, fine et potelée, d'une perfection idéale. J'aurais voulu la tenir, la presser, la couvrir de baisers.

Ce n'est qu'après le spectacle, quand nous fûmes dehors, que cette réserve cessa. Sévère ayant déclaré qu'elle préférait s'en retourner à pied, nous suivions bras dessus bras dessous la rue Richelieu, causant des acteurs et du drame que nous venions de voir, lorsqu'elle profita d'une pause pour changer le cours de l'entretien.

« Vous m'avez assuré que si vous m'aviez laissée aller seule au Gymnase, l'autre soir, — excusez-moi de revenir encore sur ce chapitre, — c'était par suite d'un malentendu. Soit ! je veux bien le croire. Mais pourquoi, en apprenant que je me trouverais aujourd'hui chez Marie, avez-vous allégué des empêchements et presque annoncé qu'il ne fallait pas compter sur votre visite ? On dirait vraiment que je vous fais peur !

— Peut-être ! répliquai-je, En tous cas, je l'ai surmontée, cette peur, puisque je suis venu, puisque nous voilà.

— Mais qu'ai-je donc de si terrible ? Au dire de Frogner, n'est-ce pas vous plutôt que je devrais redouter ?

— Ne plaisantez pas ; vous savez bien que Frogner a voulu s'amuser à mes dépens ; mais, moi, je ne sais rien de vous, sinon que vous me semblez étrange... toute différente des autres femmes... et... oui, j'ai peur... peur de vous aimer et de m'attacher à vous.

— Grand enfant ! Et quand vous m'aimeriez, quand

vous vous attacheriez à moi, quel danger en résulte-
rait-il ?

— Vous me feriez souffrir.

— Comment cela ? Pourquoi ?

— Parce que votre cœur n'obéira jamais qu'à cette
petite tête calme, réfléchie et positive, répliquai-je, en
touchant du doigt un des bandeaux ondulés qui encadraient son front.

— Ah ! si vous pouviez dire vrai ! Mais je suis loin
d'être aussi raisonnable que vous le supposez, et la
preuve, c'est que j'ai voulu vous revoir.

— C'était donc de votre part que Marie-la-Juive me
donnait rendez-vous chez elle ?

— De ma part ! Je me respecte encore assez pour ne
charger Marie d'aucun message de ce genre. Que vous
a-t-elle raconté, cette bavarde ?

— Que vous l'aviez interrogée longuement sur mon
compte.

— C'est vrai.

— Et elle en a conclu que vous éprouviez pour moi...
quelque chose, un peu de sympathie. Est-ce vrai aussi ?

— Qui ne dit mot, consent, » murmura-t-elle.

Je lui répondis en pressant son bras contre le mien,
et nous marchâmes quelque temps en silence.

« Et vous ? reprit-elle. Vous sauverez-vous encore de
moi ? Me jugez-vous toujours impassible et cruelle ? Je
ne le suis pourtant guère, vous le voyez !

— Si j'étais sûr de ne pas troubler votre vie, sûr que
vous êtes libre...

— Enfant, grand enfant ! répéta-t-elle. Mais oui, je
suis libre. Il n'y a que moi chez moi, je croyais vous
l'avoir dit déjà ; — pas d'entreteneur, personne. »

Nous étions arrivés devant sa porte. Je lui tenais la
main et la lui serrais doucement ; elle avait déjà tiré de

sa poche la clé de son appartement et je la sentais entre ses doigts. Je m'en emparai comme par hasard, sans intention.

« Ainsi, lui dis-je, si je vous demandais de me laisser cette clé?...

— Gardez-la, et servez-vous-en comme et quand vous voudrez. Vous me gênerez d'autant moins, ajouta-t-elle avec le plus rassurant sourire, qu'il m'en reste une autre et que je n'aurai pas besoin de recourir au serrurier. Seulement, aujourd'hui, elle m'est indispensable pour rentrer...

— Me permettez-vous de m'en servir ce soir?... »

La porte venait de s'ouvrir.

Elle la poussa sans me répondre, s'effaça pour me laisser passer, et nous montâmes.

IV

Ce furent pendant trois mois les plus belles amours qu'on pût rêver. Nous ne passions pas un jour sans nous voir, sans nous répéter l'un à l'autre combien nous étions heureux, combien notre attachement était immuable et notre bonheur à l'abri de toute atteinte.

Aussitôt hors de l'Amphithéâtre ou de l'École, j'attrapais l'omnibus, et, maugréant contre les encombrements et les arrêts, je n'avais de cesse d'avoir franchi la distance qui nous séparait, de me trouver dans notre petit nid si propret et si gai, auprès de mon avenante maîtresse, — ma chère petite femme.

C'était l'heure où elle s'habillait.

Malgré ses goûts d'intérieur et de ménage, il était rare qu'elle dînât chez elle, et, après être restée toute la journée à nettoyer, à lire ou à coudre, elle avait besoin de prendre l'air et de marcher.

Nous partions. Nous avions découvert à l'extrémité de Clignancourt, non loin de l'emplacement qu'occupe aujourd'hui le cimetière de Cayenne, une sorte de restaurant, de guinguette entourée d'acacias et de sureaux et de tonnelles de vigne vierge. Aussi bruyant que mal fréquenté sans doute les dimanches et les lundis, cet établissement paraissait abandonné les autres jours de la semaine. On n'y entendait d'autres cris que le gloussement des poules, qui venaient picorer à nos pieds, et les jappements d'un petit chien noir, qui avait fini par nous connaître, s'élançait au-devant de nous et nous conduisait en frétillant de la queue à notre chambret accoutumé, le dernier, derrière la maison.

Une chèvre, attachée à un piquet, broutait et gambadait à côté de nous, sur la pente d'un talus. Il n'était pas d'avances que nous ne lui fissions ; mais la sauvage restait sourde aux plus doux noms et dédaignait obstinément nos bribes de pain. Nous ne pûmes jamais l'apprivoiser.

En revanche, son maître, le patron de la bicoque, était plein d'égards et d'attentions pour nous, ses seuls clients. Il n'avait pas de mets bien recherchés à nous offrir et la carte était aussi simple que peu variée. Une soupe à l'oseille ou à l'oignon, une omelette, un restant de gibelotte ou une tranche de veau avec la salade « de saison » ; pour dessert, du fromage et une assiettée de fruits : tel était le menu traditionnel.

Nous étions servis par un petit bonhomme d'une douzaine d'années, pâle et chétif, très doux, très gentillet, qui déployait dans ses fonctions un zèle intempestif et gênant bien souvent, mais dont nous ne pouvions nous empêcher d'être touchés.

Frédéric — on prononçait *Fédric* — accourait à nous
en même temps que son ami Barbichon, le petit chien
noir, et ne nous quittait guère qu'après avoir débarrassé
la table et versé le café. En partant, il déposait dans
une soucoupe quelques allumettes, en frottait une qu'il
me présentait, et ne manquait jamais de s'informer si
mon cigare « tirait » bien. Rassuré sur ce point, il s'in-
clinait, en ajoutant que « si monsieur ou madame
avaient besoin de quelque chose, ils ne devaient pas
craindre de le rappeler ».

Il était détestable, ce breuvage traîtreusement annoncé
sous le nom de café ou de mazagran, et c'était uniquement pour prolonger le repas que j'en prenais. L'eau-de-
vie, qualifiée de fine champagne, le kirsch-wasser « de
la forêt noire » et les liqueurs garanties « superfines »,
d'après l'étiquette, ne valaient pas mieux, et Sévère
s'abstenait sagement de toutes ces indigestes mixtures.

Nous restions là, sur le banc écloppé de la tonnelle,
jusqu'à la tombée de la nuit, devisant de nous et de nos
amours, aspirant les senteurs des frondaisons et des
champs, écoutant les rumeurs lointaines et songeant à
notre solitude, goûtant avec délices le silence qui nous
environnait, ravis de nous sentir l'un près de l'autre,
dans ce coin désert et tout verdoyant.

Parfois, nous ne nous attardions pas si longtemps,
et, au lieu de regagner à pied la rue de la Victoire, nous
prenions une voiture et allions finir la soirée au théâtre
ou dans quelque café-concert des Champ-Élysées.

J'étais vraiment fou de Sévère, et, loin de croire encore aux sombres pressentiments que j'avais conçus au
début, j'en étais arrivé à les interpréter à contre-sens,
à y voir comme un présage de la passion qu'elle devait
m'inspirer, de la place immense qu'elle devait occuper
dans ma vie.

Je n'avais qu'à me féliciter, d'ailleurs, de l'avoir connue, et jamais je n'avais rencontré tant de désintéressement et de délicatesse, tant de douceur, tant de sollicitude et d'affection, une telle tendresse d'amante et de mère, à la fois.

Plus âgée que moi de quelques années, elle me conseillait et me dirigeait, n'ayant jamais en vue que mon bien, faisant toujours abnégation d'elle-même. Elle me défendait de lui sacrifier trop de temps et n'entendait pas surtout que je manquasse aux cours de l'École, comme cela m'était arrivé deux ou trois fois, pour venir la surprendre et lui proposer des parties de campagne. Non, il fallait être raisonnable. Elle se préoccupait aussi de mon frère et des remontrances que je pourrais encourir, s'il s'apercevait de mes absences nocturnes. Souvent, à onze heures ou minuit, elle me renvoyait, bien à regret, certes, toute désolée et en me comblant de caresses; mais c'était plus prudent, je devais le comprendre. Et, en effet, je reconnaissais la sagesse de ces précautions, et je lui savais gré de cette force de caractère, car je redoutais d'autant plus les reproches de Gilbert, je me sentais d'autant plus tenu envers lui, d'autant plus responsable, que sa tutelle était peu pesante, et qu'il me laissait, comme on dit, la bride sur le cou.

Elle m'avait aussi fortement engagé à ne plus fréquenter cette boulevardière hors d'âge, cette « vieille garde » de Marie-la-Juive, et il n'était pas d'horreurs qu'elle ne m'eût débitées sur son compte.

« Je ne conçois pas comment tu oses parler à une femme de cette espèce. Vrai, cela m'a toujours surpris. Elle a une si honteuse réputation! Du Madrid au Grand Hôtel, on ne connaît qu'elle. Elle ramènerait le premier chien coiffé venu...

— Mais tu es liée avec elle, pourtant; c'est ton amie?

— Mon amie! Je choisirais mieux, je te prie de le croire. Marie est pour moi une relation comme tant d'autres, et qui ne tire pas à conséquence. Et puis ce n'est pas du tout la même chose, mon bébé chéri; moi, je n'ai pas de ménagements à garder, je puis aller où bon me semble, me promener avec qui je veux : qu'importent les suppositions! Mais toi, non. Un jeune homme qui se respecte ne doit pas être vu en compagnie d'une créature aussi décriée, aussi affichante. »

Là encore, j'étais bien forcé d'avouer que Sévère n'avait pas tort. Ce que j'admettais moins facilement, c'était cette liberté absolue, ce droit qu'elle s'arrogeait, en même temps qu'elle me le déniait, de hanter les pires sociétés, au mépris de toute considération et de toutes convenances.

Les tables d'hôtes du quartier Bréda n'avaient aucun secret pour elle; elle connaissait tous les bals, tous les centres de réunion de la bicherie, tutoyait nombre de femmes de même espèce ou pires que Marie-la-Juive, et était au courant comme personne des us et coutumes et des faits et gestes de la galanterie parisienne, haute et basse.

Quand, rétorquant son argument, je lui objectais que ce n'était pas là sa place, à elle pas plus qu'à moi : « Je ne peux cependant pas vivre comme un ours, répondait-elle. Je conviens avec toi que c'est un vilain monde que celui-là; mais il m'amuse; j'y trouve mes seules distractions, j'y suis même tellement faite que je ne saurais m'en passer. D'ailleurs, encore une fois, c'est tout différent : je ne risque rien, moi, je puis me moquer du qu'en dira-t-on, je ne relève que de moi; toi, tu as ton frère, tu as des amis à l'estime de qui tu tiens. »

Et la conclusion était toujours qu' « un jeune homme bien n'a pas de pareilles fréquentations ».

Mais, si elle m'interdisait l'accès de ces parages, elle ne se privait pas de m'en décrire les singularités, les laideurs et les charmes. Douée d'un jugement très net, d'une étonnante perspicacité, d'un sang-froid imperturbable, elle avait sondé et étudié tous les coins et recoins du gouffre, et se plaisait à exhiber sa science, dans nos tête-à-tête, — à m'initier à tous les détails de cette existence besogneuse et tapageuse, malsaine en somme, et misérable. J'en ai appris plus long avec elle, en trois mois, que si j'avais couru pendant dix ans les restaurants de nuit et les bastringues de barrière, les boudoirs capitonnés des filles chics et les garnis borgnes des racoleuses numérotées.

En revanche, sur elle-même, sur ses antécédents, elle s'espaçait moins volontiers, et bien des points de sa vie me sont restés obscurs.

Ainsi, avait-elle été mariée, son mari était-il mort, comme elle eut l'air un jour de l'insinuer, ou vivait-il encore et gérait-il dans les environs de la place du Trône, comme une autre fois elle me le raconta, une importante manufacture de porcelaine, je ne l'ai jamais su exactement. Je serais porté à penser plutôt que ce mari n'a jamais existé qu'en imagination.

Elle était née dans un petit village de la Beauce, qu'elle m'a souvent nommé, à Saumeray; ses parents étaient cultivateurs et son enfance s'était écoulée au milieu des travaux des champs.

Aussitôt sa première communion faite, on l'avait envoyée à Paris, auprès de sa sœur aînée nouvellement mariée, qui tenait un magasin de mercerie et d'articles de modes, et s'était chargée de son apprentissage commercial.

Selon mes calculs, elle avait dû passer quatre ans dans ce magasin.

Comment et pourquoi l'avait-elle quitté, à la suite de quelle aventure avait-elle un beau jour secoué la surveillance de sa sœur et s'était-elle enfuie, ici encore je ne puis rien préciser. Peut-être l'affection que lui portait son beau-frère n'était-elle pas très désintéressée, et avait-elle voulu se garer de ses obsessions et conjurer une catastrophe; peut-être aussi avait-elle déjà fait la rencontre d'un certain M. Léopold, le seul homme dont elle osât me parler et qu'elle parût avoir aimé jusqu'à moi. Rien n'empêche même d'admettre la concomitance de ces deux hypothèses.

Ce M. Léopold, — elle ne le désignait jamais que par son prénom, — avec qui Berthe avait habité pendant plusieurs années, avait exercé sur elle une profonde influence; elle l'assurait, du moins. Ce n'était plus un jeune homme, il avait atteint la quarantaine, et, grand amateur de voyages et de plaisirs faciles, longtemps parcouru le monde et courtisé, selon le refrain, la brune et la blonde. Riche, élégant, fashionable, rompu à tous les raffinements de *high life*, fatigué sans doute des courtisanes en renom et des liaisons banales et vénales, la fantaisie lui était venue de prendre une fille sage et il avait jeté son dévolu sur Berthe.

Si elle s'était sincèrement éprise de lui, il n'avait pas dû tarder, de son côté, à tomber dans le piège qu'il avait tendu, et, séduit par les qualités de sa conquête, par sa beauté alors dans tout l'éclat de la prime jeunesse, sa native distinction et son élégance, à ressentir pour elle une ardente passion.

Il l'avait installée chez lui, dans un somptueux appartement qu'il occupait rue de Rivoli (Sévère ne m'a jamais indiqué l'adresse précise), lui avait donné des mai-

tres pour compléter son instruction, et l'avait façonnée
et dressée à sa convenance.

Malheureusement, une maladie de poitrine, qu'il avait
rapportée de ses lointaines pérégrinations, finit par
s'aggraver : il mourut, laissant à sa compagne une petite rente viagère, trois ou quatre mille francs, je crois,
dont elle touchait les arrérages chez un notaire de la
rue Caumartin. — Étant allé moi-même dans cette
étude avec Sévère, je ne puis mettre en doute l'authen-
ticité de ce dernier fait.

L'obscurité reparaît ensuite, et, sur toute la période
comprise entre cette mort et notre rencontre, les renseignements me font absolument défaut.

Ce n'est pas que Sévère me défendît de l'interroger
ou coupât court à mes questions; non, le plus souvent
même elle ne semblait pas les éluder et s'y prêtait de
bonne grâce; mais elle avait, quand il lui plaisait, un
admirable talent de dégoiser pour ne rien dire, et, après
l'avoir écoutée des heures entières, on était tout surpris
de s'apercevoir que ces confidences n'impliquaient aucune révélation et vous laissaient aussi incertain, aussi
peu avancé qu'auparavant.

Parfois, quand je cherchais à me dégager des am-
bages et des replis de cette loquacité et me montrais
trop pressant :

« Oh! sans doute, je mentirais si je te disais que je
me suis cloîtrée comme une nonne et que je n'ai eu que
toi depuis Léopold, répliquait-elle. Je ne veux pas me
faire plus vertueuse que je le suis. Une femme seule, à
Paris, est trop exposée et ne reste pas cinq ans sans
trouver bien des occasions; et si elle se laisse aller par
hasard... Mais pourquoi t'inquiéter de tout cela, grand
bébé? Qu'est-ce que cela te fait, puisque je t'aime,
puisque je te jure que tu es le seul que j'aie aimé depuis

lui? Les autres, ça ne compte pas; je les ai oubliés maintenant que je suis à toi. Et puis, réfléchis, pouvais-je prévoir que nous nous connaîtrions un jour? »

De même, à propos de sa famille : le magasin que possédait sa sœur, et qui se trouvait rue Lavoisier, n'avait pas prospéré et était passé en d'autres mains; mais ce que cette sœur était devenue, je l'ai toujours ignoré et je crois que Sévère ne le savait pas plus que moi, car elle ne recevait jamais de lettres des siens et avait cessé tous rapports avec eux.

Je me borne à consigner ici vaille que vaille tout ce que je suis parvenu à démêler de cette mystérieuse existence, tout ce qui m'en est demeuré dans la mémoire, sans m'occuper des contradictions et des incohérences qu'il serait facile de relever et que je suis le premier à reconnaître.

Si l'on s'étonne que j'aie pu ajouter foi à des discours où fourmillaient les restrictions et les faux-fuyants, où le mensonge même était flagrant, et subir l'ascendant d'une femme aussi artificieuse, je répondrai que ces faux-fuyants et ces mensonges, vus maintenant à distance et de sang-froid, n'avaient pas alors le même aspect et étaient si dextrement et artistement déguisés que le moins crédule s'y serait laissé prendre, et qu'enfin je m'étais amouraché, engoué de cette femme.

Elle allait bientôt, d'ailleurs, me dessiller elle-même les yeux, et mon aveuglement, comme mon bonheur, touchait à son terme.

V

Nous avions passé l'après-midi, Gilbert et moi, à visiter une exposition de tableaux hollandais et flamands installée aux palais de l'Industrie, et nous revenions pédestrement le long des Champs-Élysées, lorsque, aux abords de la place de la Concorde, une voiture nous croisa, dans laquelle j'aperçus Sévère et un monsieur qui m'était inconnu.

Il était si rare que ma maîtresse sortît dans la journée, je savais si bien ses habitudes et ses relations, que cette rencontre me causa une certaine surprise; mais, d'inquiétude, de jalousie, je n'en avais pas l'ombre.

Sévère, penchée vers son compagnon, ne m'avait pas vu. Je me retournai pour me bien convaincre que c'était elle, et je pus distinguer encore les rubans mauve de son chapeau.

Mon frère dînait en ville ce jour-là; il me quitta et j'allai m'asseoir devant un café pour tuer le temps. Sur les sept heures, présumant que Sévère était de retour, je me rendis rue de la Victoire. J'avais conservé la clé de l'appartement et je la portais toujours sur moi, mais je m'en servais peu et, par discrétion, je préférais sonner.

Personne ne me répondit.

J'ouvris la porte et j'entrai. Tout était en ordre, comme de coutume; mais de Sévère point.

J'attendis une demi-heure, puis je sortis dans l'intention d'aller dîner et de revenir ensuite.

Au coin de la rue Lafayette et du faubourg Montmartre, un encombrement de voitures me retint quelques instants sur le trottoir, et, comme j'allais traverser, je me sentis agrippé par le bras.

C'était Marie-la-Juive.

Il y avait du froid entre elle et Sévère : on avait rapporté à l'une des cancans de l'autre, et maintenant elles ne se parlaient plus. Moi, malgré la défense qui m'avait été faite, je n'avais jamais cessé, à l'occasion, de tailler une bavette avec la vieille Marie ; mais, comme je ne flânais plus sur le boulevard et que toutes mes heures de loisir se passaient auprès de Sévère, ces occasions étaient devenues rares, et, depuis le jour où elle m'avait convoqué chez elle, nous ne nous étions pas revus trois fois. Jamais, d'ailleurs, elle ne m'avait dit de mal de son amie. N'ayant en tête que ses placements d'argent, les cotes de la Bourse et les questions de report et de liquidation, ce n'était que très brièvement, au moment de nous séparer, qu'elle songeait à s'informer de ce que je devenais.

« Et les amours, ça va toujours ? Allons, tant mieux ! C'est une bonne fille, ajoutait-elle, ne lui fais pas de mistoufles. »

Cette fois, elle commença par se plaindre de ma disparition.

« Sévère te met donc sous cloche, me dit-elle, ou bien elle ne veut plus que tu me fréquentes, n'est-ce pas ? Avoue-le ?

— Mais non, Marie... non...

— Oh ! tu n'en conviendras pas, c'est évident ! Enfin, soit ! »

Puis elle me demanda où j'allais.

Je le lui dis, et, comme elle s'étonnait que Sévère ne fût pas avec moi, je lui appris la rencontre que j'avais faite dans l'après-midi,

« Ah ! aux Champs-Élysées... en voiture... répéta-t-elle.

— Oui, vers cinq heures.

— Et comment était-il, l'individu qui l'accompagnait?

— Je ne saurais bien vous le dépeindre, je l'ai à peine entrevu. Il portait un binocle... Il a une barbe blonde...

— Jeune ? vieux ?

— Trente ou trente-cinq ans.

— Blond, tu dis ?

— Oui, avec des moustaches en croc assez fournies.

— Le teint coloré, n'est-ce pas ?

— Je n'ai pas remarqué.

— Et un lorgnon ?

— Oui.

— C'est Émile, pardi !

— Qui ça, Émile ?

— Mais... son amant !

— Son amant ? d'elle ? de Sévère ?

— Sans doute. Comment, tu ignorais ?... reprit Marie en voyant ma stupeur. Elle ne t'avait jamais parlé de lui ?

— Jamais, balbutiai-je.

— Eh bien, elle est raide, celle-là ! s'écria-t-elle en riant comme une folle. En sorte que tu t'imaginais avoir une vertu, la perle fine du garde-meuble ? Quel aplomb, tout de même ! Comment, vrai, tu ne savais rien ? Elle ne t'avait rien dit ? Tu devais cependant bien penser qu'elle n'était pas restée sage tout exprès pour tes beaux yeux et que la place était occupée avant que tu te présentes ?

— Non... je ne pouvais supposer... Elle m'a maintes fois affirmé qu'elle n'avait aucun attachement... Ce n'est pas possible, Marie, je vais chez elle à toute heure ; elle m'a donné sa clé... Comment aurait-elle un amant ? Depuis quand ?

— Depuis quand? Mais il y a des années qu'ils sont ensemble! Son Émile, je ne connais que lui! Ah! par exemple, c'est vrai, ils étaient brouillés lorsque tu t'es trouvé avec elle pour la première fois, au mois d'avril, je me rappelle ; mais une brouille d'amoureux... quinze jours après il n'y paraissait plus.

— Cependant je me serais bien aperçu de quelque chose!... Elle n'aurait pas été aussi libre... Chaque soir nous sortons... je rentre avec elle...

— Que veux-tu que je te dise? Si tu as les soirées, sans doute qu'il a les après-midi, lui. En outre, il est peu exigeant, il ne vient que quand elle lui dit de venir. Je croyais que tu étais au courant de cette situation, moi, s'exclama-t-elle de nouveau, et que tu l'acceptais! Qu'est-ce que cela te fait, après tout? C'est lui le plus ancien, c'est lui qu'elle trompe et qui aurait droit de se plaindre plutôt que toi. Ah! la fine mouche! En voilà une qui s'y entend!

— Mais quel homme est-ce donc que ce monsieur Émile, si dépourvu de préjugés et de dignité?

— C'est un très gentil garçon, je t'assure, très convenable, très bien posé, — et pas du tout ce que tu crois. Avec ça que Sévère irait s'amuser à entretenir un amant! Ah! non, pas de presse! Elle tient trop à ses picaillons. Bon pour d'autres, ces folies-là. Émile est commissionnaire en marchandises, rue Montmartre ; il fait l'exportation de la parfumerie et des articles pour coiffeurs et il gagne de l'argent gros comme lui.

— Et il tolère que sa maîtresse ait d'autres amants ?

— Il la laisse vivre à sa guise, et il vit de même. C'est le bon moyen : pas de chaîne au cou, pas de tracasseries. Si Sévère lui fait des traits, il le lui rend bien, va, je te le garantis!

— Cette liaison date de loin?

— Il y a cinq ans que je connais Sévère et elle était déjà avec lui. Ils demeuraient même ensemble alors; puis, ça s'est relâché. Je suis même sûre que c'est elle qui le retient et que, dût-elle modérer ses escapades, elle voudrait bien reprendre la vie commune. Il y a plus : son ambition, son grand rêve, c'est de se faire épouser par lui. Rien ne m'ôtera cela de l'idée. Et elle y arrivera, tu sais!

— Elle n'est donc pas mariée, comme elle me l'a dit?...

— Ça, je l'ignore. Elle m'a bien raconté, à moi aussi, que si elle consentait à se remettre avec son mari, un riche industriel tout cousu d'or, elle aurait chevaux et voiture; mais, comme il lui est échappé de me dire une autre fois : « Si je m'étais mariée... », je ne puis rien conclure. Ce qui me porterait à croire qu'elle a, en effet, un mari quelque part, tiens, c'est précisément sa conduite envers Émile : elle l'aurait déjà amené à ses fins, sans cela, elle l'aurait déjà englobé dans le conjungo. Elle est si *ficelle!*

— Si j'avais su plus tôt tout ce que vous venez de m'apprendre! murmurai-je.

— Laisse donc! Ça ne t'aurait pas empêché!

— Oh! si, certainement! Moi qui m'imaginais qu'elle n'était qu'à moi!

— Voyez-vous ça! Quel petit égoïste! Bast! va, mon ami, c'est kif-kif, et comme chante Métella dans *la Vie parisienne :*

De l'amour, non! mais ça le valait bien!

fredonna prestement, d'un ton cavalier et moqueur, la vieille rouée... Du moment que le cœur n'est pas endommagé... Est-ce que tu te serais attaché à elle, par hasard?

— Oh! pas plus que ça!

— Eh bien, alors, il n'y a pas de quoi se désoler!

— Je ne me désole pas, répondis-je; mais j'étais si loin de soupçonner!... Non, je n'en reviens pas!

— Moi non plus, certes! Je ne pensais guère qu'elle posait avec toi pour la femme honnête et qu'elle t'avait monté le coup de la sorte. Oh! là là! quelle fidélité! Dis donc, tu sais, mon petit, garde tout cela pour toi : pas de scènes, pas de reproches, ça ne sert à rien. Et puis, elle s'en prendrait à moi et viendrait me faire du chabannais, c'est sûr. Ce n'est pas que ça m'épouvante : je m'en fiche un peu, après tout! Enfin te voilà averti, tu sais à quoi t'en tenir, — que cela te suffise! »

Je me vantais : j'avais le cœur plus meurtri que je ne l'avouais, que je ne le croyais moi-même, et j'éprouvais pour le moins autant d'indignation et de colère que d'étonnement. J'oubliai le motif pour lequel j'étais sorti, et, au lieu de me mettre en quête d'un restaurant, je marchai au hasard, sans rien voir, tout entier à mes cruelles réflexions.

Que Marie, pour se venger de Sévère, eût inventé cette histoire, je ne pouvais guère l'admettre, malheureusement.

Bavarde et potinière, Marie-la-Juive trouvait autour d'elle assez de sujets de gloser et de médire, sans recourir au mensonge et à la calomnie. Ce n'était pas une méchante femme. Elle avait dû réellement croire, ainsi qu'elle me l'avait avoué, que l'existence de ce monsieur Émile ne m'était pas inconnue et que Sévère elle-même, pour éviter de fâcheux malentendus, avait pris soin de m'instruire de cette ancienne et tenace liaison. Il est probable même que si elle eût pensé que je l'ignorais, pensé surtout que j'avais pour cette maîtresse de rencontre autre chose qu'un caprice momentané et sans

consistance, un béguin, pour parler sa langue, et qu'elle
allait m'affliger, elle se serait tue, malgré son inimitié
et sa rancune contre Sévère. Je connaissais assez le
caractère de Marie pour être sûr, autant qu'on peut
l'être avec une femme, et une femme de cette catégorie,
de ne pas me tromper dans mes déductions.

J'ai toujours aimé les situations nettes ; les faux-
fuyants et les détours me répugnent, et, précisément
pour cela, j'y suis d'une insigne maladresse. Aussi me
tardait-il d'avoir avec Sévère une explication formelle,
et, quitte à secouer ensuite la poussière de mes bottines
et à retrouver ailleurs, poussé de Charybde en Scylla,
les mêmes faussetés et les mêmes turpitudes, de lui
arracher l'aveu de sa double trahison.

Je retournai rue de la Victoire.

Sévère était toujours absente. Au risque de la voir
rentrer au bras de M. Émile et de provoquer une ridicule altercation, décidé à en finir le soir même, j'attendis. Onze heures sonnèrent, minuit, une heure, —
personne. Je m'étais jeté sur le canapé, et il faisait déjà
grand jour quand le sommeil me gagna.

Je m'éveillai tard ; il était plus de dix heures ; j'avais
la tête lourde, les membres endoloris ; et mon estomac
criait la faim. Je me plongeai le visage dans une cu-
vette d'eau, je réparai à la hâte le désordre de ma toilette, et j'allais sortir, lorsque j'entendis grincer une clé
dans la serrure.

« Quoi ! tu es là ! s'écria Sévère. Qui t'amène donc si
matin ?

— Pardon, c'est d'hier soir que je suis arrivé ; — et
voilà que tu rentres ?

— Oui, et je n'en suis pas fâchée, répliqua-t-elle
sans se déconcerter le moins du monde. Je reviens de
Neuilly, telle que tu me vois. Mon amie Angèle, — celle

qui était enceinte, tu sais ? — s'est installée là-bas chez
une sage-femme ; elle m'avait fait prévenir hier, j'y
suis allée, et les douleurs l'ont prise juste comme je
m'apprêtais à partir ; en sorte que je suis restée. Ah !
ce n'est pas gai, va, ces machines-là ! La pauvre fille,
a-t-elle crié ! Les oreilles m'en tintent encore. Enfin,
tout s'est bien passé : « La mère et l'enfant... » Et me
voilà, comme tu dis, vilain jaloux !

— Mais... M. Émile ? Il servait d'aide-accoucheur,
apparemment ?

— Qu'est-ce que tu me chantes là ? riposta Sévère,
avec un haut-le-corps et en me dardant son regard
jusque dans le blanc des yeux.

— Je ne chante pas, ma chère, je n'en ai pas
envie. Je t'ai aperçue hier, — tu étais en voiture, — tu
te dirigeais bien vers Neuilly, c'est vrai, mais quelqu'un
t'accompagnait, — et ce quelqu'un, c'est ton amant, un
amant de longue date, avec qui tu n'as jamais eu le
courage de rompre. Est-ce exact ?

— Pas tout à fait, répliqua-t-elle en affectant un
ironique sang-froid ; non, ce n'est pas tout à fait cela ;
mais va toujours, je te répondrai.

— Ne m'exaspère pas, je t'en prie, Berthe ! m'écriai-
je en lui saisissant le poignet. Pourquoi m'as-tu
menti ? Pourquoi ne m'as-tu pas avoué ta position dès
le début, quand je t'interrogeai, et t'être targuée d'une
indépendance qui te fait défaut ?

— Si je te répliquais que c'était le seul moyen de
t'attirer et de t'avoir, hein ? me démentirais-tu ? fit-elle
effrontément. Mais non, ne roule pas de gros yeux,
calme-toi, mon pauvre ami. C'est parce que c'était la
vérité, parce que je la possédais, cette indépendance, et
je la possède encore, tu entends ? Si tu t'avises de
prendre des renseignements sur moi, tâche au moins

de les prendre à bonne source. C'est la Juive ou quelqu'une de ses pareilles qui a été te faire tous ces *ragots*?
Ça ne peut venir que de là... On n'est jamais sali que
par la boue. Au lieu de débiner les autres, elle ferait
bien mieux de s'occuper d'elle, madame Marie, et de se
méfier de la police qui la traque tous les soirs. Dis-lui
cela de ma part, puisque tu ne veux pas te déshabituer
de causer avec toutes ces sales femmes. Ah! tu n'as pas
voulu m'écouter! Tu vois ce qui en résulte! Nous étions
bien tranquilles, bien heureux; il n'y avait pas l'ombre
d'un nuage entre nous, et te voilà tout haletant, hors
de toi, la cervelle à l'envers... Ah! nigaud, va!

— Mais enfin je t'ai vue!... Soit, laissons ce qu'on a
pu me raconter... Tu étais avec *lui* hier?

— Qu'est-ce que cela prouve? interrompit-elle. Tu
viens ici à ta guise, comme bon te semble, sans que je
t'assigne de jours ni d'heures: as-tu jamais remarqué
le moindre indice suspect? Non, n'est-ce pas? Émile
m'a accompagnée hier à Neuilly; c'est cela que tu me
reproches? Mais, parce que quelqu'un a été votre amant,
est-ce une raison pour lui tourner le dos quand on le
rencontre ou se regarder comme deux chiens de
faïence? Ne vaut-il pas mieux se quitter en bons termes,
— rester bons amis? Eh bien, c'est ce qui a eu lieu entre
lui et moi; et quand le hasard nous met en présence,
on se tend la main, on échange quelques nouvelles, et,
souvent même, comme hier, l'un fait un pas de conduite à l'autre. Voilà tout le mystère. C'était bien la
peine de te faire tant de mauvais sang! Ah oui! Il y
avait bien de quoi!

— Ainsi ce ne sont plus que des rapports accidentels
et tout platoniques que tu as avec ce monsieur?

— Tout ce qu'il y a de plus platonique. Je venais de
briser avec lui, lorsque je t'ai connu; et, depuis que nous

sommes ensemble, ni lui ni un autre, personne que toi...
Ça, je te le jure, Marcel! Es-tu satisfait? Y a-t-il encore
quelque chose qui te chiffonne? »

Oui, il y avait encore quelque chose. Pourquoi ne
m'avoir jamais dit un mot de cet Émile, tandis qu'elle
m'avait tant de fois parlé d'un autre de ses adorateurs,
de Léopold?

« Oh! c'est bien différent! reprit-elle. Léopold, je l'ai
aimé; il a tenu une grande place dans ma vie; le peu
que je possède, c'est à lui que j'en suis redevable; je ne
l'oublierai jamais, celui-là; tandis qu'Émile, il n'y a pas
eu d'amour entre nous, c'était plutôt de la camaraderie,
et le souvenir que je garde de lui n'est pas assez intense
et vivace pour que j'éprouve le besoin d'en faire confidence. »

Que répondre à tout cela? Comment n'aurais-je pas
ajouté foi à ces explications en apprenant, quelques
jours après, par une voie indirecte, — des potins de
femmes, encore! se serait récriée Sévère, — que la
susdite Angèle était réellement accouchée à Neuilly, à la
date indiquée, et que Sévère avait assisté à sa déli-
vrance?

Néanmoins les révélations de Marie-la-Juive avaient
déposé en moi des ferments de doute que je ne pouvais
étouffer. Mon ancienne confiance, la quiétude dont je
jouissais auparavant, avaient disparu, sans que j'eusse,
à vrai dire, un fait précis, un grief incontestable et
probant, à alléguer. Ce n'était plus la même chose enfin;
j'avais l'instinct d'un danger, je sentais que le sol sur
lequel je marchais fléchissait sous moi et s'effondrait.

D'autres ennuis, des tracas pécuniaires m'assaillaient.
Bien que M. Warnier eût pris soin de me faire
émanciper et que le partage de la succession de ma

grand'tante eût été légalement opéré entre Gilbert et
moi, je n'avais guère songé à prélever ma quote-part,
et, suivant nos habitudes de famille, nos patriarcales
coutumes, j'avais laissé à mon aîné la gestion de nos
finances et je vivais chez lui comme un fils chez son
père. Avais-je besoin d'argent, je le lui disais et il me
donnait ce que je désirais. Peu à peu, sans que Gilbert
m'eût posé de conditions ni même influencé, cette situation s'était régularisée. J'avais pris l'habitude de
demander deux cents francs chaque mois et fixé ainsi
moi-même, en quelque sorte, le chiffre de mes menues
dépenses. C'était plus qu'il ne m'en fallait d'ordinaire,
et si, dans l'intervalle, par suite de circonstances im-
prévues, je me trouvais court, je n'hésitais pas à réclamer un supplément de solde, qui m'était aussitôt
accordé.

Ces appels de fonds extra-réglementaires s'étaient
beaucoup accrus depuis l'apparition de Sévère, et je
finissais par ne plus trop oser les renouveler et par
appréhender des objections, très méritées certainement.

Il n'y avait rien de vénal entre ma maîtresse et moi,
sans doute ; elle poussait même à l'excès la délicatesse
et les scrupules ; mais nos promenades en voiture, nos
dîners à Clignancourt et nos parties de campagne ne se
payaient pas tout seuls et tarissaient bien avant terme
mon budget mensuel. Je n'avais pu résister, en outre,
au plaisir de faire à Sévère quelques cadeaux : de là,
la nécessité de recourir encore à Gilbert.

Quelqu'un m'était venu en aide, dans ces conjonc-
tures, une sorte de placière et de marchande à la toilette, que j'avais rencontrée chez Sévère et qui lui fournissait tout ce qu'elle voulait acheter, depuis un coupon
de soie jusqu'à des couteaux à dessert, de la lingerie et

de la vaisselle, aussi bien qu'une perruche, un ouistiti ou un chien havanais.

Chaque semaine, à jour fixe, Mme de Lacombe — ou plus exactement, je crois, et tout uniment Delacombe, — passait chez ses clientes pour leur faire ses offres de service et toucher ses acomptes, qu'elle inscrivait sur un petit registre *ad hoc*. Sévère la tenait en haute estime : à l'entendre, nul n'était, comme « cette vieille sorcière de mère de Lacombe », à la piste des bonnes occasions ; nul ne vendait à meilleur marché et ne présentait autant de garanties : c'était la probité incarnée.

J'étais présent un matin qu'elle venait montrer à Sévère une ombrelle à manche d'ivoire, garnie de dentelle, et l'incitait, l'encourageait à la prendre.

« Quatre-vingts francs, c'est pour rien, voyez ! C'est du point d'Alençon, tout ce qu'il y a de riche ! Pas un défaut dans la soie : examinez ! Toute neuve ! Toute fraîche ! Et la saison est à peine commencée !... Allons, ma petite Berthe, laissez-vous tenter, vous ne le regretterez pas. Vous me payerez quand vous voudrez, vous savez bien !... Ne faut pas que ça vous inquiète. »

Mais Sévère, « ma petite Berthe », ne se laissait pas tenter aisément ; elle calculait : elle avait, comme je l'ai dit, beaucoup d'ordre et d'économie ; et, tout en contemplant l'ombrelle avec convoitise, elle déclara qu'elle ne pouvait pas, que c'était trop cher pour sa bourse.

Deux heures plus tard, j'entrais dans la boutique de la mère de Lacombe, rue Lamartine, et je lui demandais de me vendre l'ombrelle : foi d'honnête homme, je lui apporterais quatre-vingts francs à la fin du mois.

« Voilà, monsieur, me dit la brave dame, en me remettant le carton bien enveloppé et ficelé. Et si vous

avez besoin d'autre chose, — d'une jolie canne, tenez,
par exemple ; j'ai justement là...

— Non, madame, merci, ne cherchez pas.

— Enfin, je suis toute à votre disposition, monsieur.
Je compte sur vous à la fin du mois, n'est-ce pas ?

— Oh ! sans faute, madame.

— Monsieur, je vous salue bien. Au plaisir de vous
revoir ! »

Je n'attendis pas le terme convenu : cette dette, la
première que j'eusse contractée, me pesait sur la conscience et j'avais hâte de m'en délivrer. Le surlendemain, grâce à Gilbert, je retournais rue Lamartine et je
m'acquittais.

« Ça ne vous gêne pas, au moins ? fit Mᵐᵉ de Lacombe
en empochant la somme. C'est agréable de faire des
affaires avec vous ! à la bonne heure ! Si je puis encore
vous être utile... Voyez, pendant que vous y êtes, y
a-t-il quelque chose qui vous convienne là-dedans ? Un
porte-cigare en écume ?... ça sort du *Pacha*... Une belle
chevalière ?... Regardez-moi ce bracelet : c'est tout ce
qui se fait de mieux en *collier de chien*... Soupesez-le un
peu... Hein ? ce n'est pas du *toc* ? Et pas cher, pour rien,
autant dire !

— Merci, merci, répliquai-je.

— J'ai des tableaux aussi, un Corot et un Diaz...,
tenez, derrière vous... Ah ! je sais ce qui va vous décider, attendez ! Un magnifique ouvrage, superbement
relié, l'*Histoire de France*, édition avec gravures... C'est
par Henri Martin, un bon auteur...

— Non, inutile, madame, je l'ai.

— Ah ! murmura-t-elle toute désappointée. N'importe, nous sommes gens de revue, n'est-ce pas ? Et ne
craignez rien ! Je sais ce que c'est que la jeunesse,
miséricorde ! Si, un de ces jours, le porte-monnaie était

à sec et qu'il vous fallût une couple de louis; venez trouver la mère de Lacombe. Nous nous arrangerons toujours, je vous le promets. »

Cette invitation ne tomba pas, comme on dit vulgairement, dans l'oreille d'un sourd, et, malgré mon antipathie pour les dettes, un soir qu'il me restait à peine de quoi solder notre modeste repas à la guinguette de Clignancourt, je me fis violence, je surmontai ma honte, et je pénétrai dans l'antre, le pandémonium de la revendeuse. Qu'avais-je à risquer, après tout ? « Si ses conditions me semblent trop dures, je serai toujours libre de les refuser, » pensais-je. Et puis son honnêteté et sa modération m'avaient été tant de fois vantées par Sévère !

Mᵐᵉ de Lacombe consentit à me prêter mille francs remboursables de mois en mois; mais elle exigea des billets, ce qui me répugnait beaucoup, quoique je m'y fusse attendu. Elle demeura inflexible, et je dus les lui souscrire séance tenante. Elle se contenta de prélever l'intérêt de cinq pour cent, calculé pour un an, et de me colloquer, à l'exemple de l'Avare de Molière, non une peau de lézard et un trou-madame, mais une jumelle « théâtre, campagne et marine », — tout ce qu'il y avait de bon, naturellement : — « Voyez, c'est fabriqué par l'ingénieur Chevalier ! » — plus une paire de boutons de manchettes, vieil or et malachite, article de premier choix, — plus deux cache-pots japonais, dont je n'avais que faire, pas plus que d'un coffret à bijoux, cloisonné authentique, monture bronze ciselé : — « Reluquez-moi ça, comme c'est riche ! » — et elle m'aligna sur son comptoir six cent quarante francs en or.

« Je vous avais bien prédit, cher monsieur, que nous nous entendrions tous les deux ! Plaignez-vous donc que

je ne suis pas raisonnable et accommodante, hein ?
Rendre service en boulottant ma petite existence, voilà
ma devise à moi, et c'est la bonne ! Si tout le monde
pensait comme moi !... »

VI

Les choses en étaient là, lorsque je reçus une lettre
de Paul de Guerpont, m'annonçant son arrivée. Il allait
à Rouen voir un de ses cousins, et il voulait profiter de
ce voyage pour faire plus ample connaissance avec mon
frère, et conférer avec lui de sa collaboration au
Progrès.

Gilbert l'accueillit avec sa cordialité coutumière ; il
le gronda d'être descendu à l'hôtel, et je joignis mes
instances aux siennes pour qu'il acceptât notre hospitalité pendant les trois jours qu'ils comptait passer à
Paris. Il refusa, mais en nous promettant qu'une autre
fois il viendrait directement chez nous.

Ce fut pour moi et pour lui une grande joie de nous
revoir, et non plus dans les rues de notre petite ville,
entourés de nos camarades et de gens que nous connaissions dès notre enfance, mais dans la foule parisienne, dans ce vaste désert d'hommes, où l'on se sent
comme isolé et perdu.

Je le conduisis aux Français, à l'Opéra, au bois de
Boulogne, au Louvre, dans les grands cafés des boulevards et chez les restaurateurs en renom. Je m'empressai
également de le présenter à Sévère, — à cette dame
dont je ne faisais que lui tracer le portrait et lui nom-
brer les mérites dans mes lettres. Elle fut en tiers dans

toutes nos promenades et nos parties. L'air sérieux et posé de Guerpont lui avait plu dès l'abord.

« Il est très bien, ton ami, » m'avait-elle soufflé à l'oreille.

Quant à lui, l'*éternel féminin* le préoccupait peu, on se le rappelle ; il n'avait pas la fibre amoureuse très sensible, et il ne parut pas envier mon bonheur autant que mon amour-propre l'aurait souhaité. Les jolies toilettes de Sévère, si élégantes et de si bon goût, sa distinction de petite duchesse, son esprit, ses à-propos, tout cela le laissa froid.

« Oui, elle n'est pas mal, c'est certain ; mais, pendant qu'on papillonne autour de ces sirènes-là, ajouta ce nouveau Tiberge, on ne travaille pas, on ne lit pas : — un beau livre, y a-t-il au monde quelque chose de meilleur ? — on perd son temps ! »

Hélas ! je pouvais d'autant moins contester cette objection, que je venais d'échouer à mon examen de fin d'année.

La veille de son départ, Guerpont, fatigué de toutes nos courses, me demanda grâce, et, au lieu d'aller achever la soirée au Vaudeville, comme je le lui proposais, préféra s'asseoir sous la vérandah d'un café et causer tranquillement.

Nous avions visité dans l'après-midi le parc Monceau et les buttes Chaumont ; nous sortions de table : un succulent dîner et une couple de fines bouteilles nous avaient mis en joviale humeur ; jamais Sévère n'avait été si gracieuse et si aimable, jamais je ne m'étais senti tant de gaieté au cœur. C'était un de ces moments où l'on se dit qu'il fait vraiment bon de vivre, où l'on est tout content d'être sur terre.

Il y avait près d'une heure que nous étions installés devant chez Peters et que nous devisions à bâtons rompus, en regardant la foule des promeneurs, lorsque je

vis passer le personnage que Marie-la-Juive m'avait dé-
noncé comme mon rival, l'ex-amant de Sévère,
M. Émile. Je le reconnus du premier coup à sa mous-
tache de traban et à son pince-nez. Sévère aussi l'avait
aperçu. Elle se leva vivement, nous pria de l'excuser:
« J'ai deux mots à dire... Je reviens aussitôt... » fit-
elle. Et elle s'élança à sa poursuite.

Elle ne m'avait pas habitué à de pareils procédés, elle,
toujours si correcte et si digne, toujours à cheval sur les
convenances, et je restai interdit.

Ce fut bien pis en ne la voyant pas reparaître. L'impatience commença à me gagner, le dépit et la honte à
me troubler le cerveau.

J'affectais le plus grand calme, une insouciance absolue; je plaisantais avec Guerpont, mais je crispais les
poings et j'avais la mort dans l'âme. Quelle explication
pouvait-elle avoir avec lui? Quoi de si urgent à lui communiquer? Qu'est-ce que cela signifiait?

Guerpont, qui n'avait pas semblé d'abord prendre
garde à cette brusque échappée et n'avait fait aucune
allusion à une absence si étrangement prolongée, finit,
ainsi que je le craignais et comme cela ne pouvait manquer, par s'en inquiéter.

« Elle ne revient pas vite, Mme Sévère, dit-il. Si nous
partions? »

Je ne sais où j'eus la tête alors. J'éprouvais le besoin
de me réhabiliter à tout prix; je voulais montrer à
Guerpont que cette femme était à moi, que j'avais libre
accès chez elle, que j'étais son maître et seigneur, et de
là, la malencontreuse, l'absurde et déplorable inspira-
tion qui me vint.

« En effet, elle tarde bien, répondis-je. Elle est allée
chez elle, sans doute; elle pense que nous irons la rejoindre... Viens, c'est à deux pas... »

— Non, l'heure s'avance; il faut que je me lève de bon matin... »

Mais je n'écoutais rien, rien que mon orgueil, et m'obstinai dans ma téméraire résolution.

« Bast! ça ne t'empêchera pas! Allons, viens! Je te reconduirai. »

Je pris Guerpont par le bras et l'entraînai.

Deux fenêtres de l'appartement de Sévère étaient éclairées, celles de la chambre à coucher qui donnait sur la rue.

Mes pronostics étaient donc vrais : elle était chez elle.

Nous montâmes.

J'avais tiré ma clé de ma poche, bien ostensiblement, et je la tenais et la balançais à mon doigt, pour mieux la faire voir encore. Je l'introduisis avec assurance dans la serrure et je tournai le pêne, mais la porte ne s'ouvrit pas. Un obstacle la retenait dans le chambranle, soit qu'on eût roulé contre elle un gros meuble, soit que Sévère, depuis peu et à mon insu, l'eût fait munir de verrous.

Je sonnai, je frappai : silence complet à l'intérieur.

« Oh! bien non! assez! Allons-nous-en! » s'écria Guerpont, en me saisissant le bras et en me forçant à le suivre.

J'étais tout abasourdi. Je me laissai emmener sans avoir conscience de rien, et, pour se guider à travers les rues et regagner son gîte, le pauvre Guerpont dut maintes fois m'interpeller et me tirer de ma torpeur.

« Il faut rentrer chez toi, me dit-il, quand nous fûmes, non sans peine, arrivés devant son hôtel. Je vais te mettre dans une voiture...

— Non, non! » m'écriai-je,

Et je me sauvai,

Je n'avais qu'une idée : retourner sur mes pas, ébranler la porte, la cogner et la secouer jusqu'à ce qu'elle cédât ou qu'on vînt l'ouvrir, et tomber sur qui se présenterait, *elle* ou *lui*, et me livrer à toute ma colère et ma fureur.

Je n'hésitais plus à me diriger maintenant ; je courus tout d'une traite jusqu'à la rue de la Victoire, je gravis l'escalier quatre à quatre et je me mis à heurter et à carillonner tant que je pus.

Je ne réussis qu'à troubler le repos des voisins et à faire monter le concierge, qui m'invita à cesser sur-le-champ mon vacarme et à décamper, — puisque je voyais bien qu'on ne voulait pas me recevoir ! — et me menaça, si je ne filais pas à la minute même, d'aller chercher « les agents ».

« On n'a pas idée de ça ! Un boucan pareil ! Au beau milieu de la nuit ! Dans une maison honnête, une maison bien habitée !... »

Force me fut de battre en retraite.

Je traversai la rue, je levai les yeux : la lumière brillait toujours derrière les rideaux, dans cette paisible et moelleuse chambrette où j'avais passé tant de belles heures, où un autre à présent... Comme je souffrais !

Des sanglots m'étreignaient la gorge sans pouvoir s'échapper ; mes dents claquaient, et j'avais la tête en feu, le sang en ébullition. Enfin mes larmes jaillirent, un peu de raison me revint, et je m'éloignai lentement et en rasant les murs.

J'atteignis ainsi la Chaussée-d'Antin, puis le boulevard, et je me retrouvai devant ce même café qui m'avait vu si dispos et si gai au début de la soirée.

J'avais soif, une soif adurente et fiévreuse, et j'allai m'asseoir dans un coin, — à deux pas de cette table où nous étions réunis tous les trois peu d'heures auparavant,

Soudain, comme je vidais coup sur coup des verres de sirop et d'eau de Seltz, Aurélien Frogner surgit devant moi.

« Ah çà, que fais-tu là, toi, à cette heure-ci? » s'écria-t-il.

Puis, s'apercevant sans doute de mon effarement et de ma piteuse mine :

« Mais qu'est-ce que tu as donc? ajouta-t-il, en prenant place vis-à-vis de moi.

— J'ai... que j'aurais bien dû suivre vos conseils! répliquai-je avec un gros soupir. Si vous saviez le tour que Sévère vient de me jouer!... l'affront qu'elle m'a fait!...

— Ah! c'est de ce côté que le bât te blesse, mon petit? Que s'est-il donc passé? Voyons, conte-moi ça! »

J'avais tant besoin de m'épancher que, malgré le ton gouailleur de cette invitation et sans me demander si je n'allais pas m'attirer d'autres brocards et servir de risée à ce sceptique endurci, je ne pus me retenir : l'outrage que j'avais essuyé, la trahison dont j'étais victime, je ne lui cachai rien; je mis à nu devant lui mes plus intimes sentiments, toutes les blessures qui me saignaient au cœur.

Frogner, contrairement à lui-même, m'écouta froidement, gravement, presque avec tristesse et compassion. Mon trouble, sans doute, mon exaltation et les larmes qui me montaient sans cesse aux yeux lui imposaient et l'apitoyaient. Il ne m'interrompit qu'une seule fois, au début de cette lamentable confession :

« Mais tu l'aimes donc? Marie m'avait assuré que ce n'était qu'un caprice, une passade!

— Pour Sévère, oui, caprice et passade, voilà tout! Pour moi, c'était de l'amour, un amour vrai, sincère, une ardente passion..., »

Il haussa les épaules, secoua la tête et me laissa continuer.

Il ne se pressa pas davantage de parler, quand j'eus fini. Il demeura pensif, morne, les sourcils froncés, et sa lèvre torte encore plus retroussée et plus méprisante que d'habitude.

« Ah! là là! » s'exclama-t-il tout à coup en faisant claquer ses doigts.

Puis un moment après :

« C'est de l'eau de Seltz que tu t'ingurgites ainsi à plein verre? Drôle de moyen de noyer ta douleur! M'est avis plutôt que cette tisane-là a dû te creuser furieusement l'estomac. Si nous soupions, hein? Cela te ravigotera. Allons, arrive! »

Il me fit entrer, me conduisit à une table et donna ses ordres au garçon.

Je n'avais guère envie de festoyer, certes; et c'est du bout des lèvres que je grignotais l'aile de poulet que Frogner avait mise dans mon assiette.

« Allons, mange donc, saperlotte! disait-il. Secoue-toi! Que diable! nous avons tous passé par là, mon cher! C'est la vie. Tiens, lampe-moi ça, et d'un trait... hop! »

Et il me versait à rouges bords le pomard et le saint-julien, ne me laissait aucun répit et me prêchait d'exemple.

Autour de nous ce n'étaient qu'éclats de rire et frou-frous de soie. Des femmes de tout âge, des fillettes de seize ans et des matrones de cinquante, toutes en grands atours, décolletées, fardées et pomponnées, allaient et venaient, s'apostrophant l'une l'autre, provocantes et quémandantes. Deux d'entre elles s'étaient approchées de nous, et, encouragées par les grivoiseries que Frogner leur débitait, avaient fini par s'asseoir et s'adjuger nos reliefs.

La plus jeune, une petite boulotte en robe grenat, au corsage échancré jusqu'à la ceinture, les bras et le cou surchargés de bijoux, des bagues à tous les doigts, me guignait et me choyait plus particulièrement, et semblait avoir jeté sur moi son dévolu.

« Tu as l'air tout drôle, toi, me disait-elle en me tapant sur l'épaule. Ris donc un peu, voyons.... Faites une risette à la dame, allons, vite, faites une risette !

Ce sont les seuls mots que je me rappelle. Je ne sais plus ce qui se passa. Comment nous sortîmes de ce lieu, si nous revînmes en voiture ou à pied, je n'en ai aucune souvenance. Je me revois debout au bas d'un escalier; Frogner me fait endosser son pardessus, m'enfonce mon chapeau sur la tête, me prend par le bras, et c'est tout. A un certain moment, que je ne puis exactement préciser, les fumées du vin, jointes à mon trouble antérieur et à mes fébriles transports, m'obscurcirent le cerveau et il y eut solution de continuité dans ma mémoire.

Quand je revins à moi, j'étais étendu par terre, sur un matelas, dans le prétentieux fouillis du salon de Marie-la-Juive. A travers les transparents roses et la guipure des rideaux, filtraient les rayons du soleil, et les statuettes, les cristaux et les dorures scintillaient de reflets irisés.

J'entendais la voix de Frogner dans la chambre voisine. Il parlait de ma mésaventure et prodiguait à Sévère les épithètes les plus crues. Marie faisait chorus avec lui.

« Non, je n'aurais jamais pensé cela d'elle, ma parole ! On n'agit pas comme ça ! s'écriait-elle.

— Le fait est que, si elle voulait le lâcher, elle aurait pu s'y prendre autrement, répliquait Frogner. Lui dire : « Attendez-moi, je vais revenir », et le planter là devant un ami, — un ami à qui il avait eu la bêtise de la présenter comme sa maîtresse, figure-toi !

— C'est qu'il le croyait ! Le jour où je lui ai appris qu'il n'était pas le seul, il est tombé des nues. Ah ! la bonne charge !

— Faut-il qu'il se soit laissé monter le bourrichon, le jobard !

— Elle est rouée comme une potence ! Elle lui aura persuadé que j'avais imaginé tout cela pour me venger d'elle.

— Pardi ! Mais s'il la gênait, elle avait d'autres moyens de se défaire de lui !

— Peut-être a-t-elle pensé qu'après une avanie pareille, il ne s'aviserait pas de la relancer et que ce serait fini et bien fini. Peut-être même ne voulait-elle pas rompre si vite. Émile a dû brusquer les choses hier soir. Elle a beau lui faire des traits tant et plus, il la mène par le bout du nez. Elle ne peut se passer de lui, c'est connu ! Il lui aura mis le marché à la main, l'aura sommée de choisir illico entre Marcel et lui, — et voilà !

— C'est assez présumable, en effet. N'empêche que si je la rencontre jamais chez toi, Marie, je lui allonge ma botte quelque part, je te préviens.

— Sois tranquille, elle ne remettra plus les pieds ici. »

La porte s'ouvrit et Frogner s'approcha de moi.

« Eh bien, mon brave, ça va-t-il mieux, ce matin ? me demanda-t-il. Allons, debout, il est temps. Nous irons ensemble chez ton frère. »

J'essayai de me soulever, mais je me sentais encore tout étourdi. Il fallut que Frogner m'aidât à sortir de ma couche improvisée et m'habillât de ses propres mains. J'avais la fièvre et je ne me tenais pas sur mes jambes.

« C'est gentil! Nous voilà bien! grommelait-il. Que
va dire ton frère? Ah! je serai bien reçu! Vois-tu, mon
petit ami, quand on n'est pas plus cuirassé que tu l'es,
on ne se fourre pas dans ces guêpiers-là. »

Marie vint à moi comme nous partions. Elle m'embrassa sur le front, et d'une voix dolente :

« Ne te fais pas de bile, va, Marcel! Vrai, *elle* n'en
vaut pas la peine. »

Je descendis, soutenu par Frogner, et une voiture
nous conduisit rue de l'Ouest.

Gilbert était inquiet et m'attendait sans doute, car à
peine étions-nous entrés dans la cour qu'il apparut sur
le perron et s'élança à notre rencontre.

« Ce n'est rien, ne t'effraye pas, lui dit Frogner.
Marcel s'est trouvé indisposé hier et je l'ai gardé cette
nuit. Un peu de fatigue et de malaise, rien de plus... »

Je m'efforçais de donner créance à ces paroles par
ma bonne contenance, mais j'étais à bout de forces, et
tout ce que je pus faire, ce fut de gagner ma chambre.

Pendant huit jours, je ne quittai pas le lit. En proie
au délire et à une excitation cérébrale qui ne me laissait aucune trêve, je n'évoquais d'autre nom que celui
de Sévère, je ne revoyais dans mes cauchemars d'autre
image que la sienne. Je n'avais qu'une idée fixe : courir
vers elle, la conjurer ou la sommer de me donner le
mot de l'énigme, de me dire pourquoi, après tant de
protestations et de serments, elle m'avait si lâchement
trompé, et l'accabler de malédictions et d'invectives, —
ou lui demander pardon (pardon de quoi!), la supplier
de revenir à moi, de me rendre sa tendresse et tout ce
bonheur dont je jouissais depuis trois mois et qu'elle
venait de me ravir brusquement.

Cette énigme, je ne devais jamais la déchiffrer; je ne

devais plus revoir Sévère : il était écrit que cette étrange créature, mélange de cocotterie et de bourgeoisisme, de sadique corruption et de décence, de déloyauté, d'astuce et de délicatesse, me resterait impénétrable et mystérieuse jusqu'au bout.

Dès que je me sentis plus valide et assez ferme sur mes jambes, je m'empressai de mettre mon projet à exécution. Quelle émotion j'éprouvais en approchant de *sa* demeure, en pensant que j'allais me retrouver face à face avec *elle!* Comme le cœur me tressautait !

Au moment où je traversais le vestibule, le concierge sortit de sa loge, s'avança vers moi, et, tout en paraissant décidé à me barrer le passage au besoin :

« C'est chez Mme Berthe que va monsieur? me demanda-t-il d'un ton à la fois ironique et obséquieux.

— Oui.

— Mme Berthe est absente... Elle est en voyage.

— Ah! soupirai-je tout décontenancé. Quand reviendra-t-elle?

— Pourrais pas vous dire, monsieur.

— Mais vous connaissez son adresse?

— Faites excuse, monsieur. Mme Berthe a chargé une dame de ses amies de passer ici pour prendre ses lettres, et c'est elle qui les lui envoie.

— Et vous ne présumez pas vers quelle époque elle sera de retour?

— Mon Dieu, non, monsieur! Je regrette... »

Je m'éloignai sans en entendre davantage ; je remontai en voiture, et, aussitôt rentré chez moi, j'écrivis à Sévère.

Je lui rappelais les incidents de notre dernière soirée et la priais de m'expliquer sa conduite, de me signaler les torts que je pouvais avoir envers elle et les motifs de sa soudaine et cruelle détermination. Je lui parlais de ma maladie et de mes souffrances et m'efforçais de l'apitoyer sur mon sort.

Je ne reçus jamais de réponse à cette lettre. Sévère n'avait sans doute aucune bonne raison à me donner; elle ne pouvait se tirer de ce pas qu'à sa honte, par l'aveu de sa traîtrise et de sa perfidie : il était bien plus simple et plus commode de garder le silence.

La conjecture de Marie-la-Juive devait être vraie : prise au dépourvu, contrainte par mon rival, le courtier en parfumerie, d'opter sans délai entre lui et moi, Sévère s'était décidée pour celui qui était là et qui la tenait, — qui la tenait depuis des années. Malheur aux absents! *Beati possidentes!* Il ne fallait pas chercher ailleurs la cause de ma déconvenue, la clef du mystère.

VII

Fatigué de ma première sortie, je venais de me recoucher, après avoir adressé à Sévère ce suprême appel, lorsque Gilbert entra dans ma chambre, et, me montrant un papier qu'il tenait à la main :

« Tu connais cela? C'est bien toi qui as signé ce billet? » me demanda-t-il.

Au milieu de mon désarroi, de toutes mes angoisses et mes tourments, je n'avais pris aucune mesure pour parer à cette première échéance, j'avais complètement oublié la mère de Lacombe et ses mille francs

« Oui, c'est moi, répliquai-je.

— Tu en as signé d'autres?

— Oui.

— Combien?

— Cinq.

— Pourquoi ne m'as-tu pas prévenu que tu avais besoin de cette somme?

— Je n'ai pas osé.

— A l'avenir, ose toujours, Marcel, je préfère cela.
Qu'avais-tu à craindre? Je ne suis pourtant pas un frère
bien terrible. Je te laisse faire toi-même ton apprentissage de la vie, acquérir à ton gré — et à tes dépens!
ajouta-t-il — l'expérience du monde. Et c'est le mieux,
je crois; les lumières et les leçons des aînés, en pareille matière, ne profitent guère aux cadets; il faut
que chacun voie et juge par lui-même et que les enfants
recommencent les sottises de leurs pères. D'ailleurs,
quel résultat aurais-je obtenu en te morigénant, en en-
travant ton initiative et ton indépendance? Je t'aurais
rendu méfiant, sournois, hypocrite; je t'aurais forcé à
me tromper et à te jouer de moi pour échapper à ma
surveillance. Non, mieux vaut encore... ce qui est ad-
venu, ce qui, dans un cas comme dans l'autre, serait arrivé
fatalement. Je ne me repens donc pas, je ne suis même
pas surpris que tu aies mésusé de ta liberté; ce sont les
folies de ton âge. Tout ce que je te demande, mon cher
enfant, ce qui m'est dû comme conséquence de ma conduite envers toi, c'est de la franchise et de la confiance.
Ma bourse est la tienne, tu le sais...

— Oh! je n'ai qu'à me louer de toi, Gilbert, à te remercier de ton affection et de ta bonté! Ce n'est pas, je
te le jure, par manque de confiance que je t'ai caché
cette dette ou que je ne me suis pas adressé à toi. Non,
mais je me sentais coupable; j'avais peur...

— D'être grondé, acheva-t-il en souriant. Il est certain, reprit-il, que je ne t'aurais pas complimenté. Tu
as bien changé depuis quelques mois. Ce ne sont pas tes
dépenses que je te reproche, mais tes pertes de temps,
ton peu de goût pour le travail, ton échec à tes exa-

mens. Tu es dans une mauvaise passe, mon ami; tu
n'as ni la conscience, ni l'esprit tranquilles; tu souf-
fres, ta santé est altérée. Cette après-midi, au risque
de retomber malade, tu es sorti, et il est facile de deviner à ta mine que cette course ne t'a rien valu de bon.

— Hélas! oui, je souffre... murmurai-je.

— Pauvre enfant! » soupira Gilbert en m'embrassant,
— comme jadis, à Nancy, quand je lui avais raconté
mes amours avec la belle Mélie, la volage corsetière du
Petit-Pont-Neuf.

Il s'assit sur le bord de mon lit, me prit les mains, et,
après un silence :

« Est-ce que tu n'iras pas voir Marianne cette année?
poursuivit-il. Voilà les vacances arrivées, et elle s'étonne
que tu ne sois pas encore près d'elle; elle ne cesse de
te réclamer. Cela te ferait du bien de te dépayser un peu
et de te reposer là-bas... Moi, je tâcherai de vous aller
rejoindre en octobre. Nous reviendrons ensemble... Qu'en
dis-tu?

— Comme tu voudras, répliquai-je.

— Oui, je t'y engage; et si demain tu peux supporter
le voyage...

— Oh! non, pas si tôt!... suppliai-je. Attendons encore... seulement quelques jours!... »

Gilbert tint ferme, et — comme Mentor déplorant
l'aveuglement de Télémaque et lui criant de fuir, qu'on
ne peut vaincre l'amour qu'en fuyant, de fuir sans
délibérer, sans se donner le temps de regarder en arrière :

« Non, Marcel, crois-moi; si tu te trouves mieux demain, n'hésite pas à partir. A quoi bon différer? »

A quoi bon, certes! Sévère n'était plus à Paris, ou, si
son absence n'était qu'une feinte, si elle m'avait menti
une fois de plus, sa porte m'était fermée, — ce qui re-

venait au même. J'étais découragé, vaincu, exténué; je sentais le besoin de me dégager de cette torpeur, de m'arracher à mes cuisants souvenirs, à mes vaines et honteuses espérances de raccommodement, à toutes ces douleurs, ces compromissions et ces turpitudes.

Et pourtant — explique qui pourra ces contradictions! — j'aurais voulu tenter encore une démarche, essayer de pénétrer une dernière fois dans ce petit appartement de la rue de la Victoire; j'aurais voulu *la* revoir encore, elle, me jeter à ses pieds, l'implorer... ou, tout au moins, attendre sa réponse et ne pas m'éloigner sans être dûment et définitivement fixé sur mon sort.

« Eh bien, c'est décidé, n'est-ce pas? Félix va t'aider à faire ta malle, » me déclara Gilbert le lendemain matin.

Et comme je cherchais à retarder ces préparatifs :

« Non, il n'y a plus à reculer, répliqua-t-il. Je viens de télégraphier à Marianne pour lui annoncer ton arrivée. Nous déjeunerons de meilleure heure, je te conduirai à la gare et tu prendras le train de midi. »

Je ne répondis rien. J'abandonnai au domestique le soin de ranger mes effets dans la malle, et, quand tout fut fini, dévorant mes larmes, sombre et résigné, comme un captif dans les ceps, je me laissai emmener.

« Allons, Marcel, courage! me dit Gilbert au moment de nous séparer. Garde tes regrets et tes pleurs pour des causes plus dignes : la vie n'en manque pas. »

VIII

Elle était toujours la même, notre vieille maison; avec ses murs décrépits et lézardés, ses pierres qui

s'exfoliaient, ses poutres vermoulues, ses chevrons dé-
jetés, elle résistait à tout, elle se soutenait toujours, —
absolument comme sa gardienne, notre vieille Marianne.
Telles je les connaissais l'une et l'autre depuis mon enfance, telles je les retrouvais.

Toujours aussi ingambe et robuste, aussi laborieuse
et active, Marianne continuait à frotter et à nettoyer, à
bêcher et à esherber, grimpait à l'échelle pour reclouer
les lattes du grenier ou consolider la penture d'un contrevent, tirait vingt seaux d'eau d'affilée pour arroser
ses plates-bandes et ses *banquettes*, sans sentir sur ses
maigres et solides épaules le poids de ses soixante-
quinze ans. Elle était de ces campagnardes bâties à
chaux et à ciment, de ces fortes et riches natures, races
privilégiées, qui prennent, comme on dit, des années
sans avancer en âge.

En revanche, moi, je lui parus bien chétif, bien pâlot
et « maigrillot ». Elle en était toute consternée.

« L'air de Paris ne t'est pas bon, vois-tu, mon fi : il
y a longtemps que je m'en doute. Vous êtes entassés les
uns sur les autres, vous ne respirez pas, vous avalez de
la poussière ; avec ça, vous vous couchez à des je ne sais
quelles heures, vous faites du jour la nuit ; tout ça n'est
pas naturel, et le corps en pâtit à la longue. Tu as beau
apprendre la médecine et être un savant, je suis sûre
et certaine de ce que je dis là. C'est votre Paris qui
t'a mis dans cet état ; l'existence qu'on y mène ne
te convient point : à preuve qu'ici tu avais toujours
bonne mine et fraîches couleurs. Il va falloir nous dépêcher de rengraisser et de nous remplumer, mon trésor, et, pour cela, ne pas en faire uniquement à ta
guise, mais m'écouter et m'obéir en tout, tu entends ? »

Je m'abandonnai donc pieds et poings liés à Marianne, et je me laissai dorloter et mijoter comme il lui

plut. Bouillons de veau, blancs de poulet ou noix de côtelettes, biftecks, rosbifs ou gigots saignants, composaient mes menus, et, à chaque repas, elle me forçait à vider ma bouteille de vieux *pineau*.

« Allons, bois, ça te donnera des forces, disait-elle en trinquant avec moi; c'est du pur sang que tu te coules dans les veines. »

Elle m'interdisait les veillées; à la tombée de la nuit, elle me renvoyait dans ma chambre, et le lendemain, vers huit ou neuf heures, « quand j'avais fait le tour du cadran », elle arrivait avec un bol de lait fumant et un petit pain ou un échaudé qu'elle m'émiettait dans le bol au fur et à mesure. Puis, quand j'avais terminé : « Habille-toi maintenant, mon fi, et va gagner de l'appétit dans le jardin. A onze heures, je t'appellerai pour dîner. »

Je prenais un livre et j'allais me promener dans le verger, ou bien je m'asseyais à l'ombre, au pied d'un arbre ou sur le banc de pierre qui faisait face à la grande allée. Mon livre ne me servait guère; je lisais distraitement, et, au bout de quelques pages, je le laissais tomber : mon regard errait dans les profondeurs du vallon, sur la crête des coteaux ou la lisière des bois lointains, et, tout en contemplant ces sites enchanteurs, « cet horizon à souhait pour le plaisir des yeux », je pensais à Paris, aux cafés du boulevard et à mes tristes amours. Pas un mot de Sévère ! Pourquoi ne me répondait-elle pas ? Où était-elle ? Que devenait-elle ? Hélas ! c'était donc fini ! Plus rien ! Et je m'abîmais dans l'amertume de mes ressouvenances, dans les plus énervantes rêveries.

Je n'étais encore allé revoir aucun de nos anciens amis, pas même le père Warnier, pas même notre voisine, Mme de Sauvoy,

Marianne ne comprenait rien à cette apathie, et il n'était pas de jour qu'elle ne me reprochât ma négligence et ne me rappelât à mes devoirs.

« Voyons, p'tiot, il faut secouer ça ! Tout le monde sait que tu es ici, et l'on doit s'étonner partout de ton manque de politesse. Tu vas passer pour un malappris, un garçon sans éducation. Que ne va-t-on pas dire de toi ! Ce bon m'sieu Warnier, avec qui tu avais tant de plaisir à causer autrefois, qui a été si dévoué à ta tante ; et ces messieurs Villeroy, M. Victor surtout, qui venait tout exprès jadis pour corriger tes devoirs, qui n'oublie jamais de demander où tu en es de tes examens, qui, la veille même de ton arrivée, me disait qu'il se réjouissait de t'emmener à Marbot et de te montrer sa nouvelle propriété, — il faut aller leur faire visite, mon ami, c'est de règle.

— Oui, certainement, répondais-je ; prends patience ; au premier jour, dès que je me sentirai un peu mieux disposé, j'irai. »

Marianne, qui était réputée pour savoir mieux que personne soigner les malades, et que tous les gens du quartier venaient consulter à l'occasion, qui témoignait tant de sollicitude et déployait tant de zèle pour le rétablissement de ma santé, n'entendait rien à mes souffrances morales ; elle n'en avait même pas soupçon.

L'amour, avec ses violences, ses exaltations et ses désespoirs, son délire et sa folie, était chose absconse et lettre morte pour elle, qui avait vieilli chaste et ignorée dans l'isolement de notre humble toit, laborieuse et courageuse, dévouée, prodigue de ses forces et de son cœur, planant au-dessus de toutes les faiblesses et de toute la fange des passions terrestres.

Près de quinze jours s'étaient écoulés et je n'avais pas encore mis le pied dehors. Je n'éprouvais nulle envie

de me distraire : tout bruit, tout mouvement m'étaient
insupportables, et les doléances de Marianne, ses exhortations et ses soins même ne laissaient pas de m'être à
charge et de m'agacer parfois.

Je ne me trouvais bien que dans ma chambre ou dans
le fin fond du jardin, là où, seul avec mes pensées, dans
le silence de la nuit ou dans l'agreste sérénité du vallon,
au milieu du susurrement des insectes cachés sous
l'herbe et du ramage des oiseaux, je pouvais me re-
paître à loisir de mes réminiscences et de ma douleur.

Un matin, comme je venais d'arriver dans le verger,
des éclats de voix et un froissis de branches que l'on
secoue frappèrent mon oreille ; je tournai la tête et
j'aperçus Mme de Sauvoy et sa fille en train de faire leur
récolte de mirabelles et de reines-claudes. Je n'étais
qu'à quelques pas de ces dames et je ne pus me dispenser
de les saluer.

Mme de Sauvoy m'interrogea sur ma santé ; la conversation s'engagea, et, machinalement, je m'appro-
chai, j'enjambai la petite haie de troène qui séparait les
deux vergers, et je me mis à aider mes voisines à
remplir leurs corbeilles.

« Offre-moi ton bras maintenant, me dit Mme de
Sauvoy quand nous eûmes fini ; reconduis-moi jusqu'à
la maison et je tiendrai ta visite pour faite, vilain
paresseux. »

Ainsi pris au piège, je m'exécutai de bonne grâce.
Comme nous entrions dans le salon, qui s'ouvrait de
plain-pied sur une terrasse au bas de laquelle le jardin
s'étendait, Geneviève se pencha à l'oreille de sa mère,
lui murmura quelques mots que je crus comprendre, et,
aussitôt, prévenant mon refus :

« Non, tu ne t'en iras pas, dit Mme de Sauvoy ; tu vas
déjeuner avec nous. »

(Ex-Parisienne, notre voisine continuait d'appeler déjeuner le repas de onze heures ou de midi, qu'on ne
désigne, en Lorraine, que sous le nom de dîner.)

Je voulus m'excuser.

« Non, pas de cérémonies ; tu n'as pas à en faire avec
nous, Marcel ; nous nous connaissons d'assez longue
date, et il ne fallait pas tant te prier autrefois pour te
garder. Hein, quand tu venais faire la dînette avec
Geneviève, tu te rappelles ? Et puis nous avons quelque chose que tu aimes bien, ajouta-t-elle en souriant.

— Oui, quelque chose !... reprit Geneviève sur le
même ton enjoué. Devine ? Quelque chose que maman
nous préparait pour notre goûter, le jeudi, lorsque
nous jouions ensemble ?... Voyons, tu ne te souviens
pas ? »

Si, je me souvenais : c'était des œufs au lait. M'en
étais-je assez régalé jadis chez Mme de Sauvoy ! Mais il
y avait des années que j'avais oublié ce mets favori, et
le goût, je crois, m'en était bien passé. Aussi ne fut-ce
pas la gourmandise, mais la touchante cordialité, la
bonhomie et le bon accueil que je rencontrais qui me
déterminèrent à accepter l'invitation.

Pélagie, la servante de Mme de Sauvoy, alla prévenir
Marianne, et nous passâmes dans la salle à manger.
C'était une grande pièce, très haute de plafond, revêtue
de boiseries vernies en blanc, et ornée de trumeaux et
de dessus de portes que, tout enfant, je ne me lassais
pas de contempler. L'un surtout, qui représentait une
fontaine autour de laquelle dansaient des bergers en
culottes roses et des bergères en vertugadins, tous cou-
ronnés et enguirlandés de fleurs, excitait mon admiration. Depuis quelque dix ans je n'avais revu ces antiques
peintures, cette étagère d'acajou massif, ce vieux cartel
de cuivre au cadran émaillé de bleu, et je ne pouvais mé

défendre d'une certaine émotion à l'aspect de ces reliques du passé, de ces vestiges de mon enfance.

Mᵐᵉ de Sauvoy vivait très simplement, toujours aussi paisible et retirée que du temps de ma grand'tante Huguenin. Elle n'avait d'autre domestique que Pélagie, qui s'occupait de la cuisine et des gros ouvrages de la maison ; en sorte que les menus détails du service incombaient à Geneviève.

Elle s'en acquittait avec une aisance et une grâce parfaites. Pendant que sa mère m'entretenait de Paris, de mes études et de l'existence que je menais chez Gilbert, elle avait soin que rien ne manquât sur la table, elle avait l'œil à tout. Sans nous interrompre, sans avoir besoin d'avertissements ou de conseils, elle se levait, allait à la cuisine ou à l'office, en revenait avec les assiettes et les plats et rangeait et disposait le tout, sans bruit, discrètement, adroitement, en ménagère experte et sûre d'elle-même.

Ce n'était plus la maigre et gauche petite fille, à qui j'avais tant joué de tours et que j'avais tant fait endêver autrefois : Geneviève était à présent une belle et grande personne, à la taille svelte et bien prise, à l'air sérieux et décent, au regard franc et limpide, plein de douceur et d'ingénuité. Ma présence ne la troublait pas ; elle n'avait pas la mine effarouchée et les pudibonds cillements d'yeux de maintes pensionnaires des dominicaines ou des dames de la Croix vis-à-vis d'un jeune homme : elle m'avait tout de suite tendu sa brave petite main, tout de suite elle m'avait appelé Marcel, sans dire monsieur, et s'était remise à me tutoyer, me traitant comme je devais l'être, sans fausse honte ni pruderie, en camarade d'enfance que l'on retrouve.

Sa mise, à l'exemple de celle de sa mère, était des plus modestes. Mᵐᵉ de Sauvoy n'avait rien modifié aux vêtements de deuil que je lui connaissais de temps immémorial : c'étaient toujours ses éternelles robes d'alépine noire, avec manches et col de tulle bouillonné. Geneviève, elle, portait une robe de toile bise tout unie et un tour de cou de velours bleu. Ses cheveux, d'un blond cendré, formaient deux bandeaux qui encadraient son front, se relevaient légèrement sur les tempes, en laissant à découvert une petite oreille rose, bien ourlée et rondelette, et allaient rejoindre une large natte qui s'enroulait autour de son chignon. Elle n'avait ni bracelets ni bagues, et, bien que ses mains fussent d'une blancheur de lait et ses doigts faits au tour, elle ne craignait pas de s'en servir, elle n'avait pas peur de toucher aux casseroles et à la vaisselle.

Je la regardais aller et venir, ouvrir les placards, se hausser pour aveindre les biscuits et les pots de confitures : — « Ah! il faut en goûter, c'est maman et moi qui les avons faites ! » se récriait-elle ; — et j'étais tout surpris de la retrouver si délurée, si accorte, si belle et si charmante.

« Viens, tu prendras le café sur la terrasse, me dit Mᵐᵉ de Sauvoy à la fin du repas, et si tu veux fumer...

— Je puis très bien m'en dispenser, répliquai-je. Que de dérangements je vous cause ! Du café, exprès pour moi, sans doute ? Ah! je ne viendrai plus ! ajoutais-je en riant.

— Mais non, pas exprès pour toi, repartit Geneviève. Maman l'aime beaucoup, et elle en prendra volontiers une tasse avec toi, n'est-ce pas ?

— Certainement, » dit Mᵐᵉ de Sauvoy.

Je restai près de trois heures dans la compagnie de ces excellentes femmes, et je les quittai en emportant de cet honnête et tranquille milieu je ne sais quelle sensation d'apaisement et de bien-être.

Le soir même j'annonçai à Marianne que j'allais voir M. Warnier, et je me dirigeai vers sa demeure, une étroite petite maison de la rue du Baile, près du Château.

Je trouvai le vieux légiste dans une arrière-pièce qui lui servait de cabinet de travail, assis devant sa longue table de bois noir surchargée de dossiers et de paperasses, et en train de lire à la clarté d'une antique lampe à tringle.

Il débuta, comme Mme de Sauvoy, par me parler de ma santé.

« Je finissais par croire que tu gardais le lit, nom de nom ! s'écria-t-il, en sacrant comme de coutume ; et je me proposais de passer demain chez toi. Qu'avais-tu donc et pourquoi as-tu si longtemps tardé ?

— J'étais fatigué.... un peu souffrant, balbutiai-je.

— C'est ce que Marianne m'avait appris, en effet ; mais elle avait ajouté que ce n'était rien et elle m'avait annoncé ta visite pour le lendemain ou le surlendemain : — il y a de cela huit jours. — Ne te voyant pas, je ne savais fichtre que penser ; je craignais que tu ne fusses retombé malade ; dans ce cas pourtant, ruminais-je, Marianne n'aurait pas manqué de m'avertir.

— Ma première sortie ne date que d'aujourd'hui, et, à part notre voisine, Mme de Sauvoy, je n'ai encore vu personne.

— Enfin tu vas mieux ?

— Oh ! bien mieux, répondis-je.

— C'est le principal. Et te sens-tu de force à m'accompagner demain au bois pour préparer la tendue ?

— Oui, monsieur Warnier.

— Il n'y a pas de temps à perdre, sac à papier ! La chasse ouvre le premier septembre.

— Vous n'avez encore rien commencé ?

— Pardi, non ! je t'attendais ! Il nous reste de l'année dernière environ trois cents raquettes de bonnes ; j'en ai commandé deux cents au père Gilquin, le garde, mais ce matin-là est comme toi, il n'a pas l'air de se presser beaucoup et je ne sais où il en est. Ça nous fera cinq cents raquettes ; avec ça on peut marcher, hein ? Maintenant, il y a les sentiers à élaguer et à racler, les mares à nettoyer, les piquets à couper et à planter... Ah ! il nous faudra donner un rude coup de collier, mon fiston, si nous voulons être prêts pour l'ouverture !

— Nous serons prêts, assurai-je.

— Je me serais bien mis à la besogne sans toi, poursuivit M. Warnier, mais j'hésite sur le choix de plusieurs sentiers et j'ai besoin de ton avis. Demain nous examinerons cela tous les deux.

— A quelle heure dois-je venir ?

— Inutile que tu descendes jusqu'ici pour remonter ensuite. Il est bien plus simple, puisque tu te trouves sur ma route, que je te prenne en passant. Malheureusement, demain matin, j'ai une affaire urgente à terminer et je ne serai pas libre avant dix heures.

— Votre heure sera la mienne, monsieur Warnier. »

Nous causâmes encore quelques instants, puis je laissai l'avocat se replonger dans ses grimoires, et je me retirai.

Mais le lendemain, en son lieu et place, ce fut M. Victor Villeroy que je vis arriver.

Nouvel interrogatoire à subir, nouvelles excuses à présenter.

« Enfin, soit ! mais je viens te chercher. Mon frère et mes neveux sont à Marbot ; j'ai fait une acquisition là-bas : quinze journaux de vignes, potager, maisonnette, *foulerie*... tu verras ! Il y a des victuailles qui nous attendent, et ces messieurs ne se mettront pas à

table sans nous; ainsi ne les faisons pas languir : en
route! »

Comme j'expliquais à M. Victor le motif qui m'empêchait d'accepter son invitation, le père Warnier apparut, guêtré jusqu'aux genoux, vêtu d'une blouse bleue
et coiffé d'un de ses indescriptibles chapeaux.

« Eh bien, au lieu d'un convive, j'en amènerai deux!
C'est le meilleur moyen d'arranger les choses, s'exclama
M. Victor.

— Excepté ma sacrée tendue . elle ne s'arrangera pas
toute seule, elle! Non, merci, Villeroy, merci, bien
obligé...

— Bast! Laisse-là de côté pour aujourd'hui, ta...
sacrée tendue. A un jour près!

— Mais, tonnerre de Dieu!...

— D'ailleurs, j'emmène Marcel; ainsi qu'irais-tu faire
dans ton bois? Allons, viens!

— Fagoté comme je le suis! Vois donc! Non, je ne
puis vraiment pas...

— Oh! si ce n'est que cela! Nous ne ferons pas attention à ton costume, je te le promets. »

Et M. Victor, glissant son bras sous celui de son ami,
l'entraîna, malgré ses protestations et ses jurons.

« Ah! l'enragé! Ah! le *malabre!* Quand tu te
fourres quelque chose dans la tête, toi!... Nom d'un
chien!... »

Nous passâmes une agréable journée. M. Victor nous
fatiguait bien un peu par sa gloriole de propriétaire et
ses interminables explications : il fallut tout visiter en
détail; il ne nous fit pas grâce d'un pan de mur ni d'un
cep de vigne; mais le père Warnier, dans sa brutale
franchise, avait une si drôle de façon de l'interrompre,
qu'on ne pouvait qu'éclater de rire.

« Encore ta remise? Mais je la connais dans tous ses

coins et recoins ! C'est la vingtième fois que tu m'y conduis. Allons, bon ! le pressoir, maintenant ! Bien oui, il est solide, superbe, sans un nœud, à toute épreuve, il n'a pas son second ! Tu l'as fait démonter devant ton frère et moi la semaine dernière, tu ne te souviens donc pas ? Tu ne vas pas recommencer, je présume ! Quant à ces jeunes gens, si tu crois que ça les intéresse, mon pauvre Victor ! Voyons, est-ce que ça vous intéresse, là, franchement ? Oh ! ils ne te diront pas non, pardi ! Ils sont trop bien élevés. Mais moi qui n'y vais pas par trente-six chemins...

— A-t-on jamais vu un malotru pareil ! s'écriait M. Victor, qui, loin de se fâcher, prenait la chose gaiement et ripostait de son mieux. Tu seras donc toujours le même, dis, Warnier, aussi bourru, aussi irrespectueux envers tes aînés ? Car tu me dois le respect : j'ai cinq ans de plus que toi.

— Eh bien, garde-les, mon vieux, et grand bien te fasse ! Mais si, au lieu de nous promener à la queue leu leu dans ton domaine, tu descendais à la cave et nous tirais quelques canettes de ta fine bière, hein, qu'en penses-tu ? Ça ne vaudrait-il pas mieux ?

— Quand je vous disais qu'il ne changera jamais ! Sa canette, sa pipe...

— Vas-tu bien te dépêcher ! »

Le soir, en revenant, le père Warnier me reparla de la tendue et me fixa rendez-vous pour le lendemain, mais de bon matin, cette fois, sur les cinq heures. Nous convînmes même d'emporter nos outils, *chaverots*, binettes et hoyaux, afin d'entreprendre le nettoyage des sentiers, dès que nous serions tombés d'accord sur leur emplacement et leur longueur.

Je ne sais si quelqu'un de nos gouvernants, ministres

ou préfets, s'est jamais occupé d'entraver cette barbare coutume, — la tendue aux petits oiseaux.

Il me semble bien avoir entendu citer certains arrêtés prohibitifs, certaines clauses restrictives ; mais je puis d'autant moins l'affirmer, que la coutume subsiste encore, que cette guerre se continue au vu et su de tout le monde, comme autrefois. Si quelqu'un est intervenu et a tenté d'y mettre fin, je l'en félicite sincèrement, moi tout le premier, qui ai été dans ma jeunesse un des plus acharnés *tendeurs* de la contrée. Vraiment, je me demande aujourd'hui comment je pouvais me livrer de gaieté de cœur à ce stupide massacre, quel si vif plaisir j'éprouvais au départ de la *tournée*, quels tressautements de joie à la vue des *raquettes* ou des *rejauts* portant une proie, pauvre petite mésange bleue toute halbrenée et courroucée, rouge-gorge aux yeux étincelants comme de fines perles noires, minuscule petit-bœuf, grive toute gavée et soûlée de raisins, *jack* criard, gros-bec en furie, ou dolente tourterelle.

C'est moins cette destruction même que je réprouve, que les cruels engins dont on se sert.

Imaginez une baguette de coudrier très flexible, de la grosseur du pouce, ployée en forme d'U, de manière à faire ressort, et maintenue dans cette tension par une double ficelle garnie d'un nœud vers son milieu. D'un côté, cette ficelle est simplement retenue par un cran ; à l'autre extrémité, au gros bout de la baguette, un trou est percé, dans lequel elle s'engage, et elle se termine par une petite cheville ou *caubille*, qui l'empêche de sortir du trou.

En tirant cette cheville, on tire la ficelle ; la baguette se courbe davantage et acquiert ainsi une plus grande élasticité.

Pour *tendre* le piège, on tire donc la ficelle jusqu'à

ce que le nœud qu'elle porte ait franchi le trou, et l'on place devant le trou, dans une entaille faite *ad hoc*, un petit bâton, — la *clé* ou *marchette* — contre lequel le nœud vient buter et se trouve arrêté. Les deux brins de la ficelle retombent alors de chaque côté de la clé et forment une sorte de collet.

Le moindre choc, un coup de vent même parfois, suffit pour faire choir la clé. Aussitôt donc qu'un oiseau vient s'y poser, elle cède ; le nœud n'étant plus arrêté, la ficelle glisse brusquement, obéissant à la détente de la baguette, et l'oiseau se trouve pris par les pattes. La double ficelle les retient étroitement serrées et comprimées contre la baguette, et il reste là, pendu, s'agitant et se démenant, les pattes toutes déchirées et brisées, tachant le sol de gouttelettes de sang, jusqu'à ce que le tendeur arrive et mette fin à sa torture. Souvent même celui-ci ne trouve que les pattes ou les tarses : — le pauvre volatile s'est échappé !

La *raquette*, qu'on appelle aussi *sauterelle* et que La Fontaine désigne sous le nom plus pittoresque et plus exact encore de *réginglette* (du verbe *regingler* ou *reginguer*, regimber, rejaillir, se détendre brusquement, en usage dans le patois local), est le principal engin qu'on emploie dans les tendues, en Champagne et en Lorraine. Quant au *rejaut* ou *rejeau* (en français *rejetoir*), — qui pourrait bien être le *réseau* dont parle aussi le grand fabuliste, — c'est un piège analogue, mais moins cruel, qui se place de préférence autour des mares et auquel ne viennent guère se prendre que « les gros », c'est-à-dire les geais, merles, tourterelles, piverts, grives, etc... Parmi « les petits », le rouge-gorge, le rouge-queue, la fauvette, la mésange, le pinson, le *ramperun* ou sittelle, le roitelet, sont les plus fréquentes victimes de la raquette.

Les grandes tendues se composent de mille à deux mille raquettes ; une tendue ordinaire en compte quatre ou cinq cents et rapporte chaque jour en moyenne deux douzaines d'oiseaux. Certains jours même, à l'époque des *passages*, ce nombre peut s'élever à sept, huit, dix douzaines.

On choisit de préférence les sentiers qui se trouvent sur la lisière des bois, les bords des ruisseaux et des mares, les fauldes ou *places à fourneau*; on élague les cépées, on enlève le gazon et on dénude le sol, afin que les oiseaux puissent véroter plus aisément, et l'on plante à droite et à gauche alternativement, et à un ou deux mètres de distance, des piquets destinés à soutenir les raquettes.

On visite les tendues trois fois par jour : le matin vers huit heures, à midi et le soir; et comme les bois sont pour la plupart assez éloignés de la ville, on ne les quitte que le soir. De petites maisonnettes ou *baraques*, éparses au milieu des taillis, servent de refuges et d'abris. On les approvisionne de fûts de bière et de barils de vin, de jeux de quilles et de jeux de tonneau, et, dans l'intervalle des *tournées*, on fume, paresseusement étendu sur l'herbe, on chasse, on trinque ou l'on joue. Les tendues sont ainsi des prétextes à pique-niques et à ripailles, et c'est ce qui explique leur vogue. Durant les mois de septembre et d'octobre, pas un sentier qui n'ait sa double rangée de raquettes, pas une baraque qui ne retentisse d'éclats de rires et d'appels joyeux.

C'était sur les confins du Haut-Juré, aux Roches, dans ce bois que ma tante avait légué à M. Warnier, que nous tendions. Les frères Villeroy et leurs neveux, Rodolphe et Gaston, qui étaient à peu près de mon âge, tendaient dans un bois voisin, à Saint-Roch, et presque chaque jour nous nous réunissions tous les six. Il ne manquait que mon ami Guerpont, qui, de Rouen, était allé en Bretagne et ne devait pas rentrer avant la fin des vacances. Tout en culottant nos pipes et vidant nos chopes, nous nous livrions à d'interminables parties de quilles, ou, si le temps était mauvais, on allumait une belle *frouée* dans la baraque, on faisait griller des pommes de terre sous les cendres, on se racontait des aventures de chasse, on devisait à bâtons rompus sur la politique et les nouvelles locales, on jouait au besigue, à l'écarté ou au rams.

Souvent Marianne venait nous rejoindre, accompagnée de Mme de Sauvoy et de Geneviève. Chacune d'elles portait un cabas gonflé de provendes, poulet froid, rouelle de veau, saucisson, fromage de Void, galette lorraine, etc. ; et, pendant que nous faisions la tournée du soir, elles préparaient le repas, fourbissaient les assiettes d'étain et dressaient le couvert sur le gazon, au pied d'un gros hêtre proche de la baraque. A notre retour, nous n'avions qu'à ôter nos gibecières et nous asseoir, et je laisse à penser avec quel appétit nous dévorions.

Le père Warnier redevenait alors homme de bonne compagnie ; il savait se contenir et refréner sa langue quand il le voulait, le madré personnage, et, en présence de Mme de Sauvoy, on n'avait pas à craindre qu'il lui échappât quelque gros juron ou qu'il entamât un de ces scabreux récits, une de ces anecdotes rabelaisiennes, bien salées et épicées, comme il aimait à en dégoiser en petit comité masculin. Plus circonspect et mesuré, il n'en restait pas moins joyeux convive et fin causeur. Au départ, c'était lui qui offrait le bras à Mme de Sauvoy, tandis que Geneviève s'appuyait sur le mien et que Marianne se chargeait des cabas. Nous nous en revenions ainsi à la nuit tombante, le long des tranchées de la forêt, où tout reposait déjà dans un mystérieux, imposant et oppressant silence. Seul, de temps à autre, quelque hulotte, une buse ou un grand-duc, en passant au-dessus de nous, faisait entendre un sinistre froissement d'ailes, et je sentais ma compagne frémir et se serrer soudain contre moi.

Je ne songeais plus guère à Sévère alors, ni à mon abandon. Ma douleur était tout à fait calmée, mon entrain et mes « belles couleurs », revenus : Marianne le criait assez haut et ne cessait de s'en faire gloire ; et moi-même j'étais tout surpris de la rapidité de ma guérison. Quoi! en si peu de temps ! A peine trois mois! Il me semblait que cette aventure datait déjà de plusieurs années ; j'en raisonnais et la jugeais avec sang-froid, dans mon par-dedans, et je ne comprenais pas par quelle aberration des sens ou de l'esprit j'avais été m'engouer de cette fille et me fourrer dans cette galère.

Sous ces grands arbres, au milieu de cette vie active et de cette salubre atmosphère, dans ce fortifiant entourage de vieux amis au cœur franc, aux mœurs régulières et pures, mes idées s'étaient assainies et rassérénées ; j'avais honte de mes défaillances passées et je me promettais bien qu'à l'avenir... on ne m'y repincerait plus !

Vers la fin d'octobre, Gilbert arriva, et ce fut encore pour nous un motif de réjouissances et de frairies. Heureux de me revoir en aussi bon point, il me félicita et ne ménagea pas les compliments à Marianne.

« Oui, tout de même! il a bien repris, répliqua celle-ci. Mais, vois-tu, not'grand, Paris ne vaut rien à cet enfant. (Elle y tenait décidément, ma chère Marianne!) Ce n'est pas du tout pour le ravoir près de moi ce que

je t'en dis... Tu pourrais croire quelquefois !... Non ! je
ne considère que sa santé. M'est avis qu'il faut qu'il
achève d'étudier et, aussitôt médecin, qu'il déguerpisse.
Et pourquoi ne s'établirait-il pas ici ? Le docteur Guerpont se fait vieux ; il consentirait peut-être à céder sa
clientèle. Je lui en ai déjà glissé deux mots...

— Comment ! avant même que Marcel soit reçu !
s'exclama Gilbert.

— Oui, j'ai mieux aimé prendre les devants. On ne
sait pas... Si un autre convoitait la place ?...

— Et qu'a répondu M. de Guerpont ?

— Il n'a pas dit non, au contraire : il m'a semblé très
bien disposé. Tu ne ferais peut-être pas mal de lui en
parler aussi ; tu as plus d'autorité, tu sauras mieux
expliquer les choses.

— Mais rien ne presse, Marianne ! Ah ! tu as beau
t'en défendre, poursuivit-il d'un ton quelque peu moqueur, le désir de te retrouver avec Marcel n'est certainement pas étranger à cette résolution !

— Non, non, tu te trompes ! Il n'est pas question de
moi. Sans doute je serai bien contente quand le p'tiot
reviendra pour ne plus me quitter. Oh ! oui, bien sûr !
Je ne voudrais pas mourir sans le voir installé, marié...

— Marié ! Et père d'une nombreuse famille, n'est-ce
pas ? ajouta Gilbert en riant.

— Non, pas trop nombreuse, répondit gravement la
bonne vieille. Il me serait égal alors de m'en aller. Mais
ce n'est pas de moi qu'il s'agit ; c'est à lui seul que je
pense, je t'assure, Gilbert. Eh bien, je crois que Marcel
n'a pas à chercher bien loin son bonheur, qu'il est
ici.

— Ah çà ! tu lui as aussi trouvé une compagne ?

— Oui... j'ai une idée...

— Et, de même que tu es allée retenir la clientèle

de M. de Guerpont, tu as déjà formulé la demande en
mariage, je parie ? Allons, avoue-le !

— Non, je n'ai encore ouvert la bouche à personne
de tout cela. J'attendais ton arrivée pour en causer avec
toi, — avec toi aussi, p'tiot, me dit-elle.

— Et cette jeune fille, quelle est-elle ? demandai-je.

— Tu la connais, et elle ne paraît pas te déplaire,
mon fi. C'est notre voisine, mamzelle Geneviève.

— Geneviève !

— ... Une bonne et brave demoiselle, pas coquette,
soigneuse, économe, pas fière, et prévenante envers les
vieilles comme moi : — c'est toujours bon signe, cela,
mes enfants ! — et douce, modeste, gentille ! Oh ! je
l'ai bien étudiée : il y a longtemps que je rumine mon
projet ! Avec cela, elle a « du bien ». Je me suis in-
formée de côté et d'autre : m'ame de Sauvoy n'a pas
moins de dix mille livres de rente, sans compter sa
pension de veuve de fonctionnaire.

— Eh bien, Marcel, qu'en dis-tu ? fit Gilbert.

— Mais... Marianne n'a peut-être pas tort, murmurai-je.

— Peut-être est superflu, p'tiot ; crois-en mon expérience et mes cheveux blancs. Je t'aime trop pour ne
pas y voir clair et y regarder de près en aussi grave
circonstance. Mamzelle de Sauvoy est la femme qui te
convient, tu n'en trouveras pas une meilleure : je te le
prédis et j'en mettrais la main au feu. »

Quand Marianne proférait cette menace, il n'y avait
plus à disputer ni contester. « Mettre la main au feu »,
c'était son argument le plus fort, la preuve de la plus
inébranlable conviction.

« Soit, mais tu ne prétends pas sans doute que ce
mariage ait lieu sur-le-champ, n'est-ce pas, Marianne ?
reprit Gilbert. Avant de briguer la main de Mlle de

Sauvoy, il faut que Marcel ait une position, et pour avoir cette position, pour succéder au docteur Guerpont, il faut qu'il termine ses études et passe sa thèse. Nous avons donc encore près d'une année devant nous. Si Marcel persiste dans ses intentions, ce n'est certes pas moi qui le contrecarrerai ; car je considère tes deux propositions comme très sensées et aussi honorables que profitables.

— Dans ce cas, not'grand, ce n'est pas M. de Guerpont seul, c'est aussi m'ame de Sauvoy que tu devrais aller voir. Il coule bien de l'eau sous le pont en une année. Un parti n'a qu'à se présenter pour mamzelle Geneviève, et si elle l'accepte...

— Il est vrai, de ce côté aussi on peut nous devancer ; néanmoins, je n'estime pas que cette démarche puisse s'effectuer maintenant. Pour prendre un tel engagement, il faut être certain de le remplir et nous n'en sommes pas là.

— C'est donc moi qui m'en chargerai, répliqua Marianne avec une obstination qui ne lui était pas habituelle. A vos âges, rien ne presse, comme tu dis, mon fi ; mais, au mien, il faut se hâter, et, encore une fois, je ne veux pas partir sans être assurée que mon p'tiot est en bonnes mains. Laissez-moi donc faire ; je ne vous compromettrai ni l'un ni l'autre, et vous reconnaîtrez plus tard que votre vieille Marianne, toute bête qu'elle est, ne s'en tire pas plus mal qu'une autre, lorsqu'il s'agit du bonheur de ses *fieux*. »

IX

Quelques jours après, nous avions, mon frère et moi, regagné Paris et repris nos travaux. Les paroles de Marianne, ce double projet qu'elle s'était mis en tête et qu'elle nous avait exposé, m'avaient vivement ému, plus vivement que Gilbert et qu'elle-même ne le supposaient sans doute, et elles ne me sortaient pas de l'esprit. Maintenant je ne pensais plus à flâner, à courir les bonnes fortunes et me dissiper ; ma vie, grâce à cette chère femme, à cette mère aussi tendre que prévoyante, avait trouvé son but ; je savais où j'allais maintenant, où j'aspirais, la voie m'était toute tracée ; je m'étais remis à l'étude avec une ardeur que je ne me connaissais pas, et je n'avais plus d'autre préoccupation que mes examens et la thèse finale.

Si laborieux et absorbé que je fusse, néanmoins, je n'avais pu manquer de revoir les amis et collaborateurs de Gilbert, le bon M. Julien Levaudois, toujours aussi gai, avenant, sémillant, séduisant, entraînant, toujours dans le plein éclat d'une perpétuelle jeunesse, malgré sa tête toute blanche ; Léon Daussure, le politicien, « l'homme d'État », comme on l'avait ironiquement surnommé, toujours aussi élégant et correct, aussi grave, silencieux, gourmé, compassé ; Henri Garnau, le plus obligeant des secrétaires de rédaction ; le doux et délicat et scrupuleux Max Maucombles ; le remuant et infatiguable petit Sédeillant, « l'ardélion », autre nom de baptême ; le vieux M. Clément de Gaury, « le puits de science » ; et surtout notre fréquent visiteur et convive du matin, l'incorrigible bohème Aurélien Frogner.

Celui-ci, probablement pour se revancher de la compassion qu'il m'avait témoignée chez Peters, dans cette fameuse nuit, ne m'avait pas ménagé les sarcasmes tout d'abord.

« Eh bien, mon vieux, ce petit cœur, est-il toujours aussi endolori? Saigne-t-il encore? Ah! la jolie frimousse que tu faisais! Si tu avais pu te voir!

— Je ne vous en suis pas moins reconnaissant des attentions et de la sollicitude que vous avez eues pour moi, monsieur Frogner.

— Bien, bien, remercie-moi, cajole-moi! N'empêche que j'avais une rude envie de te tirer les oreilles et de te tancer d'importance, galopin! Ah! tu as voulu en tâter, de Mme Sévère! Tu t'es moqué des avertissements de tes anciens, morveux que tu es! Eh bien, t'es-tu assez fait rouler et berner, dis?

— Hélas!

— Enfin, c'est fini, c'est bien mort, tu n'y penses plus?

— Oh! oui, mort et enterré!

— C'est d'autant plus heureux que tu soupirerais en pure perte à présent, poursuivit Frogner. La donzelle a disparu. Un beau matin, son amant, le parfumeur, a levé le pied en emportant la caisse, et ils se sont enfuis Dieu sait où. »

Si bien guéri que je fusse, cette nouvelle, jetée à brûle-pourpoint, ne laissa pas de me troubler et de m'attrister profondément.

Malgré son inconduite et sa duplicité, Sévère avait de sérieuses qualités, peu communes dans son monde, et elle méritait de mieux finir. Elle l'aimait donc bien, ce M. Émile; elle lui était donc bien passionnément attachée, pour lui sacrifier ainsi son repos et se lancer à sa suite dans d'ignominieuses aventures! Elle, qui se plaisait tant dans son paisible intérieur, qui avait si bien su l'approprier et l'orner, qui avait tant d'ordre, de soin et de goût, qui semblait si bien faite pour la vie de famille! L'inconcevable nature!

Un autre de nos amis les plus assidus, et qui ne laissait guère passer de jours sans monter dans ma chambre, c'était Paul de Guerpont. Il avait enfin obtenu de son père la permission d'habiter Paris et de suivre la carrière de son choix, et il était devenu un des rédacteurs attitrés du *Progrès*. Il avait loué un petit appartement dans notre voisinage, rue du Regard, au quatrième étage d'un vaste et silencieux hôtel du dix-huitième siècle, transformé en maison de rapport, et il continuait là son existence d'anachorète et ses études de bénédictin. Mon frère le tenait en haute estime; Frogner lui-même, loin de lui décocher ses lazzis et de le *blaguer*, comme si cette sagesse précoce eût imposé au sceptique bohème, au vieux boulevardier, le traitait avec égards, presque avec déférence, et prônait son talent et ses mérites.

« Ah! ce n'est pas lui qui aurait été se toquer d'une cocotte, se prendre dans les filets de Mme Sévéré! Guerpont, à la bonne heure, voilà un homme! C'est un caractère, » ajoutait-il.

Nos anciennes relations s'étaient donc renouées plus étroites que jamais; nos causeries et nos discussions de naguère avaient recommencé de plus belle : nous aurions pu nous croire revenus à nos années de collège, alors que nous cheminions, au sortir de la classe, sous les peupliers du canal ou le long de la rue des Romains, du Pont-Triby ou des Chènevières.

Ainsi arriva l'époque de mon dernier examen; je le passai avec succès, puis j'achevai la rédaction de ma thèse : *De l'influence étiologique de l'alcoolisme sur la pa-*

ralysie du cerveau ; et, libre de tout souci, mon diplôme de docteur en poche, j'allai rejoindre Marianne et me concerter avec M. de Guerpont au sujet de sa clientèle.

Il fut convenu que je l'accompagnerais d'abord dans ses visites et lui servirais d'aide ou de suppléant, en attendant qu'il se retirât tout à fait. Il approchait de la soixantaine, et, bien que sa santé générale fût bonne, il souffrait de temps à autre de douleurs sciatiques qui le forçaient à garder la chambre et à ne donner que des consultations ; alors c'était à moi qu'incombaient la tournée du matin, tant chez les particuliers qu'à l'hôpital et à la prison, et les courses *extrà muros* de l'après-midi. En sorte que, pendant que mon ami Paul faisait, auprès de mon frère, son apprentissage de journaliste, moi, je m'initiais, sous l'œil de son père, à la pratique de la médecine : il y avait eu comme un chassé-croisé entre nous.

C'est dans ces circonstances que je me trouvais, lorsque éclata la guerre de 1870.

L'avènement du ministère Ollivier, l'assassinat de Victor Noir et les troubles qui s'ensuivirent, le plébiscite, la révolution d'Espagne et l'apparition des dissentiments entre la France et la Prusse, tous les graves événements, prodromes de la chute de l'Empire, qui s'étaient déroulés depuis le commencement de cette année, avaient accaparé et surmené Gilbert et ne lui avaient permis de m'écrire que quelques courtes lettres. Moi-même, très occupé par mes nouveaux devoirs, j'avais laissé tant soit peu chômer ma correspondance.

À l'annonce de nos premières défaites, pressentant sans doute quelle passe douloureuse nous allions traverser, Gilbert m'appela d'urgence près de lui. Je le trouvai sombre, découragé. Il avait toujours eu pour la guerre,

pour toute violence, une haine profonde, instinctive et
raisonnée; il avait toujours cru à une pacification dé-
cisive de l'humanité, caressé ce rêve et proclamé, avec
Proudhon, son émule et son ami, que « la paix serait
l'œuvre du dix-neuvième siècle »; — et je le voyais
coiffé d'un képi et vêtu d'une vareuse de garde na-
tional.

« Je me suis enrôlé dans un bataillon de marche avec
Maucombles et Frogner, me dit-il. Guerpont, plus jeune
que nous, a été envoyé dans un régiment de ligne du
13e corps. Ton âge est le même que le sien; va donc le
rejoindre : ce sera une consolation pour vous que d'être
l'un près de l'autre. »

Deux jours après, je portais l'uniforme d'aide-major,
— cet uniforme à col et parements d'écarlate, que j'a-
vais tant convoité jadis; — j'appartenais au même
corps d'armée que Guerpont, mais je n'avais pu trouver
de place dans son régiment.

Le 23 août, nous reçûmes l'ordre de partir et nous
nous dirigeâmes sur Reims, puis sur Mézières. A peine
étions-nous arrivés dans cette dernière ville, que le dé-
sastre de Sedan nous força de la quitter au plus vite et
de nous replier sur Paris.

Le siège commença. Campé d'abord, ou plutôt case-
maté, à la redoute des Hautes-Bruyères, caserné ensuite au fort de Montrouge et attaché à l'ambulance
d'un bastion voisin, j'eus la chance, vers la fin d'octobre, de pouvoir me rapprocher de mon frère, en per-
mutant avec un médecin de son régiment.

Gilbert venait d'être élu chef de bataillon, mais il
n'en était ni plus fier, ni moins triste. Il avait repoussé
toutes les propositions que lui avaient faites ses amis et
coreligionnaires politiques devenus membres du gouvernement; il avait tenu à demeurer journaliste et à

combattre avec la plume et le sabre nos envahisseurs.

C'est auprès de lui que j'assistai à la bataille de Champigny et à celle du Bourget, et que je passai ces terribles mois où tout semblait réuni pour nous accabler : le froid, la faim, les épidémies, l'énergie et les succès de nos ennemis, l'incurie et la malchance de nos chefs. Mais ce qui nous pesait et nous exaspérait par-dessus tout, c'était l'inexplicable inaction dans laquelle on nous tenait.

« Mais que fait-on ? Mais à quand donc cette grande *trouée* qu'*ils* nous promettent toujours et qui ne vient jamais ? A quoi donc songent *ils* ? »

Ah ! ces longues nuits où l'on se morfondait derrière les bastions, en s'interrogeant de la sorte, en parlant sans cesse de sortie en masse et de lutte à outrance, où chacun, malgré tout, s'obstinait à espérer, qui de nous ne se les rappelle ?

Enfin un suprême effort fut résolu.

Dans la soirée du 18 janvier, nous partîmes, en suivant les boulevards extérieurs et l'avenue de Neuilly, et, arrivés à Courbevoie, nous nous installâmes pour la nuit, comme nous pûmes, dans les maisons à demi effondrées et crevassées.

A six heures, nous étions debout et on se remettait en marche. Tous les chemins étaient encombrés de troupes, de fourgons et de voitures militaires ; nous avancions à peine ; à chaque pas, c'était une nouvelle halte dans la glaise ou la boue. Nous mîmes plus de deux heures pour atteindre le mont Valérien. Les canons grondaient sans discontinuer, et, à travers ce formidable roulement de basse, on percevait des détonations aiguës et saccadées, les crépitements de la fusillade, qui venait de commencer.

Nous contournions le fort, quand un obus éclata dans

nos rangs. Trois hommes tombèrent. L'un d'eux était
Max Maucombles, le chroniqueur théâtral du *Progrès* :
il avait le genou gauche fracassé. Frogner, qui marchait près de lui, le soutint, pendant que les brancar-
diers relevaient les deux autres blessés, et nous aida
à les transporter jusqu'au bas de la côte, où se trouvait
l'ambulance qui m'était assignée.

« Ah ! le pauvre bougre ! Un gaillard si bien bâti !
Ah ! les canailles ! grommelait-il. Tu sais, carabin, si
l'on me ramène dans cet état-là, je te défends de me
charcuter ! Je veux mes quatre membres, — tout ou
rien ! »

Il me saisit la main, la secoua vigoureusement et
partit au pas de course pour rattraper le bataillon.

L'ambulance était établie dans une spacieuse villa,
qui n'était pas trop endommagée, grâce plutôt au repli
de terrain contre lequel elle était adossée, qu'au drapeau
de la convention de Genève qui flottait sur un tympan
des combles.

Les pièces du rez-de-chaussée et du premier étage
étaient destinées aux blessés ; le sous-sol, où se trouvait
la cuisine, était occupé par le dispensaire et la lingerie ;
les morts devaient être déposés dans les communs
formés de deux pavillons, bâtis en retour d'équerre sur
la cour.

Quelques blessés gisaient déjà dans le salon, lorsque
nous y entrâmes avec nos trois malheureux camarades ; d'autres ne tardèrent pas à nous arriver ; ceux
d'entre eux qui, après un premier pansement, pouvaient
être transportés, étaient dirigés sur Paris ; c'était un
va-et-vient continuel de voitures et de cacolets, un
vacarme épouvantable, où les mugissements et les
explosions de l'artillerie, les roulements et les chocs
des véhicules, les hennissements des chevaux, les appels

des ambulanciers et des aides, se mêlaient à des cris de
douleur, des râles d'agonie, des jurons et des hurle-
ments féroces.

Toute la journée, notre triste besogne se continua.
De temps à autre quelques nouvelles nous étaient jetées
à la hâte : « Nous sommes à Montretout... La redoute
est prise... Ah ! ça chauffe dur là-bas !... Nous mar-
chons sur Vaucresson... sur Rueil... »

Vers le soir, mandé par un médecin-major, je traversais le vestibule, quand je me heurtai à Frogner. Il
était tout haletant, tête nue, le visage marbré de taches
noires et ruisselant de sueur, la tunique débraillée et
souillée de boue. Je crus d'abord qu'il était blessé, et
comme je le questionnais :

« Non, non... pas moi... rien... fit-il.

— Et Gilbert ?

— Gilbert... oui... grièvement.

— Où est-il ? »

Il me prit le bras, m'entraîna dans la cour, et je m'a-
perçus qu'au lieu de nous diriger vers les voitures, il me
conduisait au pavillon de droite.

« Mais il est donc mort ! » m'écriai-je tout à coup.

Frogner, pour toute réponse, me serra le bras plus
fortement.

Nous entrâmes, et, à la lueur d'une lanterne accro-
chée à l'une des poutres du fenil, au milieu d'une rangée
de cadavres, je reconnus mon frère. Il ne portait aucune
trace apparente de blessure ; sa tête, appuyée contre la
muraille et légèrement inclinée sur l'épaule, avait tout
son calme et sa sérénité habituels. Il semblait dormir.

Je m'agenouillai près de lui, et, comme je glissais ma
main sous son manteau et lui tâtais le cœur, je sentis
quelque chose d'humide et de froid, et je la retirai
rouge de sang.

La balle l'avait atteint en pleine poitrine et fou-
droyé.

. . . .

Il repose maintenant dans le cimetière de notre ville
natale, auprès de notre mère et auprès de celle qui s'est
si énergiquement et sans cesse obstinée à le méconnaître
et le renier, notre grand'tante Huguenin ; — et, de tant
de généreuses aspirations et d'efforts courageux vers le
vrai et le bien, de tant d'espérances et de promesses, il
ne reste aujourd'hui qu'un nom, un peu de cendre et de
papier, les trois volumes que nous avons pieusement
recueillis, Paul de Guerpont et moi, où le vigoureux
polémiste et le grand citoyen se révèlent dans des pages
magistrales, qui assurent à sa mémoire une durable et
légitime vénération.

Guerpont, d'ailleurs, ne s'est pas borné à rendre cet
hommage à mon frère, son maître, comme il l'appelle :
rédacteur en chef du journal que Gilbert avait fondé, il
lutte pour la même cause et continue la même glorieuse
tradition.

Aurélien Frogner n'a pas survécu de beaucoup à son
indulgent ami. Après avoir participé à la révolution
du 18 mars 1871 et rempli les fonctions de délégué à l'intérieur pendant la Commune, il aurait pu, à l'exemple
de bien d'autres de ses collègues, se sauver ou se cacher
lors de la prise de Paris par les troupes régulières ; mais
« la vie l'embêtait, il en avait plein le dos », comme le
répétait devant un conseil de guerre un de ses compagnons d'armes. Il grimpa sur une barricade de la rue
de Montreuil, en vue des assiégeants, et ses derniers
mots furent encore un sarcasme et une insulte :

« Tirez donc, tas de badinguistes ! Ce n'est cependant
pas un Prussien qui est devant vous ! »

Et il tomba transpercé.

Mais j'entends au-dessous de moi, dans le jardin, une voix chevrotante bien connue : c'est celle de ma vieille Marianne, qui admoneste mon fils Gilbert.

« Allons, p'tiot, il faut rentrer. Sois donc gentil. Voyons, viens, mon fi! Ah! quand ton papa avait ton âge, je n'avais pas besoin de lui dire deux fois la même chose! Il m'obéissait tout de suite! »

Ainsi, c'est lui qui est « le p'tiot » à présent; c'est mon exemple que Marianne lui propose, comme jadis elle me citait à moi celui de ma mère; et les câlineries dont elle me comblait, les caressantes réprimandes qu'elle m'infligeait, les rustiques complaintes et les naïfs récits dont elle me berçait, ces innombrables historiettes de petits garçons récompensés par de belles dames ou ravis par les brigands, c'est à lui qu'elle les adresse.

Elle vient d'atteindre sa quatre-vingt-deuxième année; son dos s'est un peu voûté, elle ne quitte plus guère ses lunettes; mais « le coffre », assure-t-elle, est toujours bon, et elle continue à trotter du matin au soir de la *foulerie* au verger et de la cave au grenier, trouvant toujours quelque tablette à reclouer, quelque volet à rafistoler, une quenouille à écheniller, une touffe de mauvaises herbes, *foireuse*, plantain ou seneçon, à arracher au coin d'une *banquette* ou le long d'une allée.

Elle a consenti seulement à laisser venir un aide-jardinier pour bêcher les carreaux et tailler les espaliers et les plein vent, besogne qui commençait à la fatiguer « un petit peu », m'a-t-elle avoué.

Mais, dans sa cuisine, elle ne souffre aucune ingérence, elle prétend rester maîtresse absolue. Elle a persuadé à Mme de Sauvoy de ne pas se dessaisir en notre faveur de sa servante Pélagie, et, tout en reconnaissant que ma chère Geneviève s'entend mieux que personne à conduire un ménage et pourrait la suppléer sans qu'on s'en aperçût, elle plisse le front et se met à ronchonner, dès qu'elle la voit rôder autour d'elle et toucher à ses casseroles.

« Non, ma petite dame, laissez... Tout ça me connaît... Et puis vous vous saliriez! »

Maintenant que ses projets sont accomplis, que j'ai succédé à M. de Guerpont et épousé Geneviève, Marianne a modifié ses derniers vœux.

« C'est la première communion du p'tiot que je voudrais voir! soupire-t-elle parfois. Pourvu que le bon Dieu me laisse vivre jusque-là!... »

J'espère bien, quand ce terme sera venu, qu'elle aura encore quelque souhait à former et que nous l'entendrons demander un nouveau sursis. Puisse-t-elle l'obtenir!

FIN

ÉMILE COLIN — IMPRIMERIE DE LAGNY

AVIS DE L'ÉDITEUR

Le but de la collection des *Auteurs célèbres*, à **60** centimes le volume, est de mettre entre toutes les mains de bonnes éditions des meilleurs écrivains modernes et contemporains.

Sous un format commode et pouvant en même temps tenir une belle place dans toute bibliothèque, il paraît chaque quinzaine un volume.

CHAQUE OUVRAGE EST COMPLET EN UN VOLUME

En jolie reliure spéciale à la collection, **1 fr.** le volume.

(ENVOI FRANCO CONTRE MANDAT OU TIMBRES-POSTE)

PARIS. — IMPRIMERIE E. FLAMMARION, RUE RACINE.